文春文庫

# ブラック・スクリーム
## 下

ジェフリー・ディーヴァー
池田真紀子訳

文藝春秋

# 目次

## 主な登場人物

リンカーン・ライム……………………科学捜査の天才
アメリア・サックス……………………ライムのパートナー　ニューヨーク市警刑事
トム・レストン…………………………ライムの介護士
エルコレ・ベネッリ……………………イタリア、ナポリ近郊の森林警備隊巡査
ダンテ・スピロ…………………………ナポリ県上席検事
マッシモ・ロッシ………………………国家警察ナポリ本部　警部
ベアトリーチェ・レンツァ……………同　科学捜査官
ダニエラ・カントン……………………同　巡査　ナポリ遊撃隊所属
アリ・マジーク…………………………ナポリで拉致されたリビア難民
ガリー・ソームズ………………………アメリカからの留学生　婦女暴行で逮捕される
フリーダ・ショレル……………………ソームズによる暴行被害を訴える女性
ナターリア・ガレッツリ………………ナポリ大学の学生
デヴ・ナス………………………………ナターリアの恋人　インド系

シャーロット・マッケンジー……………アメリカ合衆国法務担当官　駐ローマ
ダリル・マルブリー……………………アメリカ合衆国ナポリ領事館　地域連絡調整官
マイク・ヒル……………………………アメリカのＩＴ企業経営者
ラニア・タッソ…………………………カポディキーノ難民一時収容センター所長
マレク・ダディ…………………………同センターのリビア難民
ハーリド・ジャブリル…………………同右
ファティマ・ジャブリル………………ハーリドの妻
ロン・セリットー………………………ニューヨーク市警　重大犯罪捜査課　刑事
メル・クーパー…………………………同　鑑識技術者
ロドニー・サーネック…………………同　サイバー犯罪対策課　刑事
フレッド・デルレイ……………………ＦＢＩニューヨーク南支局　捜査官
ロバート・エリス………………………ニューヨークで拉致された起業家
ステファン・マーク……………………〝コンポーザー〟

本書は、二〇一八年十月に文藝春秋より刊行された単行本を文庫化にあたり二分冊とし、下巻に短編『誓い』を収録したものです。

# ブラック・スクリーム　下

# 第五部　髑髏と骨と

九月二十五日　土曜日

## 35

午前八時、ライムとサックスとトムは、警備が厳重な領事館の入口で海兵隊員にパスポートを提示し、ロビーに案内された。たっぷり睡眠を取って、ライムは元気を取り戻していた。心配した二日酔いもごく軽くてすんでいる——その点でグラッパは、シングルモルトウィスキーより情け深い酒と言えそうだ。

五分後、総領事その人のオフィスに案内された。総領事は、整った顔立ちと恵まれた体格をした五十代半ばの男性だった。灰色のスーツ、白いシャツ、陽射しを受けてきらめくナポリ湾を思わせる青い色をした、見るからに質のよさそうなネクタイ。ヘンリー・マスグレーヴは、職業外交官らしいそつのない物腰と鋭敏な目の持ち主だ。シャーロット・マッケンジーとは対照的に、わずかのためらいもなくライムに近づいて握手を交わす。

「お噂はうかがっておりますよ、ミスター・ライム。ニューヨークやワシントンを頻繁に行き来しますのでね。ワシントンDCのニュースでもよく取り上げられていますし。

あなたが解決した事件——たとえばあのスキン・コレクター事件でしたか、実に見事なお手並みでした」

「ああ。これはどうも」褒めそやされるのは嫌いではないが、ここで武勇伝を披露するつもりはない。コンポーザーがいつ新たな犯行計画を実行に移すかわからないからだ。カポディキーノ難民一時収容センターでの一件は単なるしくじりだったかもしれないが、狂気の淵にいっそう深く沈み始めているという可能性も否定しきれない。

マスグレーヴはサックスやトムとも大喜びで握手を交わした。それからデスクにつき、パソコンの画面を確かめた。「おお、よかった。確認の連絡が届いている」しばし画面に目を走らせてから顔を上げた。「たったいま、国家安全保障局の発表資料が届きました。機密指定ではありませんから、まもなくマスコミにも同じものが送られます。きっとご興味があると思いますよ。CIAとオーストリアテロ対策局、通称BVTがウィーンで計画されていたテロ事件を阻止したそうです。五百グラムのC４爆薬、携帯電話を利用した遠隔起爆装置、ウィーン郊外のショッピングセンターの見取り図が押収されました。テロリストどもの確保はまだですが、追跡中とのことです」

ヨーロッパでもアメリカでもテロ組織の動きが活発化していると警告する報告書がいくつも飛び交っていたことをライムは思い出した。イタリアの国家警察がコンポーザー事件に充分な人員を割くことができない理由もそれだ。

そいつは万々歳だ。世界にとって実に明るいニュースだな。だからさっさと話を先へ進めてくれ。

マスグレーヴが画面から顔を上げた。「で、アメリカから来た連続殺人犯のお話でしたね」

ライムはサックスを一瞥し、コンポーザーは厳密には連続殺人犯ではないと指摘して総領事の誤りを正している時間はないと牽制(けんせい)した。

総領事は独白のように続けた。「イタリアには過去何人か連続殺人犯がいました。フィレンツェの怪物。それからドナート・ビランチャ。被害者は十七人と推定されているようですよ。あとは、四十人近くの患者を殺害した疑いで逮捕された看護師もいました。ビースト・オブ・サタンの事件もありましたね。犯人は同じバンドのメンバーで、三人を殺害した罪で有罪になりましたが、被害者はもっといるだろうと言われています。被害者の数で比較したら、アメリカの連続殺人者が一等賞でしょうが。ケーブルテレビのドラマやら何やらを信じるなら、ね」

ライムは簡潔に言った。「アメリカより上位に、コロンビア、中国、ロシア、アフガニスタン、インドが並んでいる。依頼した件はどうです？　予定どおりかな」

「ええ。念のためにさっきもう一度確認しておきました」

昨夜、ライムはシャーロット・マッケンジーに連絡し、サックスのミラノ往復に政府所有のジェット機を使わせてもらえないかと打診した。マッケンジーは総領事のマスグレーヴにかけあってみようと約束した。その後、マスグレーヴのアシスタントからライムに連絡があり、イタリア企業との商談のためにナポリを訪問しているアメリカ人実業家がプライベートジェットを所有しており、その機が今日の午前中にナポリを発ってスイスに向かう予定になっていると伝えてきた。途中でミラノに寄るくらいはかまわないと言っているという。そこで朝一番に領事館で会って詳細を詰めることになった。

そのアシスタントが入口に現れた。続いて、赤みがかった金髪をした痩せて背の高い男性も入ってきて、一同に微笑みかけた。「マイク・ヒルです」そう言って一人ひとりに手を差し出す。ライムと握手を交わしたときも、車椅子には一瞬たりとも視線を落とさなかった。

総領事の説明によれば、マイク・ヒル——どこか少年っぽさを残したオタク、ビル・ゲイツを若返らせたような風采——は、イタリア市場にハイテク機器を売りこむために来ているのだという。ヒルが経営する会社は、ブロードバンド機器や光ファイバー機器を中西部にある工場で製造し、輸出している。

「ご要望はヘンリーから聞きました。ぜひ協力させてください」ヒルは軽く眉をひそめ、ここで初めてライムの車椅子に目を落とした。「ただ、うちの飛行機は、その、バリアフリー仕様ではなくて」

サックスが言った。「乗るのは私一人です」

「何時ごろ？」

「今日の午前中のうちに行って、夜に戻ってこられると一番ありがたいんですが」

「数時間後のミラノ着予定でお送りできますよ。問題は帰りだな。飛行機はミラノから次の目的地に飛ぶ予定になっていまして。夜間の発着時間を過ぎると、ローザンヌかジュネーヴで一泊させることになってしまいます」

「かまわん」ライムは言った。「肝心なのは、一刻も早くミラノに行くことだ」

ヒルが言った。「そういうことなら。行き先のご希望は？　ミラノには空港が二つあるんです。大きいほうのマルペンサ空港は、ミラノ中心街から北西に三十キロくらい離れていて、時間帯にもよりますが、渋滞につかまると厄介です。リナーテ空港のほうが中心街には近いですよ。行き先が中心街のどこかならリナーテのほうが便利です。どちらがいいですか」

ロッシ警部からは、ポストイットに番地が書かれていた倉庫は郊外ではなく街中にあると聞いていた。「では、リナーテに」

「わかりました。お安いご用です。さっそくクルーに伝えておきますね。フライトプランを提出しなくてはなりませんので。二時間もあれば準備できます。うちの車で空港まで送らせましょう」

サックスが言った。「ミスター・ヒル――」

「マイクと呼んでください。ペル・ファヴォーレ」ヒルのイタリア語の発音は、ライムがこれまで耳にしたなかで最悪の部類だった。「ついでに申し上げると、謝礼などをお考えでしたら、どうぞお気遣いなく。ミラノにちょっと寄るくらい、何でもないことですから。私からの好意と受け取っていただければ」

「わかりました。では遠慮なく」

「サイコパスの殺人者を捕まえる手伝いなんて、したことがないし、これからもそんな機会はないでしょうし。お役に立てれば、それだけで充分です」ヒルは立ち上がり、ポケットから携帯電話を取り出すと、部屋の隅のほうに歩いていった。パイロットや自分の車の運転手に旅程を指示しているのだろう。

「リンカーン、アメリア」入口から女性の声が聞こえた。振り返ると、シャーロット・マッケンジーが入ってくるところだった。疲れた様子をしていた。金色のショートヘアはぼさぼさで、銅色のブラウスも皺が目立つ。風邪のせいで身なりにかまうゆとりがないのだろう。「ヘンリー」マッケンジーは総領事にうなずいたあと、トムにも挨拶をした。

「ミラノ行きのヒッチハイクはどう？」マッケンジーはライムに言った。「手配できました？」

マスグレーヴがまだ電話中のマイク・ヒルに顎をしゃくってから、マッケンジーに言った。「サックス刑事は、今日の午前中のうちにマイクの飛行機でミラノに行けることになった」

「ならよかった。〝コンポーザー〟でしたっけ、犯人はもうナポリにはいないということですか。ミラノに行ったとか？」

サックスが答えた。「関連があるかどうか、まだわかりません。難民キャンプの犯行現場で見つかったメモにミラノの住所が書いてあったというだけで」それからマスグレーヴに言った。「一つお願いしたいことが。ミラノの領事館に、運転手役と通訳を引き受けてくれそうな人はいませんか」

シャーロット・マッケンジーが答えた。「私の同僚がいます。私と同じ立場で勤務していて――法務担当官です。ピート・プレスコット。頼りになる人ですよ。今日、体が空いているかどうか、問い合わせてみましょうか」

「お願いします」

マッケンジーは携帯電話からメッセージを送信した。まもなく着信音が鳴って、返信が届いた。「空いているそうです。ピートの電話番号をあなたの携帯電話に送りますね、アメリア」

「ありがとう」

マイク・ヒルが携帯電話をしまって話に加わった。マスグレーヴがヒルをマッケンジーに紹介した。ヒルがサックスに言った。「すべて手配できましたよ。準備完了です。私の運転手が十一時に……えーと、どこに迎えに行けば都合がいいですか」

サックスはホテルの番地を伝えた。

「ああ、あのホテル。風情があっていいところですよね。あそこに泊まると、フランク・シナトラ一家に入れてもらったみたいで、なんだかいい気分になる」

また別の人物が部屋に入ってきた。青白い肌をした、年齢不詳の痩せた男性だ。前回、領事館に来たときにも紹介された人物だ。ああ、そうだ、地域連絡調整官と言っていた。名前は……何と言ったか。

男性は一同にうなずいたあと、ヒルに自己紹介した。「ダリル・マルブリーです」

マルブリーは椅子に腰を下ろしてライムに言った。「マスコミからインタビューの申し込みが押し寄せてきているんですよ、ほとんど洪水です――ガリーの件と、コンポーザー事件に関して。質問の矢面に立っていただくわけにはいきませんかね」マルブリーはふいに口をつぐんで目をしばたたいた。ライムの身体的条件を考えると、〝立つ〟はふさわしくない言葉遣いだったかと不安になったのだろう。

そんなこと、誰がいちいち気にするか。「断る」ライムはそっけなく答えた。「この時点で公表できることは何もない。あるとすれば、コンポーザーの似顔絵を作成したことくらいだが、すでに公表済みだ」

「ええ、私も見ました。恐ろしげな風貌ですね。大柄で。でも、ガリーの件はどうでしょう？　何かコメントできることはありませんか」

新聞を開き、匿名の〝アメリカ人捜査顧問〟のコメントに目を留めた瞬間のダンテ・スピロの表情が思い浮かぶ。

「ない」

マッケンジーが口をはさんだ「一つお伝えしておきたいことが。ガリーにいくつも脅迫が届いているそうです。このあいだもお話ししたとおり、性的暴力の容疑者は、とくに狙われやすいんです。しかもアメリカ人ですし……ともかく、このまま放っておくわけにはいかないわ。当局が目を光らせてくれていますが、安心はできません」

「取材は断る」ライムはきっぱりと言った。それでも一つだけ譲歩した。「アメリアがミラノに行って留守のあいだ、ガリーの件をもう少し調べてみよう」

マッケンジーが言った。「よかった。ぜひお願いします」その声はいくらか不安げだった。アメリカ障害者法のような法律が制定されていないらしいこの国で、車椅子から立ち上がることさえできない男にいったい何ができるのかといぶかっているのだろう。

秘密兵器の存在は黙っておくことにした。

しかも秘密兵器は、一つではなく二つある。

## 36

〈ブラック・スクリーム〉が始まっていた。

朝早くから目が覚めたのは、そして歯医者のドリルみたいに甲高い悲鳴が頭のなかで鳴り響いているのは、難民キャンプでの失敗のせいなのか。赤毛の女刑事が来ているのを見たせいだろうか。

アルテミスには新たな計画を用意した。天上のどこかにいるエウテルペは、慰めの言葉をささやきかけてきた。しかし、執拗な〈ブラック・スクリーム〉を黙らせることは、何をもってしてもできない。それはステファン自身が一番よく知っている。自分で制御できればいいが、結局は降参することになるとわかっている。みぞおちがねじれるような感覚に襲われて目が覚めるのに似ている。初めはほんの小さな不快感にすぎず、知らぬ顔もできるだろう。だが一時間もすれば、インフルエンザや食中毒が腹の内側で暴れ始め、最後にはかならずトイレに這いつくばって便器を抱えることになる。

〈ブラック・スクリーム〉へと一気に成長しかねない、小さな悲鳴。

そして思ったとおり、それはまもなく〈ブラック・スクリーム〉になった。

震える手、汗で湿った肌――そんなもの、〈ブラック・スクリーム〉に比べたら。

農家のなかを歩き回る。それから、夜明けのもやのなか、外に出た。やめてくれ。やめてくれ。やめてくれ！

悲鳴はやまなかった。そこでステファンは薬を追加で服用し（効果はない。あったためしがない）、メルセデスの4MATICを飛ばしてここに来た。カオスのごときナポリの中心街。頭のなかの悲鳴を街の喧噪がかき消してくれるのではないかと期待していた（これは効果が出ることもある。実に皮肉な話だが、カオスのようにやかましい〈ブラック・スクリーム〉を抑える特効薬は、やかましい騒音なのだ）。

歩道でひしめき合う人々のなかに飛びこむ。食べ物の屋台の前を通り過ぎる。バー、レストラン、クリーニング店、土産物屋。一軒のカフェの前で足を止めた。食器にフォークがぶつかる音が聞こえる気がする。歯が食べ物をかじり取る音、顎が咀嚼(そしやく)する音、飲み物をすする音も……

食べ物を切り分けるナイフのような……

喉を掻ききるナイフの音。

ステファンは音を吸いこんだ。体をそれで満たした。それで悲鳴をかき消すために。悲鳴を止めるために。やめてくれ……

十代のころの自分を思い出す。ステファンが教室に入っていくと、女の子はみな目をそらした。同性のクラスメートは目をそらすどころか、じろじろ見た。ときには笑った。そのころのステファンはまだ痩せていて、スポーツはまあまあ得意で、ジョークの一つや二つは言えたし、テレビ番組の話、音楽の話だってできた。

だが〝ふつう〟の部分がどれだけあろうと、〝異様〟な部分が目立たなくなるわけではない。

教師の声、言葉が奏でるメロディにうっとりと聴き入ったことが何度あっただろう。話している内容は、まるで聞いていなかった。

「ステファン、答えはいくつ？」

ああ、なんと美しい抑揚だろう！　最後の三連符がすばらしい。シンコペーション。

G、G、それからBフラット。質問だから、最後の音で高くなる。美しい。

「ステファン、また先生の質問を無視しましたね。校長室に行きなさい。いますぐ」

〝校長室〟。さっきの三連符よりさらにいいぞ！

ここで初めてステファンは気づく——しまった、またやっちまった。

そしてほかの生徒は、目をそらすか、じろじろ見る（どちらも同じように心ない仕打ちだ）。

異様だ。ステファンは異様だ。

実際、異様だった。誰より本人がよくわかっていた。そして心のなかでこう叫び返した。〝僕をふつうにしてくれよ。それができないなら、ほっといてくれ〟。

いま、忙しい街の忙しい通りで、ステファンは古びた石壁に額を押しつけて無数の音に身を委ねた。音は体の内側を通り抜け、温かい湯となって彼を清め、荒れ狂う心を包みこんで鎮めた。

頭のなか、燃え盛る想像のなかでは、鐘の形をした赤い染みが土の上に広がっていこうとしている。ゆうべ、あの男の首から流れて広がった血。

血液が耳の奥を流れる音が聞こえる。それは、いつまでも鳴り続ける血の鐘の音と同じくらいやかましかった。

難民男性の悲鳴が聞こえる。

〈ブラック・スクリーム〉の声が聞こえる。

思春期に始まった〈ブラック・スクリーム〉との領土争いは熾烈(しれつ)だった。ステファンにとって音は、生きていくのになくてはならないものだ。慰めと理解と教えの源だ。床板が軋む音、木の枝が話すつたない言葉、ペンシルヴァニア州の庭園や裏庭を走る小動物の足音、森の奥を這うヘビの気配。だが、ふだんは無害な細菌が何かのきっかけで敗血症を引き起こすことがあるように、音が悪さをすることもある。

話し声は音に変わり、音は話し声に変わる。

道路工事のドリルは、本当はこう話している。「地下(セラー)、セラー、セラー」

鳥の声は、鳥の声ではない。「見て(ルック)スイング、ルックスイング、ルックスイング」

風の音は、風の音ではない。「ああああ行って(ゴーン)しまった、ああああゴーン」

木の枝が軋む音は――「水滴(ドリップ)、ドリップ、ドリップ、ドリップ……」

そして、ふさがった喉から絞り出される「さよなら、愛してる」だったかもしれない言葉は、木にぶつかる砂利の音にすぎなくなる。

いま聞こえている〈ブラック・スクリーム〉、強烈な〈ブラック・スクリーム〉は、甲高い悲鳴を上げるドリルだ。それは股間から発せられて――そうさ、そこから聞こえている――背骨を伝い、顎を震わせ、目玉を貫いて脳に達する。

ノーーーーーーーー……

まぶたを開き、目をしばたたく。通りすがりの人々が不安げな視線を向けている。街のこの界隈には、幸いにも、やはりふつうとは様子が違うホームレスが大勢いる。おかげでいきなり警察を呼ばれるほど目立たずにすんでいる。

ただ、それは少しも幸いではないのかもしれない。

エウテルペは彼を許さないだろう。

どうにか自制心を働かせ、ふたたび歩き出した。次の交差点まで来たところで立ち止まる。汗を拭い、壁に額を押し当てて、息をしようともがいた。周囲を見回す。ステファンは有名なサンタキアラ教会の近く、ベネデット・クローチェ通りに来ていた。古代ローマ人が築いた旧市街の中心を貫いて走る長さ一・五キロほどの通りで、スカッパナポリ――ナポリを二分するという意味――とも呼ばれている。

混沌とした細い通りには、旅行者と地元住民、自転車、スクーター、小型だがパワフルな車があふれている。露店や商店には土産物やキリスト教の聖画像、家具、即興喜劇（コンメーディア・デッラルテ）像、塩漬け肉、水牛のモッツァレラ、イタリアの形をした瓶入りのリモンチェッロなどが並んでいた。ナポリ名物の焼き菓子スフォリアテッレ――さくさくしたペストリーで、ステファンの大好物だが、好きなところは味ではなく、幾層にもなったパイ生地が口のなかで崩れる音だ――もあった。

今日は朝から暑く、ステファンは帽子を取り、持ち歩いているペーパータオルで頭をつるりと拭った。

〈ブラック・スクリーム〉は始まっていたが、周囲で渦を巻く喧噪にすがるような思いで意識を向けた。スクーターのエンジンののんびりした音、叫び声、クラクション、何か重たいものが石畳の上を引きずられていく音、大道芸人が路上に置いたラジカセから流れる子供の陽気な歌声。大道芸人は中年の男性で、ゆりかごのような形をした小さな箱に、折りたたむようにして自分の体を押しこんだ。外から見えるのは、子供用の帽子をかぶった頭だけで、箱の前に置いた首から下だけの人形の上に顔が来ていた。その不気味な姿と本人の不気味な歌声が通行人の視線を惹きつけている。

　風が吹いて、頭上に干された洗濯物がはためいた。

「ママは静か（マミー・サイレント）、マミー・サイレント」と洗濯物がささやく。

　また別の音が聴覚を刺激した。その音は次第に大きくなった。

「こつ……こつ……こつ」

　そのリズムに興味を奪われた。よく響く音色。目を閉じた。音が聞こえるほう――背後を見てみようとは思わない。ただ音を楽しんだ。

「スクーザティ」女性の声が聞こえた。「あ、間違えた。すみません（スクーザミ）」

　ステファンは目を開いて振り返った。十九歳か二十歳くらいだろうか。華奢な体つき、編み込みにした長い髪、目鼻立ちの整ったほっそりとした顔。ジーンズを穿き、タンクトップを二枚重ねで着ている。上が白、その下に着ているのが紺色。さらにその下に淡い緑色のブラをしていた。そうわかるのは、ストラップが三組見えているからだ。片方の肩からカメラを提げ、反対の肩にはバックパックをかけている。足もとは、こともあろうに、カウボーイブーツだった。さっきの特徴的な靴音の発生源は、このウッドヒールだろう。

女性はためらい、ぱちぱちと目をしばたたいた。それから言った。「タクシーはどこ（ドヴェ・ウン・）で拾えますか（タクシ）」

ステファンは言った。「きみ、アメリカ人だよね」

「なんだ、アメリカ人だったんですね」女性はそう言って笑った。

アメリカ人だと気づいていて話しかけたくせに。

気を惹（ひ）こうとしているのは明らかだ。ステファンの外見が気に入って、話しかけたのだ。一人旅の大学生と見える。自分から先（ファースト）に――ステファンが最初（ファースト）の一人とは限らないだろうが――声をかけることに抵抗を感じないタイプらしい。もし相手の男に――もしかしたら女に――断られたら、にっこりと微笑み、気にしないでと言い残して、若さと美貌という最強の連合のコンビを味方にまた次を探す。

ステファンは太っている。ステファンは汗みずくだ。それを差し引いても、見た目は悪くない。しかも遊び人には見えない。安全な相手、ぬいぐるみのように抱き締めたくなる相手だ。

「タクシー乗り場がどこか、僕も知らないんだ。悪いね」ステファンはまた顔を拭った。

女性が言った。「それにしても、ほんと暑いですよね。もう九月だっていうのに」

たしかに暑い。しかしステファンが汗をかいている理由は、イタリア南西部の湿度の高さばかりではない。

小学校の制服を着た子供たちが歓声を上げて通り過ぎた。その後ろから、世話好きの雌鶏(めんどり)のような教師が追いかけていく。ステファンと女性は脇によけて道を譲ったが、ピアッジョのスクーターが突進してきて、すぐにまた反対側によけた。さらに漁師風の灰色の帽子をかぶった白髪交じりの宅配員が反対の方角から近づいてきた。箱を山ほど積んだ手押し車の重みにふらつきながら、二人をにらみつけて何事かぶつぶつつぶやいた。まるでこの歩道は自分専用道路だとでも言いたげだった。

「どうかしてますよね、ここ！　だけど、見てるだけでわくわくしちゃう。そう思いません？」女性はそばかすが散った顔に楽しげな表情を浮かべた。声は軽やかだが、甲高くはない。音を花びらにたとえるなら、ピンク色の薔薇(ばら)の花びら、むしられた直後でまだしっとりと湿っている花びらだ。花びらが肌にふわりと落ちるように、ステファンはその声を肌で感じた。

あの音楽嫌いの難民ファティマのボーカルフライ、ひび割れてかすれた声とは大違いだ。

女性の話し声を聞いていると、〈ブラック・スクリーム〉の音量は少しずつ下がっていった。

「アメリカにはこんな街はないよね。僕は思いつかない」ステファンは言った。アメリカ人ならきっとそう言うからだ。ニューヨーク市は似ているかもしれないと思ったが、数日前の〝冒険〟のことを考え、その例は挙げないことにした。

女性は美しい声でとりとめもない話を続けた。自分は南フランスを訪れたあとここに来たが、ステファンはほかにどこに行ったか。ナポリだけ？　それは残念。アンティーブ岬はすてきだった。それにニースも！

女性の声を聞けば聞くほど〈ブラック・スクリーム〉は遠ざかった。目も楽しい――なんと美しい人なのだろう。

なんとすてきな声なのか。

それにあの、こつこつと音を鳴らすブーツ。ローズウッドのドラムのようだ。

ステファンも、むろん、異性と交際した経験はある。ただしずいぶん前の話だ。医師たちが〈ブレーク〉と呼ぶ――本人の前では口にしないが――ものが起きる前、二十二歳より前。〈ブレーク〉を境に、ステファンはふつうであろうともがくのをやめ、何か吹っ切れたような気持ちで音の世界に足を踏み入れた。マミーが地下室で完全に静かになったころ――暑い地下室で二度と物音を立てなくなったころ、そう、実家の洗濯機がタオルを洗ったあと二度と回転することがなくなったころだ。

手に負えない息子の盾になど金輪際(こんりんざい)なってやるものかと父さんが決めたころだ。

それ以前――〈ブレーク〉以前は、ステファンの異様さを気にしないきれいな女の子がときおりいた。

ステファンは交際を楽しんだ――たまの夜の営みを楽しんだ――が、交わる感覚をその音ほどには楽しめなくなっていった。人の肌はごくかすかな音を立てる。場合によっては髪も。舌は音を立て、湿り気も音を立てる。爪も。

喉や肺や心臓は言うまでもない。

しかし、異様さはその度合いを深め、やがて目をそらす女の子ばかりになっていった。異様さをみなが気にするようになった。それ自体はかまわなかった。彼のほうも関心を失い始めていたからだ。シェリーやリンダから、ブラをはずしてちょうだいとささやかれても、ステファンが考えていることといえば、トマス・ジェファソンはどんな声をしていたのだろうとか、タイタニック号は沈没する瞬間にどんなうめき声を漏らしたのだろうといったことだったのだ。

カウボーイブーツの若い女が言った。「ナポリには数泊の予定で来てるの。女の友達と来てたのよ。その子、出発前にボーイフレンドと別れたばかりだったんだけど、そのボーイフレンドから電話があって、よりを戻そうって話になったらしくて、いきなり帰っちゃった。信じられないでしょ。あたしは一人で置いてけぼりってわけ！　ひどい話じゃない？　だけど、せっかくイタリアに来てるわけだし、予定を切り上げてクリーヴランドに帰るなんて、いやよ、もったいない！　だから一人で旅行を続けてるの。あ、ごめんなさい、一方的にしゃべってばかりで。ほんとごめんなさい。よく言われるのよね、しゃべりすぎって」

実際、しゃべりすぎだ。

しかし、ステファンは微笑みながら聞いていた。優しい笑みを作るくらいはできる。

「いいんだ、楽しいよ」

ステファンが黙っていても、この女は何とも思わないらしい。「あなたはどうしてナポリに？　留学中とか？」

「仕事で来てる」

「へえ、どんな仕事？」

人を捕まえて首吊り縄をかける仕事かな。

「音響エンジニア」

「え、すごい！　コンサートとかの？」

〈ブラック・スクリーム〉が遠ざかっているいまなら、常識的に振る舞えるし、そうすべきだ。頭のなかに蓄えてあった、退屈なくらいふつうの声の調子や言葉からいくつかを選んで、口にした。「いつかコンサートの仕事もできるといいんだけどね。いまは騒音公害検査をしてる」

「ふうん。おもしろそう。騒音公害か。車の騒音とか、そういう話？」

さあ、知らないよ。たったいまでっち上げた職業だから。「そう、そういう話だよ」

「あたし、リリー」

「ジョナサンだ」そう名乗った。昔から好きな名前だからだ。

三連符。ジョ・ナ・サン。

ワルツのリズムで発音される名前。

「ナポリにいると、ものすごい量のデータが集まりそうね。データを集めるのが仕事なのかどうか知らないけど」

「うん、にぎやかな街だね」

つかの間の沈黙。「で、タクシー乗り場は知らない？」

ステファンは周囲に視線を巡らせた。退屈なくらいふつうの人間ならきっとそうするからだ。それから肩をすくめた。「どこに行きたいの？」

「ただの観光。いま泊まってるホステルの人から勧められた観光スポットに行ってみたいの。すごいんだって」

ステファンは考える。

いいアイデアとは思えない……そんなことより、アルテミスがらみの計画を進めるべきだろう（なかなか優れた計画だ）。だが、アルテミスはいまここにいない。リリーは目の前にいる。

「だったら、僕の車で送ろうか」

「ほんと？　車、運転できるの――ナポリで？」

「まあ、ここの道路は無法地帯ではあるけどね。でも、交通法規なんかないふりで運転すれば、何とかなるよ。あとは、礼儀正しく道を譲ったりしないほうがいいな。自分優先で先に行く。みんなそうだから」

退屈なくらいふつう。絶好調だとステファンは思った。

　リリーが言った。「じゃ、一緒に来る？　ほかに予定がないなら」

〈ブラック・スクリーム〉が始まった。ステファンは強引に黙らせた。

「行き先はどこ？」

「幽霊が出そうな場所だって」

「幽霊？」

となると、きっと静かな場所だろう。

静かな場所に行ってよかったためしがない。音がない場所では、善意さえも消えてしまう。

　それでも、リリーの頭のてっぺんから爪先まで眺め回したあと、ステファンは答えた。

「いいよ。一緒に行こう」

## 37

　頭蓋骨。

一万個の。

二万個の。

十万個の、頭蓋骨。

それどころではない。十万個ではすまないだろう。

整然と並べられた頭蓋骨。眼球のない目はこちらを凝視している。鼻があった場所には三角形の闇が残っている。ずらりと並んだ黄色い歯。欠けて隙間が空いているところも少なくない。

リリーの道案内で着いた先がここだった。ナポリのフォンタネッレ墓地。

**幽霊が出そう……**

たしかに、不気味だ。

この墓地は、一般的な意味での墓地ではない。近寄りがたい巨大な洞窟で、リリーのガイドブックの説明によれば、一六〇〇年代にペストが大流行してナポリ市民の半数が命を奪われたとき共同墓所として使われたという。

「この下にもっとたくさん埋まってるって噂もある。古代ローマ時代の骸骨だって。あたしたちがいま立ってるこの下に、百万個のしゃれこうべが埋まってるかもしれないってこと」

二人は墓地の入口に立った。自然が作った特大のアーチ道の奥に、光の届かない空間が広がっている。観光シーズンを過ぎているせいか、見学者はほとんどいなかった。

ちらほらと見える人影は、観光客ではなく、お参りに来ている人々のようだ。蠟燭（ろうそく）に火をともして祈りを捧げている。

不気味で……静かだ。ほとんど何の物音もしない。

しばらくは我慢するしかないだろう。ステファンは汗を拭い、ティッシュをポケットにしまった。

「大丈夫？」

「平気だよ」

さらに奥へと進む。リリーのブーツの足音が洞窟に反響する。ああ、いい響きだ！

リリーがガイドブックを見ながらささやき声で――ここにいると自然とひそひそ声になる――解説した。第二次世界大戦中、ナポリは激しい空襲にさらされた。この墓地は、連合国側の爆撃機からナポリ市民を守った数少ない防空壕の一つでもあった。

洞窟内には最低限の明かりしかなく、蠟燭の炎が映し出す骨やしゃれこうべの影は不気味に揺れていた。まるで数百年前、数千年前の死者が立ち上がって動き出そうとしているかのようだった。

「気味悪いわね」

「言えてる」見た目が不気味だからではない。物音がしないからだ。この洞窟は、〈ブラック・スクリーム〉のペトリ皿のようなものだった。〈ブラック・スクリーム〉のうめき声が一つ、二つ、聞こえ始めた。音量を増して洞窟を満たしていく。

だがそれも、ある考えが浮かぶまでのことだった。新しいミッション。いいぞいいぞ。

〈ブラック・スクリーム〉が遠ざかる。

新しいミッションができた。

リリーを中心に据えたミッションだ。ふいに、知り合えてよかったと心の底から思った。ミューズが彼の苦悩に目を留め、リリーを遣わしてくれたかのようだった。

ありがとう、エウテルペ……

ただし、少し前にナポリ中心街でも感じたとおり、決していい考えではない。その一方で、こうも思った——ほかにどうしようもないだろう?

昨晩の不始末……難民キャンプ、ナイフが閃くときのしゅっしゅっという音。鐘の形に広がった血。悪夢。忍び寄る〈ブラック・スクリーム〉の波。

そうさ、どうしたってこれが必要だ。

リリーをじっくりと眺める。自分はきっと飢えた目をしている。リリーに気づかれる前に、目をそらした。

リリーは無邪気にふるまっている。積み上げられた無数の頭蓋骨に囲まれているというのに、光のない眼窩(がんか)に見つめられているというのに、笑みを浮かべていた。「ヤッホー!」そう大きな声を出す。

こだまが何度も行き来した。

リリーの関心がすでにほかに移ったあとも、ステファンの耳にはそのこだまがずっと聞こえていた。

二人はひんやりとして薄暗い洞窟のさらに奥へと進んだ。

「あなたの顔」リリーが言った。

ステファンは振り返って首をかしげた。

「目を閉じてたでしょ。何を考えてた？　どこの誰だった骨なんだろうとか？」

「いや、音を聞いていただけだ」

「音？　何も聞こえないけど」

「そんなことはないよ。音はいくらでもある。きみにも聞こえてるのに、意識していないだけのことだ」

「そうなの？」

「きみと僕、二人分の血液が流れる音、心臓の音。呼吸する音。衣ずれの音、服が肌にこすれる音。きみの音は僕には聞こえないし、僕の音はきみには聞こえないだろうけど、音がしていないわけじゃない。スクーターの音もしてる。これはさすがに聞こえないだろうね。残響の残響みたいな小さな音だから。ぽたぽたいう音も聞こえてる。たぶん水滴だな。あ！　シャッターの音がした。誰かが写真を撮ったんだよ。古いｉＰｈｏｎｅ、第四世代」

「すごい。そこまでわかるの？　すごく遠くからした音だよね。あたしには聞こえなかった」

「意識しなくちゃ聞こえない。どこにいたって音は聞こえてるんだ」

「どこでも？」

「例外はあるけどね。真空空間では音は聞こえない。宇宙空間ではきこえない」ステファンは映画の『エイリアン』を思い出した（かならずしも見る価値のない作品ではない）。広告のコピーはこうだった――〝宇宙では、あなたの悲鳴は誰にも聞こえない。〟

ステファンはその話をリリーに聞かせた。最後に付け加えた。「宇宙が舞台の映画でよくあるだろう？　光線銃をぶっ放す音や、宇宙船が衝突して爆発する音。あれは間違いだ。無音のはずなんだよ。どんな音も――銃声も、悲鳴も、赤ん坊の笑い声も、分子がぶつかる相手の分子がないと、聞こえない。音っていうのはそういうものだ。音の速さに違いがあるのも、だからだ。海抜ゼロメートルでは秒速およそ三百三十二メートル強。高度二十キロでは、秒速およそ二百九十メートル」

「へえ、そんなに違うんだ。ぶつかる分子が少なくなるから？」

「そう。宇宙には分子がない。何もないんだ。だから、たとえばきみが口を開けて声帯を震わせても、その悲鳴は誰にも聞こえない。でも、すぐそばに誰かがいて、きみの胸に手を置いたら、その人物には声が聞こえる」

「その誰かの体内の分子が震えるからね」

「そのとおり」

「自分の仕事のことを楽しそうに話す人って好き。さっき音響エンジニアって聞いたときは、ふうん、冴えない職業だよねって思った。でも、本当に好きでやってるんだなってわかった。それってすてき」

狂気をもたらすものが、一方で正気を保たせる役割を果たすのだから、不思議な話だ。

ステファンは、石に刻まれたラテン語の碑文に近づいていくリリーの後ろ姿を食い入るように見た。

こつ、こつ、こつ。

ブーツの音。

いい考えではない……

ステファンは自分に言い聞かせた。もう行け。リリーにさよならを言え。楽しかったよ、帰国の旅の安全を祈ってるって言うんだ。

だが、エウテルペがどこか近くで見守ってくれているような気がした。これからやろうとしていることにゴーサインを出しているような。〈ブラック・スクリーム〉を追い払うためなら、何をしようとかまわないと言っているような。気持ちは理解できると。

洞窟は、右手奥に向けてしだいに暗くなっている。

「あっちに行ってみよう」ステファンはそちらを指さした。

「そっち？　真っ暗じゃない？」

そうさ、真っ暗だ。真っ暗で、人っ子一人いない。

説得しなくてはならないだろうかと思ったが、リリーは危険なことはないだろうと判断したらしい。ステファンは少し風変わりだし、やけに汗をかき、太ってもいる。それでも、音響エンジニアだか何だかで、根気よくおしゃべりにつきあってくれて、ちょっとおもしろい話も聞かせてくれる。

女はみな、話のうまい男が好きだ。

それに、そうだ、ステファンはアメリカ人だ。危険な人物であるわけがない。

「わかった。行ってみよう」リリーは目をきらめかせた。

ステファンが指さした方角にそろって歩き出す。

周囲の光景に気を取られているふりをして、さりげなくリリーを先に歩かせた。

ブーツのソールとヒールが立てる音に耳を澄ます。

こつ、こつ、こつ……

周囲に視線を巡らせる。二人のほかには誰もいなかった。

ステファンはポケットに手を入れ、ひんやりとした金属の物体をそっと握った。

こつ、こつ、こつこつこつこつこつ……

## 38

カール・サンドバーグ。

「カール……詩人だった?」アメリア・サックスは、小型の灰色のルノーを運転している頭の禿げかけた男性に尋ねた。

シャーロット・マッケンジーの同僚は、ミラノにある二つの空港のうち、規模が小さくて中心街に近いほうのリナーテ空港でサックスを出迎えた。二人が乗った車はいま、渋滞にはまっている。

「ええ、詩人です」ピート・プレスコットは答えた。「『シカゴ』を書いた詩人ですよ」

プレスコットは、詩的な効果を狙ってのことだろう、声をやや低くして、詩の最初の数行、豚の食肉処理業者についての部分を暗唱した。

「あなたはシカゴの出身?」サックスは尋ねた。話の行く先がさっぱり見えない。

「いや、ポートランドですよ。何が言いたいかというと、サンドバーグの詩は、そのままミラノにも当てはまりそうだということです。ミラノはイタリアのシカゴだから」

ああ。なるほど。そう来るとは思わなかった。

「にぎやかで、忙しくて、どう考えても国中で一番美しい街というわけじゃない。でも、エネルギーにあふれていて、見どころも少なくない。『最後の晩餐(ばんさん)』は言うまでもありませんね。ファッションの都でもあるし、スカラ座もある。オペラはお好きですか」

「いえ、あまり」

一瞬の間。それはこう言っていた——〝生ける者すべてがオペラを愛しているはずなのに?〟

「それは残念。今夜の『椿姫』のチケットをいまからでも取れそうなんですが。アンドレア・カレッリが主演です。別にデートってわけじゃない」サックスが〝いえいえ、ぜひあなたとデートしたいわ〟と言うのを期待しているような口ぶりだった。

「ごめんなさい。今夜のうちに戻らなくてはならなくて。飛行機さえ確保できれば」

「シャーロットから聞きました。あの事件の捜査をしてらっしゃるそうですね。誘拐事件の」

「そうです」

「かの名探偵リンカーン・ライムと。例の本を何冊か読みました」

「本人は気に入らないようですけど」

「本にしてもらえるだけいいですよ。領事館の法務担当官を主人公にした話なんて、誰も書こうと思わないでしょうから。私だって興味深い事件に遭遇しないわけではないんですけどね」

プレスコットはその事件とやらの詳しい説明は加えず——サックスはほっとした——車のナビの画面を見つめた。渋滞はひどくなる一方だ。プレスコットは角を曲がって脇道に入った。地上の大渋滞とは対照的に、ナポリからミラノまでのフライトはあっという間だった。ＩＴ長者マイク・ヒルの運転手、豊かな髪と釣りこまれずにいられない笑顔が印象的な、いかにもイタリア人といった雰囲気の男性が、ぴかぴかの黒いアウディでホテルに迎えに来た。サックスがエントランスから出て行くなり、飛びつくようにして荷物を受け取った。三十分後――なかなか流暢な英語で、合間に浮ついた言葉をはさみながら行なわれたイタリア南部の歴史の講義を拝聴したあと――車はナポリにある民間飛行場に到着した。サックスは、アメリカから乗ってきたプライベートジェット機よりさらに贅沢な飛行機に乗りこんだ。優雅な飛行機はまもなく光のような速度で空を飛んでいた。機中では、商談があってスイスに向かうところだという、ヒルの会社の役員の一人と楽しくおしゃべりをした。そう、楽しかったが、その青年は筋金入りのギークで、彼が熱を入れて語った最先端ハイテク技術の話のかなりの部分は理解不能だった。

プレスコットが運転席で言った。「イタリアの都市のなかでは、ミラノが一番好きですね。ほかに比べて観光客が少ないし、食べ物もおいしいから。南部はチーズばかりで閉口します」

つい先日、五百グラムほどもありそうなモッツァレラチーズをまるごと出された経験から、その気持ちはサックスにも理解できたものの、ナポリの料理を弁護したい衝動にも駆られた。が、自制した。

プレスコットが続けた。「ただ、ミラノは……とにかく渋滞がひどい」顔をしかめ、またもや設定し直したルートに車を向けた。商店や町工場、問屋、アパートなどが建ち並んでいる。大半のショーウィンドウや窓に見慣れない形の日除けがついていた。金属や金網でできていて、上から引き下ろすようになっている。どんな商品を製造したり販売したりしているのか、サックスは看板に目を凝らしたが、ほとんどわからずじまいだった。

言われてみれば、何度か訪れたシカゴにもこんな界隈があった。頻繁に見かける赤い屋根がアクセントを加え、いまの季節は紅葉がさらなる彩りを添えているとはいえ、ミラノは基本的に石の灰色をした街だ。ナポリはもっとずっとカラフルで――はるかに混沌としている。

よく日に焼けていてエネルギッシュなヒルの運転手と同様、プレスコットもイタリアについて滔々（とうとう）と語り始めた。

「アメリカと同じでね、イタリアも北部と南部に分かれているんですよ。ざっくり言って、北は工業地帯、南は農業地帯です。どこかで聞いた話でしょう？　厳密な意味での内戦は起きたことがありませんが、複数の王国の統一を目指した戦争はありました。ミラノでも有名な闘いが起きました。チンクエ・ジョルナーテ・ディ・ミラノ。〝ミラノの五日間〟ですね。一八四〇年代の第一次イタリア独立戦争の闘いの一つで、オーストリア軍を街から追い払いました」

プレスコットは前方に目をやり、また渋滞していると見て取ると、急ハンドルを切って右に曲がった。「今回の事件――コンポーザー事件でしたか。犯人はどうしてイタリアに来たんですか」

「動機ははっきりしていません。これまで移民、難民を二人襲っていることを思うと、不法入国者が被害者の事件は警察も捜査しにくいだろうし、身を入れて捜査する理由もないと考えているのかもしれません」

「本当にそこまで抜け目ない人間なんでしょうかね」

「ええ、間違いなく」

「うわ、またか！」

車の流れは完全に止まってしまった。サックスは飛行機で移動中にプレスコットに電話をかけ、コンポーザーがマレク・ダディを殺害した現場で発見されたポストイットにあった番地を伝えた。プレスコットはそのとき、空港から三十分もあれば行けると請け合ったが、実際にはすでにその倍の時間を渋滞にはまって過ごしている。

「ミラノへようこそ」プレスコットはつぶやき、車をバックさせて歩道に乗り上げ、いま来た道を戻りながら新たなルートを検索した。サックスは、ミラノの大きいほうの空港からは渋滞にはまりやすいとマイク・ヒルが言っていたことを思い出し、これと同じように渋滞した道を三十数キロも行くほうを選んでいたら、いったい何時間かかっただろうかと考えた。

サックスの飛行機が着陸してから一時間半近く経過したころ、車は幅広の浅い運河に沿って走り出した。独特の古風な優雅さとけばけばしさが同居した一画だった。住居、レストラン、商店が混在している。

「ナヴィリ地区です」プレスコットが言った。濁った運河を指さす。「人や物を運ぶ川とミラノとをつなぐ運河は、昔は全長百五十キロほどあったそうなんですが、いまはこの運河を含めて数本しか残っていません。イタリアの都市の大部分は、そばに大きな川があるか、街中を通っていますが、ミラノに川はない。そこで人工の川でその問題を解決しようと考えて運河を作ったわけです。閘門(こうもん)や水門の設計に、ダ・ヴィンチ自ら知恵を出したそうですよ」

車はまた角を曲がり、静かな通りを走った。やがて商業ビルが集まった交差点に来た。人影は見当たらない。プレスコットは、見るからに駐車禁止の標識とわかるものの前に車を駐めた。自分が駐車違反の切符を切られることなど絶対にありえない、ましてや車がレッカー移動されることはないと、百パーセントの確信があってこその行動だろう。

「あれがそうです。フィリッポ・アルジェラティ通り二〇―三三番地」

ピンク色の――赤だったものが色褪せたようだ――看板が出ていた。〈フラテッリ・グイダ　マガッジーノ〉。

「グイダ兄弟会社　倉庫」プレスコットが英語に直した。

看板は古びている。おそらくグイダ兄弟はとうの昔に会社をたたんだのだろう。マッシモ・ロッシから受け取ったメッセージには、建物の現所有者はミラノの不動産会社だとあった。そこからローマの会社にリースされているが、その会社から折り返しの電話はまだかかってきていない。

サックスは車を降り、歩道伝いに建物の前まで行った。明るい茶の漆喰塗りの二階建てで、壁は大胆な落書きで埋め尽くされていた。窓は内側から濃い茶色に塗りつぶされている。大きな両開きの扉の前に、緑色のガラスの破片が散らばっていた。サックスはしゃがんでガラス片に触れてみた。

車に戻ると、プレスコットも降りてきた。「ここで周囲に目を光らせていていただけますか。誰か来たら、携帯電話にメッセージを送ってください」

「え……」プレスコットはうろたえた。「ええ。しかし、誰も来やしないでしょう？　だって、あの建物は、何カ月も、いや何年も誰も来たことがないように見えますよ」

「いいえ、ここ一時間以内に誰か来ています。車で。入口に転がっていた瓶を踏んでるの。あれ、あれ、見えます？　あのガラスの破片」

「ああ、あれ。見えます」

「なかのビールがまだ乾いていません」

「あの建物が何か違法なことに使われてるなら、国家治安警察隊（カラビニエリ）か国家警察に連絡したほうがいいんじゃないかな」プレスコットは明らかに落ち着きをなくしていた。

「いいえ、心配しないで。とにかくメッセージを送ってください」

「わかりました。かならず送ります。ところで、何て書けばいいですか」

「笑顔のエモジでけっこうです。バイブが作動するのがわかれば充分だから」

「バイブ……ああ、着信音は切っておくということですね。誰かに聞かれたら厄介だから。なかに誰かいた場合に備えて」

返事をするまでもない。

サックスは建物の前に戻った。入口の扉の横に立ち、サイドポケットに入っているベレッタの握りのそばに手を置く。コンポーザーが黒っぽい色のセダンを駆って陸路はるばるミラノまで来て、ビール瓶を踏みつけて倉庫に入り、剃刀やナイフ、トレードマークの首吊り縄を用意して待ち構えていると考えるべき理由は何一つない。

しかし、警戒の必要なしと断定できる理由も、やはり何一つなかった。

サックスは拳で扉を叩きながら、イタリア語で「警察です！」と言った。まずまずの発音ではないかと思って満足した。身分を偽るのは重大な法律違反であるという事実には、気づかないふりをした。

建物のなかから返事はなかった。

また扉を叩く。反応はない。

建物の裏手に回ってみた。小さなドアがもう一つあったが、見るからに頑丈そうな鎖と南京錠で閉ざされていた。こちらもノックしてみた。

やはり応答はない。

車のところに戻った。「どうでした？」プレスコットが訊く。

「しっかり鍵がかかってます」

プレスコットはほっとした顔をした。「警察に来てもらいます？　令状を取ります？ナポリに帰ります？」

「トランクを開けてもらえますか」

「トランク……ああ、はいはい」プレスコットが車のトランクを開けた。

サックスはなかを探してタイヤレバーを取った。

「これ、借りても？」

「ええ、まあ」プレスコットはすばやく記憶を探るような顔をしていた。おそらく、タイヤレバーはほとんど使ったことがないから、住居侵入に使われたところで自分の指紋は付着していないはずだと安心したのだろう。

サックスは正面のドアを見て――大型の車両が通れる両開きの扉ではなく、もう一つある歩行者用の出入口――鎖のかかっている裏のドアよりこちらのほうが壊しやすそうだと判断した。周囲を確かめる。目撃者はいない。タイヤレバーをドアと枠の隙間に押しこみ、てこの原理を利用して手前に引いた。錠前のオス側がメス側からはずれ、ドアが開いた。

## 39

タイヤレバーをドアから離れた場所、とっさに拾って武器に使われることのない場所に置いた。ベレッタを抜き、なかに飛びこんで、目を細めて暗がりに慣れるのを待った。

人生は、思いがけないなりゆきを用意しているものだ。

ほんの何日か前まで、彼は森の番人、アナグマの守り人……キノコのおまわりだった。ところがいまは、りっぱな犯罪捜査官だ。けっこうな大事件の捜査に加わっている。コンポーザーを追跡する一人なのだ。

国家警察でも国家治安警察隊（カラビニエリ）でも、初めの何年かはけちな窃盗犯や自動車泥棒、強盗犯、スリの常習犯を追うだけで終わるものだろう。こんな大事件の捜査に参加する機会など絶対にない。

フェデリコ二世ナポリ大学そばの落ち着いた住宅街を車で走りながら、エルコレ・ベネッリは、多重犯罪者の捜査に携わるのはこれで二度目だなと考えて愉快になった（忘れていませんよ、アメリア。コンポーザーは連続殺人犯ではないんでしたよね）。ただし、もう一つの事件の被害者は、ナポリの東側に広がる丘陵地帯で飼育されていた十二頭のウシだった。それだって誘拐事件には違いない。不運な被害者は警戒することなく犯人に近づき、異議を唱えることなくトラックの荷台に載せられ、そのままさらわれてアントレやランチョンミートにされたという差異はあったにせよ。

だが、今日のエルコレは本物の刑事だ。犯行現場の捜索に単独で向かっている。

胸躍る事実がもう一つある。エルコレはリンカーン・ライムの〝秘密兵器〟なのだ。高名な科学捜査官その人がそう言ったのだから間違いない。

正確には、秘密兵器の片割れか。もう一つの秘密兵器は、隣に座っている。トム・レストン、ライムの介護士だ。

今回の任務は、ソームズ事件関連の内緒の任務の最初の一つ——ナターリア・ガレッリの自宅を訪ねる任務——とは異なり、気が重いということはなかった。たぶん、捜査の虫につかれたのだと思う。由々(ゆゆ)しき罪を犯した人間が別に存在し、ガリー・ソームズは無実の罪を押しつけられているにすぎないのかもしれないと考えると、かならず真実を突き止めたいという気持ちがむくむくと湧き上がってきた。国家警察ナポリ本部(クエストゥーラ)を出る前にエキスパートを捕まえて質問攻めにした。そのエキスパートは、ダニエラ・カントンという妖艶な形をしていた。美貌の——そして音楽に詳しい——巡査は、〝遊撃隊〟のパトロール警官にすぎないが、現場に最初に到着する警察官でもあり、あとから駆けつけてくる科学警察のために証拠物件を確保し、保存するのも仕事のうちだろう。そう思えば、教えを請うには理想的な相手だ。本部の食堂に座り、カプチーノを飲みながら、ダニエラは冷静な声で講義をした——現場で何を探すべきか、どのような観点から現場を見るべきか。何より大事なことは、証拠物件を汚染したり、手を加えたりしないことだ。自分の手もと足もとに気をつけるだけでなく、ほかの人々にも目を光らせなくてはならない。

ダニエラの話には、アメリア・サックスからすでに教わったことと重なっている部分が多いとエルコレは気づいた。それでもダニエラと向かい合って座り、うっとりするような青い瞳で冴えない色の天井を見上げながら話をする様子を見つめているだけで、幸せな気分になった。

カップを包む、ほっそりとした優美な指。

　空色の鉤爪をしたチーター。

途中でエルコレは思った。ダニエラは野生動物というより、映画スターだ。それも遠い時代の映画スター。フェリーニ、デシーカ、ロッセリーニ、ヴィスコンティといったイタリアの偉大な映画監督の作品を彩ったような女優。

　それゆえ、イザベッラの写真を見せたいという衝動にふいに襲われても、抗（あらが）った。恥じるところなどなくても、卵を抱いたハトの話を絶世の美女に聞かせる口実など思いつかない。エルコレはメモを取ることに専念した。

　というわけで、ダニエラから授けられた知恵と、科学警察のガイドラインにざっと目を通して得た知識とを武器に、エルコレ・ベネッリは新たな任務に出発した。非力な車を歩道に乗り上げて駐めて（ナポリ流の駐車スタイル）、降りた。秘密のミッションのパートナーも降りた。

　トムは通りを見回した。「ここはどういった地域ですか」

「大学の近くなので、住民には学生が多いです。あとは作家、アーティスト。荒れた地域にも見えますけど、実際の治安は悪くありません」

　ナポリのこの地域に典型的な通りだった。建ち並ぶ細長いアパートはみな黄色や灰色や赤に塗られていて、どれもそろそろ塗り直しが必要だ。落書きという装飾がされた壁も見え、あたりには〝芳香〟が漂っている。ここ数日、ごみの収集が一度も行なわれていないのだ。それは珍しいことではなく、また自治体だけに責任がある話でもない。ごみの収集事業や集積場は、主にカモッラが牛耳っているからだ。誰に対する誰からの支払いが滞っているかによって、ごみの収集日が不定期になる。

洗濯紐が張られ、干された洗濯物がはためいている。路地や戸建ての裏庭で、子供が遊んでいる。サッカーの試合が少なくとも四つ進行中で、選手の年齢は六、七歳から二十代初めまでと幅広い。後者の選手たちは、たくましく、熱心で、テクニックも確かだった。なかにはプロになれそうな技術の持ち主もいる。

エルコレ自身は、サッカーを本気でやってみたことがない。背が高すぎ、手足が長すぎる。子供時代の趣味は、バードウォッチングやボードゲームだった。

「フットボールは……ええと、サッカーはやりますか？」エルコレはトムに尋ねた。

「いいえ。大学時代はフェンシングをやっていました」

「フェンシング！　かっこいいな。けっこう本格的にやってたんですか」エルコレはトムの引き締まった筋肉質の体を観察した。

「いくつか賞をもらった程度です」謙遜（けんそん）の口ぶりだった。

エルコレがさらに問い詰めると、ようやくトムは、オリンピックの代表候補になったことがあると認めた。

「あのアパートですね」エルコレは目当ての建物にまっすぐ歩いていった。二階建てのアパートで、賃貸用に改装されているのは明らかだった。一階に新たな玄関を増設したようだが、雑な仕上がりだ。その玄関のあるほう、下の階の一室が、ガリー・ソームズが借りている部屋だろう。簡単な推理だ。玄関は安っぽい木のパネルでふさがれ、警察の命令により閉鎖、立入禁止と書いた張り紙がしてあるからだ。これがふつうなのだろうか。犯罪の現場ではなく、犯罪に関連しているだけの場所なのに、ワンフロアまるごと立入禁止にするのも妙ではないか。

レイプという重大な犯罪だからかもしれない。

トムが微笑んだ。「あれはきっと、入るなと書いてあるんですね」

「ええ、立入禁止とあります。裏に回ってみましょう。ここにいると誰かに見られそうだ」二人は雑草だらけの路地を経由してアパートの裏手に回った。

ちょうどそのとき、エルコレの携帯電話が着信音を鳴らしてメッセージの受信を告げた。少し前に、ここへ来る車のなかでエルコレが送ったメッセージへの返信だ。

エルコレへ。はい、帰りがけに軽く飲む時間ならあります。21時にカステッロ・ラウンジで待ち合わせではいかが。

腹の底でどくんと音がした。驚いたな。食事か酒を一緒にどうかと誘っても、断られるだろうとばかり思っていた。初めからなかばあきらめていた。

アライグマの守り人。キノコのおまわり……

それがどうだ、誘いに応じてくれた。デートの約束を取りつけた！

エルコレはタイプした──了解しました！

少し迷い、〝！〟を削除してから送信した。

よし。仕事に戻ろうか、ベネッリ捜査官。

デートレイプ・ドラッグの痕跡を偽装するにも、表通りに面した出入口を破って侵入すれば、誰かに目撃されるだろう。建物の裏手は？　窓が並んでいるが、人が通り抜けられる大きさのある窓は、高い位置──地上三メートルほどのところにあって、容易には届かない。建物の側面を見ると、手の届くところに窓があるが、これは高さ二十センチほどしかない採光窓で、通り抜けるのは無理だろう。いずれにせよ、後者の窓はペンキで塗りこめてある。何十年も一度も開けたことがなさそうだ。

トムが隣の建物を指さした。ずんぐりした作業員が二人、外壁を塗っている。エルコレとトムはそちらに歩き出した。作業員はエルコレの制服をじっと見たあと、足場から下りてきた。エルコレは、ここ何日かのあいだにこの裏庭で誰か見かけなかったかと尋ねた。昨日だったかその前の日に、子供のグループがサッカーをしているのは見たが、それだけだという答えが返ってきた。

はしごは夜間も置いたままになっているのかと尋ねた。侵入者はそれを拝借したのかもしれない。しかし、道具類は毎日すべて持ち帰っているという返答だった。ガリーのアパートに忍びこもうとした人物は、自分のはしごを用意してきたのだろう。エルコレははしごを借り、窓を一つずつ確認した。いずれも鍵がかかっているか、ペンキで塗りこめられていた。はしごを作業員に返し、今度は裏庭に入った。

両手を腰に当てて、ガリーのアパートの裏面を眺める。裏庭にごみが転がっている。それだけだ。デッキの下にプラスチックの大きなプランターが二つ、空っぽのまま放置されていた。一階には出入口がない――デッキの右側に小さな窓が一つあるだけだった。建物の側面にあった窓と同様、ペンキで塗りこめてあった。

ラテックスの手袋をはめ、靴に輪ゴムをかけた。トムも同じようにした。一階の床の高さから張り出しているデッキに上った。色褪せて壊れかけたローンチェアが一脚と、下にあったのと同じようなプランターが三つ。なかの土は乾いてひび割れ、花は植えられていなかった。枯れた残骸も見当たらなかった。窓のついたドアが一つある。二階の部屋に上がるためのもののようだ。ノブを回してみたが、窓と同じように鍵がかかっている。土埃と泥で汚れたガラスを透かしてキッチンが見えたが、調理器具や家具は一つもなかった。カウンターには埃がうっすらとたまって、人の手が触れた痕跡はない。

トムもガラス越しにのぞきこんだ。「空室ですね。何か知らないかと訊こうにも、真上の住人はいないわけだ」

「そういうことになりますね。残念」

デッキから裏庭に下り、ダニエラのアドバイスに従って建物から三、四メートル離れた。そこで振り返って、建物全体をよく観察した。ダニエラによれば、そうやって全体を眺めて初めて状況が見えてくることがある。

人が出入りできそうなドアや窓はどう配置されているか。奥まったスペースや路地はないか——いったん身をひそめて侵入プランを練ることができるような場所はないか。

建物のなかにいる人物から外の様子がよく見える場所、外にいる人物にとっては室内の様子がうかがえる場所はどこか。

証拠物件が見つかりそうなごみ容器はないか。

武器を隠しておくのにうってつけの場所はないか。

疑問は次々浮かんできた。しかし、捜査の役に立ちそうな答えはどこにもない。エルコレは首を振った。

そのとき、トムがささやくような声で言った。「彼になってみてください」

「彼？」

「ホシです」トムはエルコレの顔を見て、とまどった表情に気づいたのだろう、付け加えた。「〝ホシ〟はわかりますか」

「ええ、ええ、わかります。犯人のことですよね。でも、犯人に<ruby>なる</ruby>？」

「ニューヨーク市警の科学捜査部門を率いていたころ、リンカーンが科学捜査の王だった理由はそれです。何年も前、アメリアを弟子に選んだ理由も。僕も本当に理解できているわけじゃないんですが」トムは少し考えてから続けた。「殺人犯の心のなかに入りこむということです。その瞬間、警察官ではなくなる。殺人犯、泥棒、強姦魔、子供にいたずらをする悪人になるんです。メソッド俳優みたいなものですね。スタニスラフスキーが提唱した、キャラクターの内面に同化するような演技法。心には負担がかかるかもしれません。心の暗い場所に分け入ることになりますから。しかも、そこから這い出てくるのにも時間がかかるでしょうし。でも、優秀な現場鑑識官はそれができます。リンカーンはよく、善悪の境界線は目に見えないほど細いものだと言います。優秀な科学捜査官は、悪夢の犯罪者にもなれると。あなたのゴールは手がかりを見つけることではありません。ここで起きた犯罪をあなたが一から犯すことです」

エルコレは建物に視線を戻した。「僕は犯罪者だ」

「そのとおりです」

「そして（アッローラ）、僕の犯罪は、ガリー・ソームズを犯人らしく見せるために、彼の部屋に証拠を置くことだ」

「その調子です」トムが言った。

「でも、正面玄関は人通りの多い通りに面していて、近隣の家からも丸見えだ。そこから押し入ることはできない。二階の空室を借りようか検討中のふりをするのはどうかな。不動産業者を呼んで部屋に入れてもらって、ガリーの部屋にこっそり下りて証拠を残す」

「自分が犯罪者なら、本当にそんなことをしますか」トムが訊いた。

「しない。そりゃそうだ、しないな。自分がここに来た記録を残すようなものだから。とすると、建物の側面か裏手から侵入するしかない。でもドアや窓は全部、鍵がかかってるか、ペンキで塗りこめられている。こじ開けたような形跡はどこにも——」

「待って、エルコレ。刑事の思考法に戻ってしまっていますよ。いまのは犯罪が起きたあとに現場を見て考えることでしょう。犯人のように考えなくてはいけません。犯罪者になりきらなくちゃ。あなたは本物のレイプ犯で、ガリーに濡れ衣を着せなくてはならない。あるいは、あなたはガリーのガールフレンドで、ひどい仕打ちをしたガリーに仕返しをしたいのかもしれません。あなたは切羽詰まっているんです。失敗するわけにはいかない」

「そうだった。そうでした」エルコレはささやくように言った。

僕は犯人だ。

切羽詰まっている。または猛烈に怒っている。ガリーの部屋に入って、デートレイプ・ドラッグを置いてこなくてはならない。

エルコレは裏庭を歩き出した。トムがそのあとを追う。エルコレはふっと足を止めてつぶやいた。「ドラッグをこっそり残してこなくてはならない。でも、満たすべき条件はそれだけじゃない。もう一つ、僕がやったということを誰にも知られてはいけないという条件がある。誰かに気づかれたら、警察は即座にガリーは無実だと判断して、真犯人の僕の追跡を開始するだろう」

「そうです。その調子です。いま、〝僕〟と言いましたね。〝彼〟ではなく」

「うまくやるにはどうしたらいい？　コミックの悪党みたいに、ヘリコプターからロープを下ろして煙突から入るなんてできない。トンネルを掘って地下から入るのも……」

エルコレは建物の裏面に目を走らせた。腹の底に本物の犯人らしい焦(あせ)りを感じた。誰かに見られる危険があるから、短時間ですませなくてはならない。凝った道具が手もとにあるわけでもない。僕はプロの泥棒じゃないからだ。ドアや窓にこじ開けた痕跡を残さずに、どうにかあの部屋に押し入らなくてはならない。「痕跡は残せない……どうすればいい？　どんな方法がある？」

トムは黙って見守っている。

エルコレは、自分が侵入しなくてはならない建物を凝視した。穴が空くほど凝視した。

やがて、ふいに閃いた。笑い声が漏れた。

「どうしました？」トムが尋ねた。

「答えがわかりました」エルコレは小さな声で答えた。「プランターだ。答えは、花のプランターですよ」

## 40

流血の時が来た。

ミラノのフィリッポ・アルジェラティ通り二〇―三二番地を占めるグイダ兄弟会社の倉庫裏の路地にいたアルベルト・アッレグロ・プロンティは、影の奥からそっと足を踏み出した。

少し前、がたの来たテーブルについてバルポリチェラの赤ワインをちびりちびりやっていると、半ブロック先から物音が聞こえた。ノックの音だ。人の声も聞こえたかもしれない。

プロンティは即座に立ち上がり、音が聞こえたところ――おそらく倉庫だろう――の様子を確かめに行った。

いまは古い倉庫の裏手にいる。塗りつぶされた窓の奥を人影が横切ったように見えた。倉庫に誰かいる。

プロンティにとっては好都合だ。なかにいる誰かにとっては不運だ。

筋肉質のたくましい体をした五十八歳のプロンティは、ワインを飲んでいたテーブルに武器を取りに戻った。長さ一メートル弱の鉄の棒だ。先端にねじ山が切られていて、四角いナットがねじこんである。ナットは錆びて、鉄の棒と完全に一体化している。威力があり、危険で、殺傷力の高い武器。

マリオには、一人で対処するからおまえは手を出すなと大声で伝えた。倉庫に取って返し、音を立てないよう裏に回る。窓の前に立ち、少し前に倉庫に入ったとき塗料を剝がしておいたところからなかをのぞきこむ。まさにこういうときのために塗料を剝がしておいた――なかにいる人間に気づかれずに動きを探り、こちらの優位に物事を進められるように。

プロンティは窓に作ったのぞき穴からさっとなかをうかがった。向こうから誰かの目がこちらをまっすぐ見返しているのではないかと思って、脈が速くなった。だが、誰もいなかった。しかし、正面玄関を入ってすぐ、二階に上る階段のあたりで影が動くのが見えた。よし、ターゲットはなかにいる。

ランニングシューズの爪先で静かに裏口に歩き、ポケットから鍵を取り出した。南京錠をはずし、枠とドアにねじこまれた輪からそっと鎖を引き抜き、鎖の輪同士がぶつかって音を立てないよう、一直線にして地面に置いた。

南京錠も、鎖から少し離れたところに置いた。ドアの蝶番(ちょうつがい)に、潤滑油代わりの唾を吐きつける。

こういった訓練はきっちり叩きこまれていた。

それから、頼りになる鉄の棍棒をしっかりと握り直し、倉庫のなかに入った。物音を立てないように。

暗がりに目が慣れるのに少し時間がかかったが、間取りは頭に入っている。倉庫は巨大な厩舎(きゅうしゃ)のようになっていて、一階は高さ一・八メートルの仕切りでいくつもの小さな区画に分けられている。一箇所を除き、どの区画もごみくずや朽ちかけた建設資材で満杯だ。例外の一区画には段ボール箱とパレットが積んであった。この倉庫を賃貸に出している会社から少し前に届いたものだ。床の掃除は行き届いて塵一つ落ちておらず、段ボール箱の山まで歩いていって陰に隠れても、足跡が残ってターゲットに気づかれる心配はない。プロンティは段ボールの陰に隠れ、頭上から聞こえる床板の軋む音を耳で追った。ときおり目を閉じて、その音の動きに意識を研ぎ澄ました。

**流血……**

ターゲットは階段の下り口に戻ってきた。階段を下りる足音が伝わってくる。下りきったところからは、正面玄関に戻るか、中央の通路を歩き出すか、二つに一つだ。いずれにせよ、プロンティと、命取りになりかねない棍棒に背を向けることになる。

実戦で鍛えられたプロンティの耳――コウモリの耳のように鋭い――がくそったれの位置を正確に察知したら、プロンティは飛び出し、凶悪な棍棒を振り下ろす。首をかしげて気配に耳を澄ました。いいぞ、昔を思い出す……軍に戻ったみたいだ。懐かしい思い出もあれば、忘れたい記憶もある。日ごろから、食事のとき、あるいはワインを飲みながら、軍時代の武勇伝を長々と披露してはマリオをうんざりさせていた。

ポー川でのできごとが記憶に蘇りかけたとき……

プロンティは自分を叱りつけた。おい、思い出に浸ってる場合じゃない。

これは実戦なんだ。

足音は階段を下りきったところで止まった。どちらに進むべきか、迷っている。

左の正面玄関に戻るか。通路を直進するか。

いずれにせよ、おまえはまもなく俺の怒りを感じることだろう……

プロンティは棍棒を両手で握った。鉄のナットが鼻に近くなって、においを感じた。

血と錆のにおいは似ている。この武器はほどなくその両方のにおいを放つことだろう。

しかし……何が起きている？

重たげな音がした——足音だ——もう一つ。また一つ。倉庫の奥から聞こえている！

侵入者は最短のルート——何もない真ん中の通路を経由してプロンティの前を通るルート——を行かず、壁に沿って建設資材がごちゃごちゃに積まれたルートを行こうとしている。プロンティがそこは通れないだろうと判断したルートだ。

残念だがな、友よ、俺から逃げようったって、それは無理だ。

プロンティは両手で鉄の棒をしっかりと握って隠れ場所から出ると、忍び足で倉庫の奥に向かった。ターゲットは裏のドアから出ようとしているのだろう。それならそれでいい。そいつが裏口を開けようとしたところで……プロンティが背後から脳天をかち割る。

静かに……音を立てないように……

あと少しというところで、また足音が聞こえて――それもすぐ近くで聞こえて、プロンティは飛び上がった。

だが、肝心の足は見えない。

どういうことだ？

また音が聞こえた。

煉瓦のかけらが転がってきて、すぐそこで止まった。

くそ！　そういうことか！　軍で受けた訓練は、役に立たなかった。

足音、重たい音は、足音などではなかった。陽動だ。なぜ気づかなかったのか。

背後から、命令調の大きな声が聞こえた。

その命令、こともあろうに女の口から発せられた命令は、英語だった。プロンティは英語がほとんどわからない。それでも、その意味を推測するのはそう難しいことではなかった。プロンティは迷わず鉄の棒を放り出すと、両手を高々と挙げた。

アメリア・サックスは銃をしまった。

倉庫の床にふてくされて座っている、痩せた髭面の男を見下ろす。身なりは不潔だった。ピート・プレスコットが隣に来て、男が所持していた金属の棒を調べた。「威力がありそうだ」

サックスは横目で棒を見た。たしかに。

「イル・トゥオ・ノーメ？」プレスコットが氏名を尋ねた。

男は無言で二人の顔を見比べていた。

プレスコットが質問を繰り返す。

「アルベルト・アッレグロ・プロンティ」男が言った。プレスコットに向かってさらに何か続けた。プレスコットは男のポケットからカードを引き出した。

それが男の身分を証明した。

男はふてぶてしい態度でまた何かイタリア語で言った。サックスにもいくつかの単語が聞き取れた。「共産党員なの？」

男の目が輝いた。「パルティート・コムニスタ・イタリアーノ！」

プレスコットが言った。「イタリア共産党なら、一九九一年に解党された」

「ノー！」プロンティが吠えた。またイタリア語で何か続けた。熱を帯びた口調で一方的にまくし立てている。遠い過去の政治運動、大多数の人々にとってはとうに意味を失った運動を、まだ続けているつもりなのだろう。

男はしばらくしゃべり続けていたが、やがて顔をしかめた。

プレスコットが愉快そうに言った。「あなたは優秀だ、まんまとだまされたと言っています。自分は正規の訓練を受けた兵士なのに、だそうですよ」

「訓練うんぬんはよくわかりませんが、軍にいたことは事実かもしれません。イタリアでは何年か前まで、すべての男性に一年の兵役が課せられていましたから」プレスコットは男に何か質問をした。

プロンティはうつむいて答えた。

「コックだったようです。それでも基礎訓練は受けたと言い張ってますが」

「ここで何をしてたの？　政治の話は省いて答えてって伝えて」

どうやらホームレスらしい。ここから半ブロック先の路地裏で暮らしている。

「どうして私を襲おうとしたのかしら」

プレスコットは首をややかしげて男の返事に聴き入った。それから説明した。「数週間前までこの倉庫に住んでいたそうです。ここ一年くらいずっと誰も使っていなかったとか。裏口にチェーンと南京錠までつけたそうですよ。いつでも出入りできるように。あと、街のチンピラから身を守るために。なかもきれいに整えた。ところが、所有者かここを賃貸している人物が久しぶりに荷物を置きに来て、プロンティを脅して通りに放り出したそうです。こっぴどく殴られた。マリオも蹴られた」

「それほんと？」

「マリオって誰？」

「イル・ミオ・ガット」

「彼の――」

「猫ね」

プロンティが続ける。「エラ・スコントローソ」

プレスコットが言った。「彼を脅した男は……不愉快なやつだった」

猫を蹴飛ばすような人間の大部分はそうだろう。

「今日は、誰かの声が聞こえたから、その男がまた来たんだろうと思ったそうです。仕返しをしてやりたかった」

「私より前に誰か来なかった？」サックスは路上のガラス片のことを話した。

プレスコットの通訳によれば、作業員が何人か来て、荷物を置いていったか、運び出すかした。「二時間くらい前だそうです。寝ていたので、ちゃんと見てはいない。そのあと、あなたの気配を聞きつけた」

サックスはポケットから二十ユーロ札を出して渡した。プロンティは目を見開いた。安ワインが何本買えるか暗算しているに違いない。サックスはコンポーザーの似顔絵と、マレク・ダディのパスポート写真を見せた。

「この二人に見覚えは？」

質問の意図は通じたようだが、プロンティは首を振った。

となると、あのポストイットは、亡命が認められて仕事を探す段になったら役に立ちそうな情報として、難民キャンプの誰かがダディに渡したものと考えるしかなさそうだ。

それでも、この倉庫はコンポーザーと関わりがあるというごく小さな可能性に懸けて、サックスは言った。「もしこの男を見かけたら」自分の携帯電話を指さす。「連絡してくれる？」スタンダップコメディアンのような身ぶりで電話をかける真似をし、自分を指さす。

「携帯は持ってない」プロンティは無念そうに唇をとがらせた。もらったばかりのユーロ札を返せと言われたかのようだった。

「この近くにプリペイド携帯を買えるお店はありますか」

「一ブロックくらい先にタバッカイオがありますよ」

三人は小さな商店まで歩き、プレスコットはサックスから預かった現金でプリペイド携帯電話本体と、メールと通話が数分できる分の電話カードを購入した。

サックスは自分の番号を新しい電話に登録した。「見かけたらメッセージを送ってください」そう伝えてノキアの携帯電話と新たな二十ユーロを渡した。

「ありがとう、シニョリーナ！」

「どういたしまして。猫のマリオはどうしてるか訊いてもらえます？　蹴られたあとどうしたか」

プレスコットが質問を伝えた。

プロンティは暗い顔で答えた。

「マリオは軽傷ですんだそうです。何より傷ついたのはプライドだそうで」プレスコットは肩をすくめた。「ま、人間でも猫でも、そういうものですよね」

## 41

〝カピターノ・ライム〟はアメリア・サックスとの通話をちょうど切り上げようとしていた。

話しかけようとしたエルコレは、電話中だと気づいて口をつぐんだ。

まだミラノにいるサックスから、有益な情報は得られなかったとの報告だった。現場で見つかった手がかり――ポストイット――は、コンポーザーではなくマレク・ダディのものだったようだ。完璧を期すため、サックスは倉庫内の土壌サンプルを採取し、靴跡の写真を撮っている。指紋については、三百個近くの部分指紋が見つかったらしい。分析にかけるには多すぎる。何にせよ、努力は実を結ばなかった。コンポーザーとその倉庫のあいだにつながりがあるとは考えにくい。

驚きはないとはいえ、ライムは失望を感じた。サックスがナポリに戻ってくるのは明日になりそうだということにも落胆した。マイク・ヒルのプライベートジェットのクルーは今夜スイスで一泊し、明日の朝早く、ミラノに寄ってサックスを拾うという。

ただ、サックスはとてもいいホテルを見つけていた。有名な旧ミラノ動物園の真向かいに位置しており、オペラ劇場のスカラ座やミラノ大聖堂も徒歩圏内にある。観光スポットには大して興味がないが、その二つだけは見に行ってみようかと思うと言った。本命――フェラーリの本拠地マラネッロ――に行ってF1マシンで試走する時間は取れそうにないからだ。

ライムは顔を上げてエルコレを見た。「待たせたな、エルコレ。報告を聞こう」トムにも感謝の印にうなずいた。

「ベアトリーチェ・レンツァが証拠の分析を終えたそうです」エルコレは必要もないのに声をひそめた。三人以外には誰もいない。「ソームズ事件の証拠です。その結果を報告します。まず犯行現場になったアパートの証拠」

エルコレはデスクに歩み寄り、非公認の捜査チームが裏捜査向けのミニ一覧表に使っている黄色い法律用箋を取り出した。そこにゆっくり丁寧に情報を書き足していく。自分の筆跡に落第点が与えられたことを意識しているのだろう。

**ナターリア・ガレッツリのアパート屋上の喫煙エリア**
**カルロ・カッターネオ通り**

・微細証拠：

- 酢酸
- アセトン
- アンモニア
- シュウ酸アンモニウム
- 灰
- ベンゼン
- ブタン
- カドミウム
- カルシウム
- 一酸化炭素
- クミン
- 酵素：
  - プロテアーゼ
  - リパーゼ
  - アミラーゼ
- ヘキサミン
- メタノール
- ニコチン

・リン酸塩
・カリウム
・赤ワイン
・サフラン
・炭酸ナトリウム
・カレー
・タバコの葉と灰
・カルダモン
・尿酸塩

**隣の屋上の犯行現場**
**カルロ・カッターネオ通り**

・微細証拠：
・クミン
・酵素：
・プロテアーゼ
・リパーゼ

・アミラーゼ
・リン酸塩
・サフラン
・炭酸ナトリウム
・過ホウ酸ナトリウム
・カルダモン
・カレー
・尿酸塩

「見てわかるとおり」エルコレは興奮した調子で言った。「似通っています。共通するものがいくつもあります。つまり喫煙エリアにいた人物が真犯人である可能性が高いということです」

高いかどうかは別として、その可能性があることは事実だろう。一覧表の項目にひととおり目を走らせ、さまざまな可能性を検討し、仮説を当てはめ、ほかの仮説を排除する。

「ベアトリーチェがいま、化学物質の意味を考えてくれています」

「そうか、そうか、そうか、しかし考えてもらうまでもないだろう」

エルコレは動きを止めた。それから言った。「だけど、単独ではただの物質です。どこから来たものか見当がつかないですよね。組み合わせると何になるか、それがわからないと」

ライムはひとりごとのように言った。「それはもうわかっている。喫煙エリアの物質——たとえば酢酸とアセトン、アンモニア、ベンゼン、ブタン、カドミウムは、言うまでもなく、煙草に含まれていたものだ」

「でも、毒ばかりじゃないですか」

トムが笑った。「煙草は吸わないことですよ、エルコレ」

「吸いません。一生吸いません」

ライムは話がそれたことに渋い顔をした。「続けていいか？　喫煙エリアには、煙草の煙の残滓がある。ほかの物質をいくつか組み合わせると、洗濯洗剤になる。スパイスは考えるまでもないな。カレーだ。インド料理。さて、犯行現場はどうだ？　洗濯洗剤とスパイスだけだ。さて、記憶を呼び覚ませ、エルコレ。屋上に上ったときの話だ。近くに洗濯物は干してあったか？　ナポリはどこもかしこも洗濯物だらけだが」

「いいえ、なかったと断言できます。僕も近くに洗濯物がないか意識して見ましたから。洗濯物を取りこもうとして、犯行を目撃した人がいるんじゃないかと思ったんです」

「ふむ」ライムは言った。目撃証人はいかに当てにならないかというのもの講釈は控えることにした。「現場のアパートに住んでいるカップルの連絡先は知っているか」

「女性のほうなら。ナターリア。ガリーの同級生です。ものすごい美人ですよ」

「美人だから何だ？」

「本人に会ったら、そんなこと言えなくなると思いますけど」

「電話しろ。いますぐ。パーティの前に洗濯をしたかどうか訊け。パーティでインド料理を出したかどうかも。カレーだ」

エルコレは携帯電話を探してナターリアにかけた。一度で電話がつながったのを見て、ライムは安堵した。イタリア語の会話が続いた。イタリア語のやりとりのほとんどは、英語のやりとりに比べて情熱的で表現豊かに聞こえる。

電話を切って、エルコレが言った。「洗濯物の件については、ちょっと残念な結果です。パーティ当日の午後、シーツを洗濯したそうです。夜遅く車で帰るより、泊まっていこうとする客がいるかもしれないと思って。洗濯洗剤は犯人から来たものではないということです。

インド料理のほうも残念ながら同じでした。パーティ用にはチップス――ポテトチップスとか――と、ナッツとドルチェ――甘いものしか用意しなかったそうです。でもパーティの前に、ボーイフレンドとカレーを食べています。ボーイフレンドの写真を見ましたが、インド系でした。僕らにとってはバッドニュースです」

「ああ、そのようだ」

喫煙エリアのスパイスと洗濯洗剤の成分は、客と歓談しているときか、パーティが終わって後かたづけしているとき、ナターリアから落ちたものだろう。被害者の女性を助けようと駆けつけたタイミングで、同じように犯行現場に落ちたとしてもおかしくない。

エルコレは尋ねた。「たしかこうおっしゃってましたよね。元ガールフレンドが仕返しのために自分に罪を着せたのかもしれないとガリーは話していると」

ライムは言った。「そう話しているのは弁護士だ。ヴァレンティナ・モレッリだったかな。フィレンツェだかその郊外だかにいるらしいが、まだ連絡がついていない」

ここでエルコレの電話の着信音が鳴った。エルコレは画面を確かめた。頬が赤くなったように見えた。口もとには笑みらしきものが浮かんでいる。即座に返事をタイプした。

ライムとトムは目を見交わした。トムも同じことを考えているだろう――〝女か〟。

仕事熱心で美しい女性警察官とのデートなら、しておいて損はない。

リンカーン・ライムはそのことを経験から知っている。

エルコレは電話をしまった。「一番いいニュースを最後に取っておきました」

「ほう、さっさと聞きたいものだな」ライムはぶつぶつと言った。ライムの尊大な物言いをいつもすかさずフォローするサックスはいない。

「ガリーの部屋で、シニョール・レストンからとてもいいアドバイスをもらいました。僕は犯人になるべきだと助言してくれたんです。やってみたら、とても興味深い事実が見つかりました」

もどかしげに眉を吊り上げる。

「このあたりでは典型的な建物でした。左右対称なんです。右に窓があれば、左にも同じ数だけある。表側に切妻があれば、裏にもある。それに――」

「エルコレ」

「ああ、すみません。裏庭から見ると、低い位置の窓が一つしかありませんでした。地下室の明かり取りになっている高さ二十センチくらいの窓です。それが一つしかなかった。左側に同じ窓がないのは不思議です。建物全体でそこだけが左右対称になっていないんですよ。裏庭の地面が左側だけ高いというわけではないのに、明かり取りの窓がありそうな場所だけほんの少しだけ高くなっていた。地面が少し盛り上がっていたんです。で、デッキの下に空のプランターが二つあった。デッキの上にあるものとまったく同じでした。でも、上にある三個には土が入っていました」

ライムは興味を惹かれた。「つまり犯人は、左側の窓から侵入したわけだな。ガリーの部屋の窓だったか」

「はい。犯人はそこから室内にドラッグをまいたあと、プランターの土を使って窓を隠したんです」

「だが、鑑識は室内でガラスの破片も土も採取していないな」

「そこです」エルコレは言った。「犯人は抜け目ない人物です。ガラス切りを使ったんです。これを見てください」エルコレは紙ばさみからレターサイズくらいの光沢紙に印刷した写真を取り出してライムの前に並べた。「ベアトリーチェに印刷してもらいました」

ほぼ長方形をした、直線的な切れ目がガラスに入っていた。

エルコレが説明を続けた。「犯行のあと、犯人は庭にあった段ボールを使ってガラスにあいた穴をふさぎ、そこに土を盛って侵入の痕跡を隠したんです。残念ながら、プランターにも段ボールにも指紋は付着していませんでした。ただ、痕跡がまったくなかったわけではなくて、ラテックスの手袋が残した痕と考えて……」言葉を探すような間をおいて、続けた。「矛盾しない痕跡を確認しました」

よくできました。

「ほかに、押し込み侵入者のものと思われる靴跡も見つけました。〝押し込み侵入者〟って、合ってます？」

「ああ、意味は充分すぎるほど通じる」将来有望な若者だなと思いながら、ライムは言った。

エルコレがミニ一覧表を更新した。

**ガリー・ソームズの自宅アパート**
**ナポリ、ウンベルト一世大通り**

・ガラス切りで切断された明かり取りの窓
・指紋検出なし、ラテックスの手袋の痕と思われる痕跡あり
・段ボールの切れ端でふさいだうえ、土を盛って侵入の痕跡を隠す
・破られた窓の外および室内真下の床の靴跡
・サイズ　ヨーロッパサイズで40、紳士物なら7½、婦人物なら9、革底
・γ-ヒドロキシ酪酸（デートレイプ・ドラッグ）
・裏庭のぬかるみにタイヤ痕
コンチネンタル195／65R15
・靴跡から採取した土
・分析待ち

「デートレイプ・ドラッグはどこから検出された？」

「窓台です」

一覧表を見ながら、ライムはつぶやいた。「侵入者はいったい何者だ……？」

**押し込み侵入者**……

「警察に匿名の電話をしてガリーの名前を伝えたのと同一人物か？　電話の声は女だった。靴も、女物とも考えられるサイズだ」

エルコレが言った。「タイヤ痕の情報を調べました。コンチネンタルのタイヤです。侵入者のものと断定することはできませんが、一日か二日前についたもののようでした。表通りから目撃されたくなければ、裏に駐めるのは理に適っています」

「言えているね」

「ただ、残念ながら、同じタイヤを装着している車種は数えきれないほどあるんです。でも――」

そのとき、声が聞こえた。その声は鞭のように室内の空気を切り裂いた。「おい、森林警備隊。出ていけ。いますぐだ」

ライムが車椅子の向きを変えると、ダンテ・スピロが立っていた。黒いスーツに白いシャツ、ネクタイはなし。山羊鬚、短く刈りこんだ頭、そして怒りに燃えた表情の組み合わせは、いつも以上に悪魔を連想させた。

「スピロ検事……」エルコレの顔は血の気が引いて真っ白だった。

「出ていけ。いますぐ」鋭いイタリア語が続いた。

エルコレがちらりとライムを見る。

「おまえの上官は彼ではないぞ――私だ」スピロが吠えた。

エルコレは慎重にスピロを迂回して歩き出した。

鋭い視線をライムに注いだまま、スピロは低い声でエルコレに言った。「ドアを閉めて出ろ」

「シ、プロクラトーレ」

42

「よくもこのようなことができるな。私が担当している事件の弁護側につくとは」

スピロはライムに近づいた。

トムが一歩前に出た。

スピロは言った。「きみもだ。きみも出ていてくれ」

トムは穏やかに応じた。「お断りします」

スピロは向きを変え、トムの目をまっすぐにらみつけたが、いま相手にすべきはトムではないと思い直したのだろう、出ていけと繰り返すことはしなかった。何度言われたところで、トムがおとなしくライムのそばを離れることはないだろうが。

スピロはライムに向き直った。「私はそもそもきみらが捜査に加わることに反対だった。邪魔なだけだと思った。しかしマッシモ・ロッシは、得るものがあるだろうと考えた。ロッシはこの捜査の指揮官だ。だから——そこが私の愚かな弱点であるのだろうが——了解した。そして結果はどうだ？　きみらはやはり奴らの仲間にすぎなかった」

どういう意味だろう――ライムは眉をひそめた。

「きみもやはりお節介なアメリカ人の一人にすぎない。良識などかけらも備えていない。誠実さもなければ、境界意識もない。自分の都合で行き先を決め、通り道にあるものをすべて踏みつぶしておいて謝りもしない、愚かな大国の一員だ」

物事の上辺しか見ていない発言ではないかと指摘するつもりはライムにはなかった。何千キロもの距離を越えてこの国に来たのは、アメリカの外交政策を弁護するためではないと言うつもりも。

「たしかに、今回の捜査に関して、きみらの思いつきのいくつかは役に立った。だが、考えてみれば、きみらが作り出した問題とも言えるではないか！　コンポーザーはアメリカ人だ。きみらはやつを探し出して犯行を止めることに失敗した。つまり、せめて捜査に協力するのは当然のことと言える。

しかしその反対のことをするのは――捜査を、私の事件の捜査を阻害するのは、意識を失った女性への性的暴行という重大な事件の捜査を邪魔するのはどうか。それは、ミスター・ライム、許しがたい行為だ。ガリー・ソームズは、魔女裁判の被告ではない。この国の法律、民主的精神に従い、合理的な証拠と証言を根拠として逮捕された。被疑者に与えられるべき権利もすべて与えられている。ラウラ・マルテッリ警部と私は、いまも手がかりを追跡し続けている。もし無実が判明すれば、ガリー・ソームズは釈放される。だが、いまの時点では有罪の可能性が高く、釈放のうえで裁判を待つべきであると裁判所が判断しないかぎりは勾留される」

ライムは口を開きかけた。

「いや、最後まで聞け。仮に、弁護側に助言したい、科学捜査官としてアドバイスしたいと事前に相談されていたら、私も了承していただろう。ところがきみはそうはしなかった。さらに許しがたいことに、我々の一員を引き入れた。ほんの数日前まで、ヤギの飼育条件が適切か否かを確認したり、未洗浄のブロッコリを販売した疑いで裁判所への召喚状を発行したりしていた駆け出しの警察官に協力させた。弁護側の調査のために無許可で警察の施設を利用した。この国では重大な法律違反だぞ、ミスター・ライム。加えて、個人的にはこちらのほうが罪が大きいと思うが、きみをもてなしている国に対する無礼でもある。きみとエルコレ・ベネッリを公訴することになろうかと思う。即座にこの国から出ていかなければ、正式に公訴提起することになる。念のために言っておくが、きみの収容先として私が提案する施設での生活は、決して快適なものとならないだろう。この件に関して、私から言いたいことは以上だ」

スピロは向きを変えて出口に向かい、ドアを引き開けた。

ライムは言った。「真実」

スピロが足を止めた。振り返る。

ライムは続けた。「私にとって重要なのはそれだけだ。真実だよ」

冷ややかな笑み。「あれやこれやと言い訳するつもりか？　それもアメリカ人が好きなものの一つだったな――言い訳。好き勝手にふるまったあと、言い訳を並べて正当化しようとする。誤って数千の人命を奪ってしまった、なぜなら崇高な大義を盲目的に信じていたからだ、と。我が国は心から遺憾に思っている、昼も夜も悔いている、と」

「言い訳ではないよ、スピロ検事。事実だ。真実を見つけ出すためであれば、私はどんなことでもする。必要とあらば、きみの目を盗んでひそかに捜査を進めることも厭わない。それを言ったら誰の目であろうとね。私たちの行為は、正規の手順に反したものだという認識はあった。法律に違反するとまではいかなくとも」

「いや、法律に反しているよ」スピロは指摘した。

「ガリー・ソームズは、事実、フリーダ・Sのレイプ事件の犯人であるのかもしれない。そうだとしても、私自身はどうとも思わない。率直に言って、どうでもいい話だ。私が調べた結果、ガリーの有罪が証明された場合には、喜んで詳細をきみに伝える。無実の証拠が見つかった場合も同じだ。そのことはガリーの弁護士にも伝えてある。だが、答えが見つからないまま放っておくことだけはできない。ある証拠について、知りうるすべての情報を手に入れたか。その証拠は、人間で言えば内気で、私たちにまだ話してくれていないことが何かあるのではないか。あるいは、不誠実にも嘘をついているのではないか。別の何かのふりをしていたりはしないか」

「気がきいているね、ミスター・ライム。大学の講義でも、学生の関心を惹きつけるために、そうやって人にたとえてみせるのか？」

実を言えば、そう、このテクニックを頻繁に使っている。

「今回のレイプ事件の捜査は実に行き届いていると思った――」

「偉そうに！　それもまたアメリカ人の得意なことだな、自分を上にして他人を見下す」

「いやいや。本心から言っている。きみとマルテッリ警部の仕事ぶりは実に見事だ。しかしその一方で、踏み込みの足りない部分もある。もう少し突っこんで調べるべきだと思った点がいくつかあった」

「ふん、口で言うだけなら何だって言えるだろう。最後通告はした。即座に出国するんだな。さもないと、それなりの責任を取ってもらうことになる」

スピロはまたこちらに背を向けた。

「ガリーのアパートに侵入者があったことは知っていたかね」

スピロの動きが止まった。

「ラテックスの手袋をした人物がガリーの部屋の窓ガラスを切断し、土を盛ってその痕跡を隠した。デートレイプ・ドラッグが検出された衣類が置かれていた部屋だ。しかも、窓枠と窓台――建物の外側にも、同じドラッグの痕跡があった」

ライムはトムにうなずいた。トムが黄色い用箋を使ったミニ一覧表を探し出してスピロに差し出した。スピロはそっけなく手を振っただけで受け取らなかった。

そしてまた出ていこうとした。

「頼む。とにかく見てくれ」

スピロはわざとらしくため息をつき、引ったくるようにして一覧表を受け取ると、ざっと目を走らせた。「きみらの呼びかたにならえば、〝喫煙スペース〟か、そこにいた人物と、被害者が襲われた現場とを結びつける証拠も見つかったのか。デテルシーヴォ・ペル・イル・ブカート——洗濯洗剤と、スパイス」

成分から洗濯洗剤とわかったわけか。大したものだ。

固い声で、スピロは続けた。「だが、それは何の証明にもならない。この微細証拠の源は、パーティの主催者のナターリアだろう。被害者を助けようと駆けつけている。それにボーイフレンドのデヴはインド系だ。カレーについては、それで説明がつく」そこでふっと表情を和らげた。そしてうなずくと、ライムに言った。「私も初めはデヴに疑念の目を向けた。大学で事情聴取をしたのだが、そのあいだもしじゅう通りがかりの女子学生にちらちらと視線をやっていた。もの欲しげな目でね。それに、当日の夜、被害者のフリーダと話をしているところを見たと言う者もいる。ただしパーティのあいだどこで何をしていたか、わずかの空白もなく確認が取れた。そのうえデヴのＤＮＡは、被害者の体内から検出されたＤＮＡとは一致しなかった」

ライムは言った。「近隣のホテルの防犯カメラは故障していた」

「どのみち役に立たなかっただろう」

「そう、きみの言うとおりだ。ナターリアのアパートから採取された証拠は、役に立たない。しかしガリーのアパートで見つかった証拠は別だ。たとえば現場で採取した靴跡」

スピロの目に、初めて興味深げな色が浮かんだ。「小柄な男のサイズ、あるいは女性のサイズだな。ガリーがフリーダのワインに何か混ぜているところを見たという匿名の電話をかけてきたのも、女だった」

「犯人が歩いたルートの土をエルコレが採取した。それはいま分析中だ――ベアトリーチェが。そこから何か手がかりが得られるかもしれない」ライムは言った。「靴跡を残した人物がレイプ犯本人とも考えられるが、ガリーをひどい目に遭わせてやりたいと考えた人物――匿名の電話をかけた女という可能性もある。弁護士の話では、ガリーは相当の女好きだったようだ。いわゆるプレイボーイ……わかるかね？」

「わかるよ」

「ガリーの異性の扱いは、女性たちの側から見たら不当なものだったようだ。たとえばフィレンツェ在住の女性は――」

スピロが言った。「ヴァレンティナ・モレッリだね。知っている。こちらから電話をかけているが、いまだ連絡が取れない」

一瞬の沈黙があった。それから、スピロの表情が変化した――不本意ながら、と言いたげな表情に。「いいだろう（アッローラ）、カピターノ・ライム。事件のその側面をもう少し追ってみることとしよう。加えて、きみと森林警備隊員ベネッリによる警察施設の不正使用と捜査への介入についての告発も、一時的に保留とする。あくまでも一時的にだぞ」

スピロは胸ポケットから褐色の葉巻を取り出して鼻に近づけ、香りを大きく吸いこんでから、ポケットに戻した。

「きみも察していたかと思うが、きみたちが乗りこんできたことについての私の反応は、そう、こう表現しては大げさかもしれないが、きみたちの罪の大きさに対して過剰だったようだな。きみは身体的な危険を冒してアメリカからやってきた――体の条件を思えば、長旅は容易ではないだろう。危険がつきまとう」

「それは誰だって同じだ」

スピロはそれについては何も言わずに先を続けた。「それに、たとえコンポーザーを逮捕できたとしても、アメリカへの引き渡しがかなうとは限らない。先日の話を覚えているかね――」

「オオカミのおっぱいのルールだな」

「そうだ。だが、それでもきみは、獲物を追ってはるばるイタリアまで来た」スピロは首をかしげた。「真実を追って、か。そして、私はことあるごとに妨害した」

スピロはしばし無言でコンポーザー事件の証拠物件一覧表を眺めた。それからゆっくりと言った。「私が抵抗したことには、理由がある。個人的な理由だ。私情を捜査に持ちこむなど、言うまでもなく、許されることではないな」

ライムは黙っていた。二つの事件の捜査を継続できるチャンスは歓迎だ。それに、イタリアの刑務所に入らずにすみそうなこともちろんありがたい。だから、スピロが先を続けるのを待った。

スピロは言った。「答えは、遠い昔にある――第二次世界大戦まで遡る。きみの祖国と私の祖国は、敵として戦った……」声がしだいに小さくなる。「……が、最後まで敵だったわけではない」

43

「エゼールチト・コベリジェランテ・イタリアーノという名に聞き覚えはあるかね」

「いや」ライムはスピロに答えた。

「イタリア共戦国軍。仰々しい呼び名だが、概念は単純だ。イタリアと連合国が敵対していたのは、大戦の初期だけだった。ドイツ降伏のはるか前、一九四三年に休戦協定が結ばれて、イタリアと連合国の戦争状態は解消された。ファシズムを信奉する一部の兵士はそれ以降もナチス側について交戦を続けたが、イタリア王と首相はアメリカ軍やイギリス人と協力してドイツ軍と戦った。共戦国軍は、言ってみれば連合国のイタリア部隊だった。

しかし、きみも知っているだろうが、戦争というのは複雑なものだ。戦争はシャッタ――厄介なものなのだ。四三年九月の休戦協定締結後、イタリアが連合国の一員として戦うようになって以降も、アメリカ軍兵士の多くはイタリア人兵士を信用しなかった。私の祖父は勲章をいくつももらった勇敢な小隊長だった。祖父の小隊は、ローマとナポリのちょうど中間あたり、ナチスがしぶとく防衛していたベルンハルト戦線を突破する任務を負ったアメリカ陸軍第五軍を支援することになった。

祖父は小隊を率いて、戦線の後方、サンピエトロに向かった。小隊は後方から攻撃に参加し、華々しい勝利を収めたものの、多くの兵士を失った。アメリカ軍は、前進しようとしたところで、祖父の小隊が戦線の連合国側にいることに初めて気づいた。イタリア軍兵士が作戦に参加していることを知らされていなかったのだね。そこで彼らは、小隊の生き残っていた三十名ほどの兵士を武装解除して呼び集めた。本部に問い合わせる手間を惜しんだ。祖父の哀願にも耳を貸そうとしなかった。そして全員をまとめて捕虜収容所に放りこんだ――三百名のナチス軍兵士がいる収容所に」スピロは寒々とした笑い声を漏らした。「〝味方兵士〟に囲まれて、イタリア兵がどのくらい生き延びたと思う？　十時間。そう伝えられている。しかも大部分は無残な死を遂げた。祖父もそのうちの一人だった。アメリカ軍兵士は、悲鳴を聞いても何もしなかった。真実が表に出ると、六名の生存者に対し、第五軍の少佐が謝罪声明を発表した。少佐だ。将軍でも、大佐でもない。少佐だ。二十八歳の若造だ。

一つ付け加えておこう。戦争は厄介というだけではない。誰にも予想できない結果をもたらす。祖父が収容所で死んだとき、私の母はほんの子供だった。父親の顔さえろくに覚えていなかった。それでも祖父の死は母の心によくない影響を残した。少なくとも祖母はそう考えていたよ。母の心についた傷が完全に癒えることはなかった。結婚して私と弟を産んだが、私が生まれた直後から不調を来すようになった。悪化する一方だった。鬱状態から躁状態へ、躁状態から鬱状態へ。公共の場で服を脱いだりした。ときには弟や私を学校に迎えにきたときなどにもね。教会で裸になったこともあった。奇声を上げたりもした。治療は受けた。過激な治療も」

**電極用の粘着ゲルの成分が頭に入っている人物はそういない……**

「そういった治療は母の短期記憶を破壊しただけで、何の役にも立たなかった。喪失感は消えなかった」

「いまはどうしていらっしゃる？」

「ホームに入っているよ。弟や私が見舞いに行くと、誰なのかわかって話をするときもある。新薬が効いて、状態は安定している。医者の話では、いま以上の改善はおそらく望めない」

「お気の毒に」

「祖父の死はともかく、母の件まできみたちの国に責任をなすりつけるのは不合理だとわかってはいる。だが、私はあえてアメリカのせいだと思うことにした。誰かの責任にできれば、心の負担は軽くなるからだ。というわけで(アッローラ)、そういう個人的な事情があったわけだ。それだけのことだった」

ライムはその遠回しの謝罪を受け入れてうなずいた。言い方はどうあれ、本心からの謝罪であることは伝わってきた。

スピロはこの話はここまでと区切りをつけるように、自分のももをぴしゃりと叩いた。

「さて、私たちの共通の目標は、ガリー・ソームズ事件に隠された真実を突き止めることだという合意ができた。それを踏み台に、まず何をすべきかな」

「ローマに依頼したデートレイプ・ドラッグの分析を急がせることだろうね。ガリーのアパートで採取されたサンプルと、フリーダの体内から検出されたサンプルが一致するかどうか、そこからだ」

「わかった。急ぐように伝えよう」

「それから、ガリーの部屋の窓の外で採取した土の分析をベアトリーチェが行なっている」

「よし(ベーネ)」

「もう一つ思いついたことがある。新たな分析を依頼したい。エルコレからベアトリーチェに話してもらうのがいいだろう」

「おっと、あの森林警備隊のことをすっかり忘れていた」スピロは入口から廊下に顔を出し、大きな声で命令を発した。

エルコレが入ってきた。完全に畏縮(いしゅく)している。

「首がつながったようだぞ、エルコレ。いまのところはな」スピロが低い声でうなるように言った。「ライム警部がおまえの危機を救った(セーヴ・ユア・ベーコン)。アメリカ流の表現だが、森林警備隊員にぴったりだ」

エルコレは引(ひ)き攣(つ)った笑みを浮かべた。愉快がっている様子はかけらもない。

スピロの表情はいっそう冷ややかになった。「いいか、ランエンドを試みたりしたら――」

こざかしい真似と言いたいなら、〝エンドラン〟だ――ライムは反射的に誤りを正しそうになったが、その衝動をのみこんだ。

「――おまえのキャリアはそこで終わりだ」

「何のことをおっしゃってるんでしょう？」

「心当たりがないかね？　サックス刑事をアラビア語の通訳に駆り出すという馬鹿げた一件を指しているのではないぞ。あの策略は滑稽(こっけい)なほど見え透いていたな。私が言っているのは、カポディキーノ難民一時収容センターでの記者の件だ。ヌンツィオ・パラーダ。マレク・ダディが殺害された夜、やたらに質問を浴びせてきたあの男だよ。きみの友人だ。違うか？」

「あ……ええ、まあ、顔見知りではあります。はい」

「私が来たことに気づいて、こそこそとパラーダのところに行き、アメリカ人捜査官を招いた私の先見の明について質問しろと助言したね？」

　エルコレの頬は真っ赤に染まっていた。「申し訳ありません、プロクラトーレ。サックス刑事に力を貸してもらえたら、捜査に利益になるだろうと思ったんです。でも、失礼ですが、スピロ検事にはそれを許すお気持ちがなさそうだったので」

「ラ・トルッファ――きみの策略は、エルコレ、目的にかなうと判断した。だから私も調子を合わせた。策略だとわかっていたがね。捜査チームのメンツも保てるし、才能あるサックス刑事が捜査に直接参加してもらうきっかけにもなる。だが、きみの計画は、英語で言えば、チープだったな。それに、きみが情けないほど思慮浅薄であることを露呈する結果にもなった」

「それはどういう意味でしょう、プロクラトーレ」

「きみのその頭には思い浮かばなかったのか？　先見の明ある判断をしたと称賛されるどころか、私は連続殺人鬼をニューヨークから逃がした張本人たる刑事たちをイタリアに招いた愚か者と指さされることになりかねないと」

　ライムとトムはそろってにやりと笑った。

「幸いなことに、マスコミは馬鹿者ぞろいだから、きみと同じようにその矛盾に気づかなかったらしいな。しかし今後は、思ったことがあれば率直に言ってくれないか。私には喉を鳴らす子猫のような一面もあると思うのだがね」

「ですが（アッローラ）、プロクラトーレ、その……」

「私に怯えているようなその態度が気に入らん！」

「でも、あなたを怖がっている人が大半だと思います、プロクラトーレ。こう言っては失礼かもしれませんが」

「なぜ怖がる？」

「厳しい方だからです。よく大声で怒鳴りつけるし、わめき散らすことも」

「将軍や芸術家や探検家も同じことをするだろう。当然のことながら」

「それに、手帳……」

「手帳？」

エルコレはスピロの胸ポケットに視線を落とした。天地小口が金付けになった革綴じの手帳がわずかにのぞいていた。

「これがどうした？」

「だって（アッローラ）、おわかりですよね」

スピロが嚙みつくように言った。「なぜかと訊いているのに、わかっているはずだと決めつける理由がわからんね」

「気に入らない人の名前をその手帳に書くんでしょう。チャンスを見て仕返しをしたい人物の名前を」

「ほう、そうなのか？」

「そういう噂があります。僕はそう聞きました」

「ふむ、森林警備隊、それでは訊くが、いくつ名前が書いてある？　いつかさらし台に立たせてやりたい人間の名前が、いったいいくつある？」スピロは手帳をエルコレに差し出した。エルコレはおずおずと受け取った。

「あの――」

「読め、森林警備隊。いいから読んでみろ」

エルコレは手帳を開いた。イタリア語の几帳面な文字がびっしりと並んでいるのがライムにも見えた。虫眼鏡でもなければ読めないような小さな文字だった。

エルコレが眉間に皺を寄せた。

スピロが言った。「タイトル。最初のページの一番上に何と書いてある？　読み上げてみろ」

エルコレは読み上げた。「ラ・ラガッツァ・ダ・シャイアン」エルコレはライムやトムのほうを見た。「『シャイアンの女』という意味です」

「その下には何と書いてある？」

「カピートロ・ウーノ。第一章」

「その先も読み上げてくれ。カピターノ・ライムのために英語に直して」

エルコレは困惑顔をしたのちうなずくと、ところどころつかえながらも英語に訳して読み上げた。「四時二十五分発ツーソン行きの列車が襲撃されていなかったら、ベル・ウォーカーは婚約者と結婚し、姉や妹たちと同じ退屈で平凡そのものの人生、母が歩んできたような人生を送ることになっていただろう」

エルコレは顔を上げた。

スピロが言った。「私の趣味でね。アメリカのカウボーイ小説が好きで、そればかり読んでいる。子供のころからそうだった。イタリアとアメリカの西部劇は密接につながっている。セルジオ・レオーネ。クリント・イーストウッド主演の映画。『荒野の用心棒』。『続・夕陽のガンマン』。『ウエスタン』という傑作もある。セルジオ・コルブッチ監督、フランコ・ネロ主演の『続・荒野の用心棒』。そういった映画の多くに起用されたエンニオ・モリコーネの映画音楽も忘れがたい。クエンティン・タランティーノの最新作でも、モリコーネの音楽が使われている。

私は十九世紀の女性作家によるウェスタン小説をとりわけ好んで読む。彼女たちの手になる傑作を知っているかね」

一つも知らないとライムは心のなかで答えた。知りたいとも思わない。しかし、表向きは愛想よくうなずいておいた。

スピロの〝閻魔帳(えんまちょう)〟に名前がなかったことにほっとしたのだろう、エルコレが言った。

「すばらしいですね、スピロ検事」

「私もそう思う。メアリー・フットは、炭鉱を題材にした機知に富んだ小説を一八八三年に書いた。その翌年、ヘレン・ハント・ジャクソンは有名な『ラモーナ』を発表した。もっとも興味深い作品の一つは、マラ・エリス・ライアンの『山の物語』だ。冒険小説でありながら、人種問題を取り上げた作品でもある。斬新な切り口だと思う。いまから百年以上前にそういった視点を持ち合わせていたのだから」

スピロは革綴じの手帳にうなずいた。エルコレはまだ先を読んでいた。スピロが言った。「西部ものを自分でも書いてみようと思って、ベル・ウォーカーという人物を作った。東部出身の社交婦人だが、無法者を追うハンターになる。シリーズを続けるなかで、最終的には検事になる予定だ。というわけで、納得がいっただろう、森林警備隊。私の手帳に名前を記されるのではと怯える必要はない。ただし、ごく些細なミスが破滅的な結果に結びつくおそれはつねにあるのだぞ」

「はい。心しておきます」エルコレはそう答えたあと、目をまた手帳のページに落とした。

スピロがエルコレの手から手帳を取り上げた。

「だけど、スピロ検事、列車を襲撃したのは誰です？　ネイティブアメリカンですか。それとも盗賊？」

スピロは顔をしかめ、手で払うようなしぐさをした。エルコレは即座に口を閉じた。

「さて、私たちの手もとには事件が二つあるわけだ。いますぐにきみにやってもらいたいこととして、ライム警部から、ガリー・ソームズ事件に関して追加の分析をベアトリーチェに依頼してほしいという要望が……どのような分析だったかね」

ライムは答えた。「一覧表と捜査資料を見ていて気づいた。喫煙エリアで押収されたワインボトルの分析を依頼したい」

「飲み残しのワインにデートレイプ・ドラッグが含まれているかどうかの分析はすでにすんでいる。ボトルの外側の指紋やＤＮＡの採取も」

「それは知っている。今回は、ボトル外側とラベルの微細証拠を調べてもらいたい」

スピロがエルコレに言った。「すぐ依頼してくれ」

「はい、さっそくベアトリーチェに伝えます。ボトルはどこに？」

「廊下の先の証拠物件保管室だ。ベアトリーチェに言えばわかる。ほかには、ライム警部？」

「リンカーンでけっこう。いや、いまの時点ではそれだけだ」

スピロはライムをじっと見つめた。「パーティで供されたワインに疑問を抱いているようだね。私にも、同じくらい興味深い疑問があるのだが」

「聞こう」

「ガリー・ソームズのアパートに侵入した第三者が無実の人間に罪をなすりつけようとする動機は、真のレイプ犯をかばうためかもしれないし、ソームズに仕返しがしたいのかもしれない」

「そう、それが仮説の一つだ」

「もう一つ考えられるのではないかな。侵入者は、ソームズの友人で、そのような結論に達するよう私たちを仕向けるためにアパートに侵入したのかもしれない。ガリー・ソームズははめられたのだと思わせようとして。実際にはガリー・ソームズは……アメリカ流の英語では何と言うのだったか？——〝クロ〟なのに」

# 第六部　ネズミの家

九月二十六日　日曜日

# 44

Ｇ６ジェットはナポリ空港の滑走路に向けて高度を落としていく。ソフトサスペンションモードのキャデラックで走っているかのように快適だ。

今日の乗客はアメリア・サックス一人きりで、フライトアテンダントはかいがいしく世話を焼いてくれた。

「コーヒーのおかわりはいかがですか。ぜひクロワッサンを召し上がってみてください。プロシュートとモッツァレラのクロワッサンサンドがお勧めですよ」

そんなに甘やかされると、癖になりそう……

朝食とコーヒーで胃袋を満たしたサックスは、背もたれにゆったりともたれ、着陸進入の最終段階に入った飛行機の窓から下の景色を眺めた。カポディキーノ難民一時収容センターの全容が見渡せた。不規則に広がった敷地は、地上から見た印象よりずっと広い。あそこにいる人たちをどんな運命が待ち受けているのだろう。十年後、イタリアに定住しているだろうか。それともほかの国？　あるいは、母国に送還されているのだろうか。この国へ旅するあいだ猶予されていた運命に直面することになるのだろうか。

　彼らは生きているだろうか。死んでいるだろうか。

　携帯電話が鳴って――この機では電源を切る必要がなかった――サックスは応答した。

「もしもし？」

「サックス刑事……じゃない、アメリア。マッシモ・ロッシです。まだミラノですか」

「いえ、もう着陸するところです、ロッシ警部」

「ナポリに？」

「そうです」

「よかった、それはよかった。国家警察（クエストゥーラ）ナポリ本部のウェブサイトに宛ててメールが届いたんです。差出人――性別は不明です――は、マレク・ダディが殺害された夜、事件発生直後に、キャンプそばの丘の上で男を見かけたそうです。黒っぽい車のすぐそばにいたとか。イタリア語がだいぶつたないので、翻訳ソフトを使ったんでしょう。おそらくキャンプ周辺に屋台を出している人物で、母語はアラビア語なのではないかと」

「どこで目撃したか書いてあります？」

「ええ」ロッシは通りの名前を言った。グーグルアースで確認したところ、そこから歩行者用の小道をたどると、難民キャンプを見下ろせる丘の上に出るという。

「たったいまその上を飛行機で通ったばかりかも。そちらに戻る途中で行ってみます」

「エルコレ・ベネッリを行かせましょう。通訳が必要な場合に備えて」ロッシは低い笑い声を漏らした。「あるいは、せっかく証人が見つかっても、イタリアの警察バッジがないとしゃべってもらえないかもしれませんから」

サックスは通話を終えた。社会に関心を持つ市民が声を上げたということか。

多少なりとも関心を持つ市民。

証拠らしい証拠は見つかるだろうか。

見つかるかもしれない。だめかもしれない。それでも、証拠物件がたとえ一ミリグラムであろうと採取できる可能性があるなら、素通りはできない。

アメリア・サックスはマイク・ヒル所有のリムジンの後部座席に乗っていた。陽気な運転手は前日に引き続きサックスの気を惹こうと努め、ナポリの豆知識を次から次へと披露した。今日の講義テーマはベスビオ火山の噴火だ。意外なことに、人々の命を奪うのは火山灰でも地震でも溶岩流でもないのだという。最大の原因は有毒ガスだ。

「あっという間ですよ。〝ぶわっ〟。英語では〝ぶわっ〟って言います？」

「ええ」

「ぶわっと来て、次の瞬間には――ばたり！　数千人が死ぬ。そんなのを見ると、改めて思いますよ。人生の一瞬たりともぼんやり生きちゃいけないって」運転手はウィンクをした。この人は、女を口説(くど)くのにいつも自然災害を引き合いに出すのだろうかとサックスは思った。

運転手には行き先をあらかじめ伝えていた。アウディのリムジンは難民キャンプの北側の斜面をくねくねと上っていく。樹木のない小さな谷のようになっている地点でエルコレ・ベネッリが待っているのを見つけて、サックスは車を駐めてもらえるよう運転手に頼んだ。

挨拶を交わし、運転手をエルコレに紹介した。二人はイタリア語で短い会話をした。

「ここで待っていていただけますか。すぐにすみますから」サックスは運転手に言った。

「もちろん！　ここでお待ちしてますよ」大柄な運転手は微笑んだ。美女の頼みならどんなことでもと言いたげだった。

「あれが問題の小道？」サックスはエルコレに尋ねた。

「そうです」

サックスは周囲に視線を巡らせた。ここから難民キャンプは見下ろせないが、小道をたどった先に見晴らしのよい場所があるのだろう。

二人は靴に輪ゴムをかけて歩き出した。かなりの急坂だ。小道は土と雑草に覆われているが、ところどころにある踏み石は表面がつるりとしていて、人の手で地面に埋められたものらしい。古代ローマからある道なのだろうか。

登っていくと、息が切れた。汗も噴き出した。まだ朝早いのに、今日も暑かった。

風が吹いて、甘い香りを運んできた。

「テリヌム」エルコレが言った。香りに気づいてサックスが振り向いたことに目を留めたのだろう。

「植物の名前？」

「香水です。いま漂ってる香りを調合して作ったもの。スギ、ショウブ、スイートマージョラム。テリヌムは、カエサルの時代に一番人気があった香水です」

「ユリウス・カエサル？」

「そのとおり、無二唯一のカエサルです」

「唯一無二」

「あ、そうでした」

丘の頂上まで来た。樹木がなく、視線を下に向けると、たしかに、難民キャンプがよく見える。残念ながら、コンポーザーがここに来たことを示す明らかな痕跡は見つかりそうにない。空き地の真ん中に向けてさらに進んだ。

エルコレが尋ねた。「ミラノはどうでした？　ライム警部からは、収穫はなかったと聞きましたが」

「そうなの、何もなかったわ。でも、手がかりを一つ排除できたわけじゃない？　次に結びつく手がかりを見つけるのと同じくらい、意味のあることよ」

「同じくらい……ですか？」エルコレは疑わしげに言った。

「そうね。無駄足とも言うわ。でも、どんな手がかりでも追ってみなくちゃいけない。それに、プライベートジェットでクロワッサンを食べた。それ以上の贅沢は言えない。

靴跡はなさそうね……何一つない。コンポーザーはどこに立っていたんだと思う？」

二人は周囲を見回した。エルコレは空き地の外周に沿って慎重に歩いた。それからサックスに言った。「何もなさそうです」

「コンポーザーはなぜここに来たのかしら。目撃者は、事件直後って言ってるのよね」

「追っ手がいるかどうか確かめようとしたとか」エルコレは肩をすくめた。「神々だか悪魔だか何だか、やつに指示を送ってきてる相手と交信するためとか」

「そうだとしても、納得できちゃいそう」

エルコレは首を振った。「あそこに身を隠せそうな木立がありますね。ちょっと見てきます」

「私はこっちを見るわ」サックスは丘の頂上から難民キャンプ側に少し下ったところにある空き地に向かった。

そしてふたたび考えた——ここに来た目的は何だろう？

わざわざ回り道をしたことになる。小道を登ってくるだけで十分かかる。その分、逃走のための貴重な時間を食われるのだ。

サックスは立ち止まった。急ブレーキをかけるように。

小道！

難民キャンプを見下ろしたなら——そしてコンポーザーの姿がキャンプから見えたのだとしたら——ここに、この頂上に立っていたとしか考えられない。車で上ってきたあと、道路を離れて小道を歩いたということになる。しかしメールで情報提供した人物は、車のすぐそばにいるところを見たという。

ありえない。

車で頂上まで来るのは不可能だ。下の谷に置いてくるしかなかったはずだ。とすると、目撃者から車は見えない。

罠か！

メールはコンポーザー自身が送ったのだ。下手なイタリア語で。翻訳ソフトを使って英語からイタリア語に直して。サックスや、ほかの捜査員をこの丘に誘い出すために。

きびすを返し、エルコレの名前を呼びながら、丘の頂上に取って返そうとした瞬間、銃声が響いた。強力なライフルの銃声が斜面にこだました。

頂上まで戻ったところで、サックスは空き地をぐるりと囲む茂みに飛びこんで身を隠し、ベレッタを抜いた。下の小さな谷を見下ろすと、マイク・ヒルの運転手が怯えきった顔でアウディの陰に隠れるのが見えた。携帯電話を耳に当てている。警察に事態を通報しているのだろう。

ちょうどその瞬間、風に吹かれて乾いた音を立てている茂みの向こう、堂々たるマグノリアの木の下の地面に、エルコレ・ベネッリがうつ伏せに倒れているのが見えた。立ち上がってエルコレに駆け寄ろうとしたとき、二発目の銃弾がサックスのすぐ目の前の地面にめりこんだ。一瞬おいて、高性能なライフルの銃声が空に響き渡った。

「インタビュー一本だけ。いかがです？」

電話の相手は、（イタリアではなくアメリカの）南部特有の鼻にかかった柔らかな発音で話していた。南部のその柔らかな話し方には不思議な説得力があって、何か頼まれるとついうんと言ってしまいそうになる。

それでもライムはダリル・マルブリーにはっきりと言った。「断る」

青白い肌をしたマルブリーは、とにかく粘り強かった。

ライムとトムは、宿泊先のホテルのブレックファストルームにいた。ふだんのライムなら、朝早くから食欲を感じることはあまりないが、ヨーロッパのホテルの料金には朝食が含まれており、旅行の疲れからか、捜査への意気込みか、珍しく食欲旺盛だった。

それに、もう一つ、この国の食事はおそろしくうまいという理由もある。

「ガリーはひどい暴行を受けたそうです。事件に関して何か新しい情報があれば、単独室に移してもらえるかもしれません」マルブリーは、領事館のシャーロット・マッケンジーのオフィスから、スピーカーフォン機能を使って電話をかけてきていた。マッケンジーも一緒だ。「刑務警察の人たちは親切で、ガリーの周辺に目を配ってくれています。それでも、二十四時間つきっきりというわけにはいかない。もし、ガリーの無罪を示唆する事実が一つでもあれば、別の収容施設に移してもらいたいという交渉ができると思います」

またマルブリーが言った。「いまの時点で判明していることを、ヒントでもいいから教えていただけませんかね」

ライムはため息をつき、忍耐だと自分に言い聞かせた。「たしかに、無実の可能性を示唆する発見がないわけではない」具体的な話はしたくなかった。マルブリーがマスコミに漏らすおそれがあるからだ。

「本当に？」マッケンジーの声だ。興奮している様子が伝わってくる。

「しかし無実が証明できても、まだ足りない。真犯人を特定する必要がある。そこにはまだ至っていない」ライムやサックスが捜査に加わる許可を得たとは言え、スピロ検事に相談することなくマスコミ向けのコメントを出すわけにはいかない。

マルブリーが訊いた。「せめてヒントをいただけませんか」

ライムは顔を上げてテーブル越しに視線をやった。「おっと、申し訳ないな。いまから重要人物と会わなくてはならない。その相手がやってきたようだ。何かわかりしだい、こちらからまた連絡するよ」

「いや、でも――」

かちり。

ライムはテーブルに近づいてくる〝重要人物〟に視線を向けた。ウェイターだ。痩せた男性で、白いジャケットを着て、一際目立つ口髭を蓄えている。ウェイターがライムに尋ねた。「ウン・アルトロ・カッフェ？」

トムが口を開いた。「コ――」

「何を訊かれたかはわかる。答えは、イエスだ」

ウェイターは立ち去ったが、すぐにアメリカン・コーヒーを持って戻ってきた。

トムはブレックファストルームを見回した。「イタリアには太った人がいませんね。気づきました?」

「だからどうだというんだ?」ライムはトムに訊いた。その口調は、まともに話を聞いていないことを暴露していた。ライムの頭のなかは、ガリー・ソームズ事件とコンポーザー事件で満杯だった。

トムが続けた。「あんなに食べるのに」そう言って大きなブッフェテーブルのほうに顎をしゃくった。テーブルには、多種多様なハムやサラミ、チーズ、魚、果物、シリアル、ペストリー、五種類か六種類も並んだ焼きたてのパン、光沢紙にくるまれた謎の珍味が並んでいる。それ以外にも、注文すれば卵料理なども作ってもらえる。誰もが充分以上の量を食べているのに、なるほど、肥満体形のイタリア人はいない。たとえばベアトリーチェのように、ふくよかな人はいる。しかし、肉がだぶつくほど太った人物は見かけない。

「そうだな」ライムはつっけんどんに答え、そのあとにおそらく続いていたであろう会話をぴしゃりと封じた。アメリカ人の病的な肥満についての議論になどまるきり興味がない。「サックスはどうした? そろそろ捜査司令室に行く時間だろう」

サックスはミラノからマイク・ヒルのプライベートジェットでナポリに戻ってきて、三十分ほど前に着陸した。そのあと難民キャンプを見渡せる丘でエルコレと落ち合い、証拠集めをしていることはわかっているが、これほど時間がかかるとは想定外だった。

ウェイターがまた様子をうかがいに来た。

トムが言った。「もうけっこうです。ありがとう」

「どういたしまして（プレーゴ）」ウェイターはもじもじしながら続けた。「よかったら、ア、アウトグ、ラ、フォ、をもらえませんか」

「本気か？」ライムはつぶやいた。

「リンカーン」トムがたしなめるように言った。

「私は警察官だぞ。元警察官だ。警察官のサイン（オートグラフ）など誰がほしい？　私が誰だか知りもしないで言っているだけだ」

トムが言った。「でも、コンポーザー事件を追っているでしょう」

「シ！　イル・コンポジトーレ！」ウェイターの目がきらめいた。

「喜んでサインします」トムはウェイターが差し出した注文票を受け取ってライムの前に置いた。ライムは作り笑いを浮かべ、渡されたペンを取って、ぎこちない手つきで自分の名前を書いた。

「どうもありがとう（グラツィエ・ミッレ）！」

トムがすかさず口を出す。「ちゃんと――」

「いちいちうるさいやつだな」ライムはトムに小声でささやいたあと、ウェイターに言った。「プレーゴ」

「卵料理もすばらしくおいしかったですよ」トムが言った。「レ・ウォーヴァ・ソーノ・モルト・ブオーネ。イタリア語、合ってます？」

「シ、シ！　ばっちり（ペルフェット）です。カッフェ？」

「エ・ウナ・グラッパ」ライムは一か八か言った。

「シ」

「だめです」トムが言った。

ウェイターはトムの視線の冷たさに気づいて立ち去ったが、その前に曰（いわ）くありげな視線をライムに向けた。いますぐはやめておくが、近い将来、グラッパがテーブルに運ばれてくるという意味だろうとライムは解釈した。

大きな一枚ガラスの窓から外を見ると、マイク・ヒルのリムジンがホテル前に滑りこんだところだった。サックスが降りてきて伸びをする。

どことなくおかしい。サックスの服は土埃で汚れている。それに、どういうことだ？　ブラウスに血の染みがついていた。表情も冴えない。

ライムはトムを見やった。トムも眉を曇らせていた。

大柄で肌が浅黒く、毛深い男性――典型的なイタリア人――が飛び降り、トランクを開けてサックスの小さな荷物を下ろした。サックスは首を振り、無用の気遣いを断った。

荷物はせいぜい重さ五キロといったところだろう。二言三言交わしたあと、運転手は小さく会釈をし、エントランス周辺に集まって煙草を吸いながら世間話——イタリア人は無類のおしゃべり好きらしい——をしているほかの運転手たちに加わった。

サックスがライムとトムのテーブルにやってきた。

「アメリア！」サックスがロビーに現れると同時にトムは立ち上がった。

「何があった？」ライムは固い声で訊いた。「怪我をしたか」

「平気。私は大丈夫」サックスは腰を下ろし、グラスの水を一息に飲み干した。「ただ……」

「くそ。罠だったか」

「そう。コンポーザーの罠。ライフルを手に入れたみたいよ、ライム。大口径のライフル」

ライムは首をかしげた。「エルコレは？　一緒にいたはずだろう」

「エルコレも無事。弾が当たったんだと私は思ったけど、スコープがないのか、コンポーザーは銃の照準器を使って撃ったみたい。おかげで狙いがはずれて、エルコレは身を伏せた。その場にうつ伏せになって、死んだふりをしたの。私のすぐ近くにも弾が飛んできたけど、援護射撃をしながら丘を駆け下りた」

「怪我はないんだな？」

サックスは首筋のひっかき傷に手を触れた。それからベージュのブラウスに目を落として顔をしかめた。「何かが飛び散ったのを浴びた。きっと砂利ね。でも、ヒルの運転手が警察に通報してくれてて、おかげで警察もすぐに到着した。いま、科学警察が現場を検証してる。コンポーザーがどこから撃ったのかまったくわからないし、撃ったのは二発だけだから、薬莢（やっきょう）も自分で拾って持ち去ったでしょうね。せめて弾丸は見つかるといいんだけど。科学警察が金属探知機で調べてた。エルコレは現場の捜索を手伝ってる」

コンポーザーは武器を持っている。まず首吊り縄。次がナイフ。今度はライフルだ。そうなると、話は大きく変わってくる。今後は現場を調べるたび、コンポーザーが近くにひそんでいて捜査を妨害しようとするのではと警戒しなくてはならない。

コンポーザーの狙いが何であれ――悪魔やヒトラーの生まれ変わりから世界を救おうとしているのであれ何であれ――目的を果たすためにどんなことでも――警察官を殺害することでも――する覚悟でいる。

サックスはライムのカップを取ってコーヒーを一口飲んだ。いつものことではあるが、きわどい闘いの直後でも落ち着き払っている。サックスの気持ちを乱すのは、退屈と平穏くらいのものだ。サックスに電話がかかってきた。短いやりとりのあと電話を切った。

「エルコレから。発砲した場所はやはり特定できなかったみたい。それに警察の検問もすべて迂回したか、うまく通過したかしたようね。弾丸は一個だけ回収できた。２７０ウィンチェスター」

狩猟用ライフルで一般的に使われる弾だ。

ライムは、ガリー・ソームズの無罪の立証を目的とした非公式の捜査をスピロに見つかったこと、しかしその後、態度が軟化したことを話した。

「ベアトリーチェが密告したとか?」

「いや、正式に承認されていない捜査であることを知らされていなかったからね。単にダンテがおそろしく優秀な捜査官であるというだけのことだろう。だが、ごめんなさいのキスをして仲直りをした。要約すればそういうことだよ。今後は何をするにもダンテの了承が必要だ」

ライムは続けて、強姦事件が発生したナターリア・ガレッリのアパートの屋上とガリー・ソームズのアパートで採取された証拠物件の分析結果を説明した。

「興味深い展開ね」

「デートレイプ・ドラッグの分析結果がローマから届くまでは何とも言えないがね。ガリーのアパートでエルコレが採取してきた土のサンプルもだな。ともかく、国家警察ナポリ本部(クエストゥーラ)に行くとしようか。コンポーザーがうっかりラテックスの手袋を忘れて狩猟用ライフルに弾をこめたりしなかったか、分析結果を聞こう」

「ファティマ!」

その声には聞き覚えがあった。ファティマ・ジャブリルが振り返ると、テントのあいだを通る混雑した通路をラニア・タッソがやってくるのが見えた。ふだんはとっつきにくい表情を張りつけたままの顔――その点ではファティマも同じだ――に、笑みを浮かべていた。

「タッソ所長」

「ラニアでいいわ。ラニアと呼んでちょうだい」

「そうでした。前にも言われましたね。ごめんなさい」ファティマは医療用品を詰めた重さ十キロほどもありそうなバックパックと、抱えていた紙包みを地面に下ろした。かがめた腰を伸ばすと、ぽきりと音が鳴った。

「赤ちゃんのこと、聞いたわ！」ラニアが言った。

「はい。二人とも元気です。お母さんも赤ちゃんも」

三十分ほど前、ファティマは助産師として出産に立ち会った。人口数千人のこの村で出産はそう珍しいことではないが、今日生まれた女の子は特別だった。カポディキーノ難民一時収容センターで誕生した百人目の赤ん坊なのだ。

しかもチュニジアから来た両親は、十九世紀後半のイタリア王妃にちなむマルゲリータという名をその子につけて、周囲を驚かせた。

「どう、順調かしら」ラニアは尋ねた。「診療所にはなじめた？」

「はい。設備や備品もそろっていますし」ファティマは医療用品が入ったバックパックに目を落とした。「だけどときどき、戦闘地帯のお医者さんみたいだと思うことがあります。あっちですりむいた膝小僧の手当てをしたり、こっちでやけどに包帯を巻いたり。みんな不注意なんです」ファティマはフェンスの外側を一瞥した。たくさんの屋台や売店が並んでいる。「外の屋台でヤギの肉を買ってきて、テントのなかで火を熾して焼こうとした人がいたり」

「本当に？」

「息子さんが走ってきて、〝ママとパパが寝てるのはどうして？〟って教えてくれなかったら、二人とも窒息死してるところでした」

「ベドウィン族ではないのよね」ラニアは言った。

「いいえ。ベドウィン族なら、テントでの暮らし方を心得ているでしょうから。何が安全で、何が危険か。その家族はトブルクの郊外から来た人たちです。無事ですんでよかったです。服に染みこんだ煙の臭いはずっと取れないでしょうけど」

「チラシを配布しましょう。テント内で火を使わないようにと注意するチラシ」

ファティマは紙包みを拾い上げた。ラニアはそれをちらりと見た。ファティマが小さく微笑んだ。夫と娘のムナは別として、キャンプの誰にも笑みを向けたことのないファティマが初めて見せた表情だった。ファティマは紙包みをちょっと持ち上げて言った。

「奇跡なんですよ！　母がトリポリからお茶を送ってくれたんです。宛先が〝カプチーノ〟難民一時収容センターになってて」

「カプチーノ？」ラニアは笑った。

「そうです。それでもちゃんと届きました」

「確かに奇跡ね。イタリアの郵便は、宛先が正しくても誤配するって有名だもの」

二人は別れの挨拶代わりにうなずき、それぞれ別の方角へ歩き出した。ファティマのバックパックはずっしりと重かった。自分たちのテントに戻り、荷物を下ろして夫にただいまと声をかけ、娘を抱き上げた。ハーリドは満足げな顔をしていた。何か意味ありげな表情にも見えた。

「何かあったの？」

「いい話を聞いたんだ。亡命が認められたあとの仕事の件で。もう何年もずっとイタリアに住んでるチュニジア人がいて、アラビア語の本を販売する書店を経営してるらしい。うまくいけばそこで働けるかもしれない」

ハーリドは教師という仕事に生きがいを見いだしていた――言葉を愛し、物語を愛しているからだ。解放後は教師を続けることができず、物売りを始めたが、やり甲斐がなく、利益も出なかった（市民は民主主義国家を築くことよりも略奪に熱心だったからだ）。ファティマは夫に微笑んだものの、すぐに目をそらした……そううまくいくわけがないと思ったが、わざわざ口に出すことはない。このひと月ほどの経験を経て、イタリアに来たところで、まるで何事もなかったかのように温かく幸せな家庭を築き直すことなどできないと学んでいた。

不可能だ。運命が分厚く重い衣のように肩にのしかかってきた気がして、ファティマは娘をいっそう強く抱き締めた。

ハーリドはどこまでも純真な心の持ち主だ。せっかく芽生えた希望を摘んでしまいたくない。だから、その書店主にキャンプの外でお茶を飲もうと誘われている、一緒に来てくれないかと言われて、ファティマは了承した。ハーリドと初めてデートした夜、トリポリの大きな広場のすぐ近くの店でお茶を飲んだ記憶が蘇ったが、それを強引に頭から払いのけた。その広場は、皮肉なことに、イタリア統治時代に整備されたもので、もともとはピアッツァ・イタリアと呼ばれていたが、いまは殉教者広場として知られている。

解放……

怒りに体が震えた。

愚か者たち！　狂信者たち！　私たちの世界を壊そうとしている人たち……

「どうした、ファティマ？　その顔。何か気になるの？」

「ううん、何でもない。行きましょう」

二人は外に出て、ムナを隣のテントの住人に預けた。その女性にも四人子供がいる。テントは非公式の保育所になっていた。

キャンプの奥に向かう。裏ゲートの一つがそこにある――金網のフェンスに切りこみを入れただけの出入口だ。警備員もこういった出入口の存在を把握しているが、難民がそこから街に出てちょっとした買い物をしたり、亡命が認められてキャンプから引っ越していった友人や親戚を訪ねたりするのを事実上黙認していた。二人はそこをすり抜け、木立や低木の茂みに沿って歩き出した。

「あ、見て」ハーリドは何歩か先へ行ってしまったが、ファティマは花をつけた低木の前で足を止めた。濃い緑色の葉のあいだに、紫色の小さな星のような花が咲いている。摘んで帰ってムナに見せてやろうと思い、身をかがめたところで、息をのんで凍りついた。

茂みをかき分けて、大柄な男が現れた。白い肌、黒っぽい服と帽子。サングラスをかけている。両手に青いゴム手袋をはめていた。

ついさっき、生まれたばかりの愛らしいマルゲリータを取り上げたとき、ファティマがはめていたのとちょうど同じような手袋。

男の片手に、黒い布でできたフードのようなものがあった。

ファティマは悲鳴を上げようとした。夫のほうに顔を向けようとした。

だが、男の拳が目にもとまらぬ速さで飛んできて、ファティマの顎に当たった。ファティマは後ろざまに倒れた。神が――神に讃えあれ――ファティマの口をふさいだかのように、声もなく。

一時間後、コンポーザー事件捜査チームのメンバーは、科学捜査ラボの隣にある窓のない捜査司令室に集合した。ライムとサックス、トムのほかに、スピロとロッシ、砂色の髪をした遊撃隊員ジャコモ・シラーもいた。

「怪我をしたか」サックスのひっかき傷に目を留めて、スピロが尋ねた。

　かすり傷だとサックスは答えた。

　サックスとエルコレをライフルで射撃したあとのコンポーザーの行方について、その後何かわかったかとライムは尋ねた。

「まだです」ロッシが言った。「しかし、科学警察が発射地点を見つけました。いつものコンバースのスニーカーの靴跡がありました。丘の周辺を金属探知機で徹底捜索していますが、空薬莢は自分で持ち帰ったようですね」かぶりを振る。「回収された弾丸には、残念ながら指紋は付着してませんでした。線条痕をイタリアの銃器データベースで照合しましたが、一致するライフルは登録されていません。おそらくイタリアで購入したか盗んだかしたものだと思いますが」

　ライムも同意見だった。アメリカからイタリアに銃器を持ちこむようなリスクを負うとは思えない。たとえ合法に持ちこむ手段があるとしても、税関で山ほどの質問を浴びることになるだろう。

　エルコレ・ベネッリが捜査司令室に現れて言った。「すみません（スクザテミ）、すみません！　遅くなりました」

　スピロは心配そうな目でエルコレを見つめた。「謝ることはないぞ、エルコレ。それより無事か」

「はい、はい、無事です。銃で狙われるのは初めてじゃありませんし」

「以前にも撃たれたことがあるのか、森林警備隊？」

「はい。目の不自由な農場主に泥棒と間違われて。コンクールで優勝した雌ブタを盗みに来たと勘違いされたんです。弾はあさっての方角にはずれましたけど」エルコレは肩をすくめた。

スピロが言った。「しかしまあ、銃弾は銃弾だからな」

「ええ、たしかに」

サックスが言った。「目撃証人は見つかった？」

「いいえ、周辺をくまなく探したんですけどね。見つかりませんでした」エルコレは眉間に皺を寄せた。「筋が通りませんよね。やつのプロファイルから大きくはずれているような気がします。ライフルを使うなんて」

サックスの意見は違った。「自暴自棄になってるんじゃないかと思う。アモバルビタールを処方されてるのは、パニック発作と不安障害があるってことよ。症状が悪化してるのかもしれない」

ライムは尋ねた。「銃を手に入れるとしたら、どこだろう」

ロッシが答えた。「そう困難なことではないと思いますよ。拳銃や自動小銃となると、困難でしょう。裏社会にコネがなくては手に入らない。カモッラなら、ありとあらゆる武器を調達できる。しかし、今回の場合は盗んだのではないかと思います。田舎に行けば、狩猟をやる人間がいくらでもいますから」

ライムは言った。「今後は全員にこれまで以上の厳重な警戒が必要だ。どの現場もホットだと考えたほうがいい。〝ホット〟――わかるね？　コンポーザーがライフルなどの武器を持ってすぐそばにひそんでいると考えろということだ」

ロッシは、国内警察機関が共有する連絡網にその情報を流し、全警察官に警戒を呼びかけておこうと言った。

「ところで」スピロがサックスに尋ねる。「リンカーンによると、コンポーザーとミラノの倉庫には関連がなさそうだということだったが」

「まずないと考えていいと思います。人相特徴が一致する不審者を目撃した人物はいないし、コンバース・コンの靴跡も一つもなかったから。指紋も残っていませんでした。土のサンプルはベアトリーチェに預けてあります。コンポーザーと倉庫を結びつけるような微細証拠が出てくるかもしれないけど、可能性は低いんじゃないかしら」

エルコレが言った。「昨日、二人で食事をしたあと、空港の防犯カメラの録画を見直しました。コンポーザーに似た人物が飛行機でミラノに行っていないか確かめようと思って。あいにく、ほとんどの便がローマ経由なんです。可能性のありそうな便が数百もあるんですよ。しかも録画は数日分ありました。それでもコンポーザーらしき人物は映っていませんでした」

ライムは〝二人で〟という表現に興味を惹かれた。エルコレが携帯電話でメッセージをやりとりしていたこと、ダニエラ・カントンをちらちら見やっていることも思い出した。

ベアトリーチェが捜査司令室に入ってきて、つたないながらも英語で言った。「分析していた結果が出ました。まず（プリーモ）、エルコレから渡された土のサンプル。ガリー・ソームズのアパート、侵入された場所の近くで採取されたもの。これは独特の特徴はありません。ほかの場所の土、ほかの靴があれば、結びつけることもできるでしょうが、いまは役に立ちそうなことは何もありません」

ベアトリーチェはサックスにうなずいた。それから、英語をあきらめたか、エルコレに向かってイタリア語で話し始めた。エルコレが通訳を務めた。「ミラノの倉庫で採取した微細証拠物件の分析結果だそうです。ここカンパニア州の土に似た土が検出されたとか。ベスビオ火山がありますから、カンパニア州の土には特徴的な火山性物質がかなりの割合で含まれます。ただ、ミラノとナポリは商業的な結びつきが強い——日々、トラックが行き来しています。だからナポリの土がミラノで検出されたとしても、それ自体にはあまり意味がありません。

ほかの微細証拠にはカンパニア州やナポリと結びつくような特徴はなくて、一般的に倉庫で見つかるものが検出されただけだそうです。ディーゼル燃料、ガソリン燃料……」エルコレは何かをもう一度言ってくれるよう頼み、ベアトリーチェが説明した。エルコレがもう一度と頼む。ベアトリーチェは眉間に皺を寄せてゆっくりと繰り返した。

「二硫化モリブデンと、テフロンフルオロエチレン」

エルコレがにらむような目をベアトリーチェに向けてイタリア語で何か言った。短いやりとりののち、ベアトリーチェが怒ったように何か言った。それにエルコレはこう答えた。「そんなこと、ふつうは知りませんよ」それから全員に向き直って言った。「屋外で使用する重機やリフター、コンベアベルト向けの潤滑剤だそうです。あと、今回もまたジェット燃料が検出されました。倉庫ではよく見られるものです。貨物を積んで空港とのあいだを往復しているトラックが多いので」

マッシモ・ロッシに電話がかかってきた。応答するなり、ロッシは困惑の表情を浮かべた。

「なんてこった（クリスト）！」ロッシは言った。「コンポーザーがまた動きました。今度もカポディキーノの難民キャンプです」

「殺人？」

「いや、誘拐です。またもや現場に首吊り縄を残している」

ライムは言った。「郵便警察に、動画投稿サイトの監視を始めるよう伝えてくれ。新たな作品を投稿するのは時間の問題だ」

それからサックスを見やった。サックスがうなずく。「エルコレ？」

エルコレはため息をつき、ポケットから鍵束を出すと、サックスの掌に置いた。二人は急ぎ足で捜査司令室をあとにした。

# 45

アメリア・サックスは急ブレーキをかけ、カポディキーノ難民一時収容センターの裏手にメガーヌを駐めた。

何台もの遊撃隊のパトロールカーの回転灯が、そこが犯罪の現場であることを告げていた。コンポーザーはキャンプの西側、マレク・ダディの喉を掻ききった現場とは反対側で、被害者を拉致していた。

サックスとエルコレ・ベネッリはメガーヌを降りた。制服警官の一人が現場に黄色い立入禁止のテープを張り巡らせている。サックスとエルコレは、それを監督している別の制服警官に近づいた。ここでは何の役にも立たないニューヨーク市警のバッジを腰に下げてベレッタをウェストに差したアメリカ人刑事と、灰色の制服を着た背の高い森林警備隊員が現れたことに、制服警官はとくに驚きを感じていないようだった。二人がまもなく到着すること、捜査司令室から正式に派遣された捜査員であることをロッシかスピロからあらかじめ知らされていたのだろう。

イタリア語で短い会話を交わしたあと、エルコレがサックスに言った。「被害者はフェンスの外で襲われたそうです。あのへんで」

サックスはエルコレが指さした先を見た。金網を切っただけの出入口があった。

「犯人はそこの茂みから現れて、格闘になったそうです。ただ、今回は被害者の頭にフードをかぶせるのに成功して、連れ去った。だけどどうやら、興味深いこと、僕らにとってはありがたいことが起きたようですよ。被害者を助けようとしてコンポーザーとも み合った人物がいます」

証拠物件が交換された可能性があるということか──サックスは思った。

「その人物は警備員？　警察官？」

「いいえ。被害者の奥さんだそうです」

「奥さん？」

「シ。二人でこの木立に沿って歩いていたようです。コンポーザーは奥さんを殴り倒した。でも、奥さんはすぐに立ち上がって、コンポーザーに抵抗したそうです。名前はファティマ・ジャブリル。連れ去られた男性はハーリド。最近、このキャンプに来た夫婦だそうです」

科学警察のバンが到着し、捜索員が二名降りて防護服を身に着けた。ほかの現場を捜索したのと同じ二人組だった。サックスは二人と挨拶を交わした。

サックスもタイベックの防護服とシューズカバー、帽子、手袋を着けた。分業の必要はとくにないが、科学警察の二人のうち女性のほうがエルコレを通じてサックスに尋ねた。拉致と格闘が起きたメインの現場をサックスが捜索し、科学警察の二人が第二の現場──マグノリアの木と木立の陰、コンポーザーが車を駐めて被害者を待ち伏せしたと思しき一画──を捜索するのではどうか。

「シ」サックスは答えた。「そうできるとありがたい（ペルフェット）です」

女性は微笑んだ。

それから三十分ほどかけて、サックスはグリッド捜索をした。コンポーザーのトレードマークである首吊り縄を含め、写真を撮って証拠を採取すべき地点にイタリア側から借りた番号札を置いていく。格闘の形跡が明らかな地点のすぐそばの茂みでは大きな収穫があった──靴が片方だけ置き去りにされていた。コンバース・コンのローカットモデルだ。

サックスが捜索を終えたあと、科学警察の二人が現場に入って微細証拠や首吊り縄、片方だけの靴を押収し、番号札の周辺の写真や動画を撮影した。

サックスは立入禁止のテープの外に出てタイベックの防護服を脱ぎ、エルコレが差し出したボトル入りの水を受け取った。「ありがとう」

「どういたしまして（プレーゴ）」

「被害者の奥さんと話がしたいわ」サックスはボトルの水を一息で飲み干し、袖で額の汗を拭った。この暑さが和らぐことはないのだろうか。

二人はキャンプの正面ゲート側に向かった。前回来たときと同じように、難民を乗せたバスが連なって順番待ちをしていた。ゲートからキャンプ内に入ると、武装した兵士が出迎え、〈所長（ディレットーレ）〉と書かれた大型トレーラーに二人を案内した。

　トレーラー内はオフィスになっていて、散らかってはいたが――ありがたいことに――エアコンが効いていた。書類が山をなしているデスクの向こうに疲労の色の濃い黒髪の女性が座っていて、奥の部屋へどうぞと言った。サックスはドアをノックして身分を告げた。「どうぞ」という返答があった。

　サックスとエルコレはなかに入り、ラニア・タッソに会釈をした。ラニアのほかに、浅黒い肌をした女性と、二歳くらいのかわいらしい女の子がいた。女性はエルコレに気づくなり目を見開き、隣の椅子に置いてあった布を取って急いで頭にかぶせた。

　ラニアが言った。「こちらはファティマ・ジャブリルです」それから付け加えた。「同じ非ムスリム（カーフィル）でも、私や彼女のような女性ならヒジャブなしでも抵抗がないけれど、男性の前ではまた別なので」

「僕は外に出ていましょうか」エルコレが言った。

「いいえ」ラニアが言った。「いてください」

　ラニアは他者の習慣や信仰に理解を示すと同時に、これから暮らすことになる国のしきたりを柔軟に受け入れさせようとしているのだろうとサックスは思った。

「どうぞかけてください」

　ほっそりとした顔は少し腫れぼったく、小さな絆創膏（ばんそうこう）を何枚も貼っているとはいえ、間隔の狭い黒っぽい瞳をしたファティマは魅力的だった。ハイネックの長袖のチュニックにジーンズという服装だが、爪は真っ赤に塗られ、顔にも控えめな化粧が施されている。しきりに娘の様子を確かめていて、鋭い印象を与える目は、娘を見るときは表情が和らいだ。早口のアラビア語で何か尋ねる。ラニアがサックスとエルコレに言った。

「ファティマは英語も少し話せますが、アラビア語のほうがいいと言っています。もちろん、何よりも夫のことを心配しています。何か新しいことはわかりましたか」

「まだ何も」サックスは答えた。「ただ、誘拐に成功したわけですから、ご主人はいまのところ無事でいると思います。名前はハーリドでしたね？」

「はい」ファティマが自分で答えた。

ラニアが尋ねた。「まだ殺されてはいないだろうという意味ですね」

「そうです」

ラニアは少し考えてから、ファティマにアラビア語で伝えた。

ファティマは、苦悩と……怒りが混じり合った反応を示した。激しい怒りだ。華奢（きゃしゃ）な体つきではあるが、小柄というわけではない。コンポーザーはかなり肝を冷やしたのではないだろうか。

ラニアがサックスに向き直って言った。「ファティマに確認したいことがあるのでしょうね。その前に一つお話ししておきたいことが。マレク・ダディの事件――ナイフで殺害された難民の件で、たったいま新しいことがわかったの。マレクを殺害したのは、コンポーザーという人物ではないようです」

「違う？」

「複数の人物から別々に聞いた話なんですが、彼らはコンポーザーが茂みに隠れているところを見たそうです。英語では――〝待ち伏せ〟というのかしら」

「ええ」

「コンポーザーは東側の金網に作られた非公式のゲートを見張っていたようです。マレク・ダディがそこから外に出るのを見て、コンポーザーは走り出した。黒いマスクのようなものを持っていたそうです。今日、ハーリドにかぶせたのに似たものですね。でも同時にキャンプ側から何人かの難民が飛び出して、マレク・ダディに飛びかかったそうなの。持ち物を奪おうとしたようです。マレクが抵抗すると、男たちの一人がマレクの喉を掻ききって所持品を奪った。アメリカ人――コンポーザーは、マレクを襲うどころか、助けようとしたとか」

「助けようとした？」エルコレが訊き返す。「それは確かですか」

「はい。何か怒鳴りながら難民たちに向かっていったようですが、遅かった。難民はキャンプに戻ってしまっていたんです。マレク・ダディが地面に倒れているのに気づいて、愕然とした様子で立ち尽くしていたそうです。首を振りながら。それから首吊り縄を置いて逃げた」

「なるほど。それは興味深い情報です、ラニア。ありがとう。ほかにコンポーザーについて情報はありませんか。車のナンバーとか」

「いいえ。あっという間のできごとだったから」

サックスはファティマに目を向けて言った。「お気持ちお察ししますと伝えていただけますか」

通訳されるまでもなく、ファティマが英語で答えた。「ありがとう」

「何があったか、順を追って話していただけますか」

ファティマは早口のアラビア語で答えた。怒りを帯びた短い音の連なりだった。

ラニアが英語で説明した。「ファティマとハーリドは、娘のムナ——その子ですね——を隣のテントに預けて、亡命が認められたあとハーリドを雇ってくれるかもしれないという男性に会うためにキャンプの外に出たそうです。その直後にコンポーザーに襲われた。ファティマは殴り倒された——ムスリムの女性にとって、非ムスリムに触れられるのは我慢ならないことです。殴られるなんて、なおさらです。そのショックで反応できずにいると、コンポーザーがハーリドの頭にフードをかぶせた。ハーリドはすぐにぐったりした。ファティマは起き上がって反撃しましたが、このときもまた殴られて、地面に倒されたそうです。次に立ち上がったときには二人はいなくなっていて、車が猛スピードで走り去るところだった。車種まではやはりわからない。黒っぽい色だった。

ファティマの説明はそんなところです」

「蹴って、引っ掻きました」ファティマは言葉を探すようにしながら、たどたどしい英語で言った。「彼は……」ラニアに向き直ってアラビア語で何か付け加える。

「驚いていた」ラニアが通訳した。「不意を突かれた」

「もみ合ったときにコンポーザーの靴が脱げたんですね」エルコレが確かめた。

「そうです。私、引っ張ったから。脚に抱きついたから」

「犯人に目立つ特徴はありましたか。タトゥー、傷痕。目の色。着衣」

アラビア語のやりとりを経て、ラニアが答えた。「かけていたサングラスが落ちたとき、目は茶色だとわかったそうです。丸顔だとか。もう一度見たらわかると思うけれど、断言はできない。ファティマの目に西洋人はみな同じように映るそうです。顔にいくつか小さな傷があったようですね。髭を剃ったときの剃刀傷ではないかと。帽子をかぶっていましたが、それ以外の服装は、黒っぽい色だったことを除いて、思い出せないそうです」

「ファティマには怪我はないんですね」

「ええ、キャンプの医師に診てもらいましたが、かすり傷程度です。大きな怪我はありません。あとは痣(あざ)ができている程度で」

ファティマはエルコレの灰色の制服を見つめた。それからサックスに向き直り、すがるような目をして言った。「お願いです。ハーリド、見つけて。夫を見つけて。とても大事なこと！」

「力を尽くします」

ファティマは口もとに笑みらしき表情を浮かべた。それからサックスの手を取って頬に押し当て、アラビア語で何か言った。ラニアが通訳した。「ありがとうと言っています」

## 46

大した怪我ではなかった。

カポディキーノ難民一時収容センターの外での一件で、ステファンに大きなショックを与えたのは、痛みよりも、女が起き上がってきたことだった。女はわめき声を上げ、手足を振り回して向かってきた。

ステファンは潜伏先の農家に入り、手袋をはめた手で運んできたブローニング270狩猟用ライフルを暖炉の上のフックにかけ、その下に箱入りの弾丸を置いた。皮肉なのだ——狩猟の女神に対抗する武器が、狩猟用のライフルとは。

アルテミスはもう獲物を追ってこないだろう。もちろん、彼を探すのをあきらめるまでは思わないが、怯えているだろう。不安が勝って追跡に集中できないはずだ。彼ら全員がそうだろう。

注意力の散漫はミスを誘う……天球の音楽に不協和音をもたらす可能性も低くなる。

隠れ家に落ち着いたところで、じんじん痛む腕や脚を確かめた。痣ができているだけで、皮膚に傷はない。それでも手は震え、肌は汗で湿っていた……〈ブラック・スクリーム〉が叫びを上げるタイミングをうかがっているのがわかる。

靴を片方なくしていた。単なる不便ではすまなかった。というのも、靴は一足しか持っておらず、新たに買い足すのは気が進まないからだ。警察はおそらく、白い肌をした太ったアメリカ人が靴を履かずに現れたら即座に通報するよう小売店にお達しを出しているだろう。意識を失った獲物をメルセデスのトランクに無事押しこんだあと、ナポリ郊外のビーチに向かい、誰も見ていないこと、防犯カメラが近くにないことを確認してから、海で泳いでいる誰かが道路際に脱いでいった古いランニングシューズを失敬した。

それから大急ぎでこの隠れ家に戻った。

ステファンはリビングルームの隣の暗い書斎に入った。そこの簡易寝台に、次の作品のリズムセクションが横たわっていた。ハーリド・ジャブリルを見下ろす。ひどく痩せていた。女房はもっと体格がよかった。細い顔、ごわついた髪、もじゃもじゃした顎鬚。爪は長く伸びている。爪同士をはじいたらどんな音がするだろう。以前いた病院――以前入っていた病院の一つ、たしかニュージャージー州の病院にいた女の患者のことを思い出した。その日は昼ご飯の染みがついたピンク色のスウェットシャツを着ていて、窓の外をぼんやりながめながら爪をかちかち鳴らしていた。親指の爪と、人差し指の爪。

かち。かち。かち。

別の患者がその音にいらだったらしく、怒りの目をその女に向けていたが、精神を病んだ患者をにらみつけたところで、樹木に道順を尋ねた程度の反応しか返ってこない。ステファンはその音が気になったりはしなかった。嫌いな音はほとんどない――ボーカルフライなど、ほんのいくつか例外があるだけだ。

赤ん坊の泣き声？　さまざまな要求、希望、悲しみ、困惑が複雑にからみ合っている。美しい！

道路工事の杭打ち機？　孤独な機械の鼓動だ。

人の悲鳴？　感情の織物だ。

黒板を爪で引っ掻く音？　あれは興味深い。ステファンのアーカイブには十数種類の録音がある。鳥肌が立つ音ランキングの第三位がそれだ。一位と二位は、フォークで皿を引っ掻く音と、ナイフでガラスを引っ掻く音。それらの音に嫌悪を抱くのは、心理的な理由からではない。一部の研究者は、原始時代の警戒の叫びを耳にしたときと同じ反応だと言う。だが、それは違う。純粋に身体的な反応なのだ。特定の周波数の音に対する反応だ。その音は、人間の耳の構造によって増幅されて、脳の扁桃体（へんとうたい）に刃物のように突き刺さる。

ステファンにとって不快な音はないに等しいが、ただし、音の質と音の量には違いがある。

どんな音であれ、音量を上げれば、〝不快〟は〝苦痛〟に変わり……ついには〝破壊的〟にさえなる。

ステファンはそのことを経験から知っている。

それは、そう、懐かしい思い出だ。

手が震えた。

汗を拭い、ティッシュをしまう。

ああ、エウテルペ……この気持ちを鎮めてくれよ、お願いだから！

そのとき、ハーリドの指がかすかに動いた。もう一度。だがそれは、意識が戻る前触れではない。もうしばらくはいびきをかいて眠り続けるはずだ。ステファンは薬の効用に詳しい。頭のおかしい人間はたいがい、熟練した薬剤師だ。

肩の力を抜く。まだやることがある。ハーリドのかたわらに腰を下ろした。手を伸ばし、衝動的に、ハーリドの手を取った。自分の爪でハーリドの爪をはじいてみる。

かち、かち……

いい音だ。

ポケットからレコーダーを取り出し、ハーリドのシャツの前を開けた。

レコーダーのスイッチを入れてハーリドの胸に押し当てる。鼓動は、言うまでもなく、熟睡している人間のそれらしく、ゆっくりとしていてかすかだったが、ほかに物音のしない部屋では大きく明瞭な音として記録された。

リズムは手に入れた。次はメロディだ。音楽ライブラリーをスクロールしていくと、次の動画のサントラになりたいと立候補しているような一曲が見つかった。

音楽と死をそれほどまでに見事に融合したワルツは、ほかに思いつかない。

## 47

「やっとか」ライムはぼそりと言った。

発生したばかりの誘拐事件の証拠物件を受け取り、科学捜査ラボの検査テーブルに一つずつ整理して並べているベアトリーチェをエルコレが手伝っている。ライムとサックスとトムは、捜査司令室側からそれを見守っていた。

「やつの靴か?」ライムは尋ねた。驚く一方で小躍りしていた。科学捜査の観点から、靴は願ってもない物証だ。靴跡の特徴から容疑者と現場が結びつくことも多いし、靴そのものにDNAや指紋といった宝が付着していたり、今回のようにスポーツシューズであれば、底に刻まれた溝に微細証拠が詰まっていたりすることも少なくない。過去には、オックスフォードシューズの紐の独特の結び方が犯人逮捕の根拠となったこともある。

サックスは、ハーリドの妻と格闘しているさなかにコンポーザーの靴が脱げたのだと説明した。

エルコレが手袋をした手で靴をライムのそばまで持ってきた。「コンバース・コンです。サイズも合ってます」

ベアトリーチェの怒鳴り声が飛んだ。「ちょっと、触らないで」

エルコレは振り向いてベアトリーチェをにらみつけた。「ライム警部に見せただけです。この靴の話をしていたから。それに証拠袋から取り出してませんし、僕は手袋をしてますし」

「保管継続証に書きこまなくちゃならないじゃない！　それに、証拠物件が移動するたびに汚染の危険があるの」

そのとおりだ。ライムはエルコレに向かって片方の眉を上げた。エルコレはため息をつき、テーブルに靴を置いて、ベアトリーチェが差し出した継続証に署名をした。

ダンテ・スピロとマッシモ・ロッシが加わった。

スピロはエルコレのほうを見て言った。「おい、森林警備隊、今度こそパターンがあると言ってよさそうだな。そうは思わないか」

「共通項は難民です」

「シ。この犯人は難民を好んでターゲットにする——少なくともイタリアでは。ここまでに三度、難民を狙っている」

ロッシが言った。「キャンプの所長は、難民が被害者だと警察はおざなりにしか捜査しないからだと思いこんでいるが、そんなことはない」一覧表を指し示す。

「ただ、ちょっと疑問ですよね」エルコレが言った。

スピロが言った。「ニューヨークで発生した事件の被害者は起業家で、パターンに当てはまらないということだな」

「そのとおりです、プロクラトーレ」

「それを説明する根拠がこのあと見つかるだろうと思う。パターンはかならずしも一貫しているとはかぎらない。まだ不明な点も多い。しかし、捜査は確実に前進している」

サックスが言った。「所長のラニア・タッソの話で思い出したわ。ラニアから興味深い話を聞きました。でも、どう解釈していいかわからないの。ラニアによると、マレク・ダディを殺害したのはコンポーザーでないそうです。殺すどころか、助けようとしたようだと」

「本当に？」ロッシが訊いた。

スピロは眉をひそめただけで何も言わなかった。

「確かな証言があるとラニアは言ってました」サックスが付け加える。

「とすると、殺したのは誰だ？」

「所持品を奪おうとした人たち。キャンプの難民だそうです。コンポーザーより先に被害者に襲いかかった。被害者が抵抗するのを見て、コンポーザーは助けようと駆け寄ったけれど、手遅れだった」

エルコレが言った。「奇妙ですよね。プロファイルにそぐわない要素です」

ライムはプロファイルに興味がなかった。「ライオンが二頭、ガゼルを狙った。いずれもその獲物を逃してなるものかと必死だ。ガゼルはいずれかのライオンの晩飯になる。ごく当然のことだろう。それより、証拠物件から手がかりを得られないか、見てみようじゃないか」

ロッシが電話をかけ、イタリア語で何か問い合わせたあと、通話を切った。「動画サイトにはまだ投稿がないようです」

三十分後、ベアトリーチェ・レンツァがラボの無菌エリアから捜査司令室側に出てきた。持っていたクリップボードを無言でエルコレに差し出し、マーカーを手に取った。エルコレが英語に翻訳し、ベアトリーチェが一覧表を書いた。

**カポディキーノ難民一時収容センター誘拐事件**

・被害者：
　・ハーリド・ジャブリル、国籍リビア、36歳。亡命希望者。居住地トリポリ
　・ユーロダック：犯罪歴なし、テロ組織との関連なし
・タイヤ痕：ミシュラン205／55R16　91H、これまでの現場で発見されたものと同一

・格闘の際に脱げた犯人の靴
・コンバース・コン、サイズ　ヨーロッパサイズで45、紳士物なら10½、婦人物なら13
・新品同様
・指紋なし。ラテックス手袋の痕跡あり
・DNAを採取
・コンポーザーのものと一致
・γ-ヒドロキシ酪酸
・トリアシルグリセロール、遊離脂肪酸、グリセリン、ステリン、リン脂質、濃緑色の色素。顕微鏡下で微細な有機物らしきものを観察
・ミニチュアの首吊り縄、楽器用の弦で作ったもの、ほかの現場で発見されたものと同一
・チェロ
・指紋なし
・DNAなし
・ファティマ・ジャブリルの着衣から採取した微細証拠
・カポディキーノ周辺の土

・ほかに特筆すべきものなし

「靴に指紋が付着していないって?」ライムはつぶやいた。「いったいどういうことだ? 眠るときも手袋をはめたままなのか?」それから額に皺を寄せた。「その項目——γ-ヒドロキシ酪酸。なぜこの現場にある?」

スピロが言った。「たしかに、いったいなぜだ?」

エルコレがベアトリーチェとやりとりをした。「コンポーザーの靴の溝に入りこんでいた土から検出したそうです」

「ありえない。この事件の証拠ではないはずだ。ガリー・ソームズ事件のものだぞ。デートレイプ・ドラッグだからな。相互汚染が発生したんだ。くそ」

ロッシがベアトリーチェにそう伝えたが、ベアトリーチェは冷静そのものの口調で答えた。弁解するような様子はまるでない。ロッシが英語で言った。「靴からγ-ヒドロキシ酪酸が検出されて、自分も驚いたそうです。証拠の取り扱いには慎重を期しているので、ラボ内で汚染が起きたとは思えない。ガリー・ソームズの着衣は、ラボの別のエリアで分析したし、担当したのも別の技術者だと言っています」

全員の目がエルコレに集まった。スピロが言った。「きみは靴を手に取っていたな、森林警備隊。ガリー・ソームズのアパートで問題の薬物を採取したのもきみだった」

「そうです。でも、手袋をはめてました。そのときも、今日も。それに靴は密閉された証拠袋に入っていました」

「それでも、汚染が起きたのは明らかだ」

「僕の責任なら、謝ります。だけど、僕のせいではないと思います」

ベアトリーチェが丸顔に冷ややかな表情を浮かべてエルコレを見つめた。

エルコレの目が狼狽したように揺れた。教訓が身に染みたらしい。ライムは言った。

「世界の終わりというわけではないさ、エルコレ。問題は公判が始まってからだ。弁護側が汚染を根拠として申し立てれば、靴は証拠から排除されるかもしれないな。しかしいまはそのことを考える必要はない。我々の目標はやつを見つけることだ。汚染の問題をどう乗り越えるかは、ニューヨーク州南部地区連邦地方裁判所で検察が悩めばいい」

スピロが低く笑った。「リンカーン、それは少し違うのではないか。ナポリ裁判所（トリブナーレ）で私が悩む問題だ」

ライムは渋面を作ってスピロをにらみつけた。

**オオカミのおっぱいルール……**

一覧表の文字を目で追いながら、ライムは言った。「さて、トリアシルグリセロールと遊離脂肪酸、それに色素だ」

エルコレが言った。「ベアトリーチェが描いた分子図があります。それも一覧表に加えますか」

ライムは分子図を一瞥して言った。「いや、いい。必要な情報は出そろっている。トリアシルグリセロール——またはトリグリセライド」

「どんな物質だ？」スピロが訊く。

「要するに脂肪だ。生物のエネルギー貯蔵庫。一分子のグリコールと三分子鎖脂肪酸分子が結合してできている。だから3（トリ）グリセライドと呼ばれる。植物性、動物性の油脂の両方に含まれるが、動物性油脂は飽和脂肪酸を多く含む」

「それはどういう意味です？」ロッシが尋ねた。

「要約すると、飽和脂肪酸は——健康オタクに言わせれば悪玉の脂肪酸だな——炭素鎖が水素で飽和されている。水素が少ない不飽和脂肪酸に比べて、安定している」ライムは分子図にうなずいた。「それは水素で飽和されていない。つまり、植物性の油脂ということになる」

「植物の種類は？」エルコレが言った。

「まさに六万四千ドルの質問だな」

「六万……何？　意味がわからない」ベアトリーチェが言った。

「アメリカのクイズ番組の話でね。最終問題に正解すると、最高額の六万四千ドルがもらえたんだ。大昔の番組だよ。五十年か六十年前だ」

　エルコレの通訳を聞いたベアトリーチェは、珍しく微笑みながら何か言った。エルコレが今度は英語に直す。「イタリア人の感覚では、六十年前なんてつい最近だと言ってます」

サックスが笑った。

ライムは続けた。「植物の種類を突き止める必要があるな。科学警察に植物のデータベースはあるかね」

ベアトリーチェは、ローマ本部にあるはずだと答え、さっそくログインして検索を始めた。キーボードを叩きながら、ひとりごとをつぶやく。「えーと（アッローラ）、トリグリセライド、不飽和、ウナ炭化水素鎖、結合長二十二。新緑色の色素。どの植物？　どの植物……？」最後にうなずいて言った。「よし（ベーネ）、と。ありました。参考になるかというと、あまり期待できないかも。オリーブオイルです」

ライムはため息をついてロッシを見やった。「イタリアではどのくらいの量のオリーブオイルを生産している？」

ロッシはそのままエルコレに目をやった。言うまでもなく、森林警備隊の専門分野だ。エルコレが答えた。「年間およそ四十五万トン。イタリアは世界第二位の生産国です」エルコレは軽く顔をしかめ、言い訳のように付け加えた。「でも、もうじきスペインに追いつきますよ」

やれやれ、有益な情報とは言いがたいな——ライムは苛立ちを覚えた。イタリアのどこから来たとしてもおかしくない。「くそ」

科学捜査において何よりもどかしい瞬間がこれだ。苦労の末にようやく手がかりを探り当てたのに、犯人と関連があることは間違いなさそうな半面、あまりにありふれた物質で、捜査の糸口になりそうにないと判明する。

エルコレがベアトリーチェに何か言い、ベアトリーチェはいったんラボに引っこみ、写真の束を手に戻ってきた。

エルコレは写真を丹念に見た。

「エルコレ、何か見つかったかね」ライムは尋ねた。

「はい、見つけました、カピターノ・ライム」

「何をだ？」

「一覧表の項目──有機物です。小さなかけら。この写真です」

ライムは写真を見た。黒っぽい色をした微細な破片が数百個写っている。

エルコレが続けた。「オリーブオイルだとわかった上で言うと、この微細証拠に含まれているのはオリーブオイルだけじゃありません。この小さな粒々は搾(しぼ)りかすでしょう。オリーブを圧搾したあとに残るペーストみたいなものです」

スピロが言った。「つまり、レストランや家庭ではなく、生産業者にあったものということか」

「はい」

これで範囲が少し絞りこめた。だが、どの程度せばまったのか。ライムは訊いた。

「ナポリ周辺にオリーブオイルの生産業者はいくつくらいある？」

「このカンパニア州には、南のカラブリア州よりはるかに少ないですね。それでも数えきれないくらいあります」

ライムは言った。「なのに、その情報が役に立つと考えるのはなぜだ？　そのにやにや笑いはいったいどういう意味だね？」

エルコレが訊く。「あなたはいつもそう不機嫌なんですか、ライム警部」

「きみが私の質問に答えてくれると、この不機嫌も吹き飛ぶだろうな」

「僕が笑っているわけは、この写真に写っていないものがあるからです」

ライムはもどかしい思いで片方の眉を上げた。

「オリーブのストーン——種の破片が写っていないんです」

サックスが訊いた。「それがどう重要なの？」

「オリーブオイルを作るには二つ方法があります。種ごと果実を粉砕して搾るか、先に種を取り除くか。ローマの著述家カトーは、〝デノッチョラート〟のオイル——搾る前に種を取り除いたもののほうが優れていると書きました。その意見に同意する人もいれば、しない人もいます。僕が見分けられるのは、デノッチョラートのオイルだと偽って、そうではないものを販売した業者に罰金を科したことがあるからです」

「そして」ライムは、にやにや笑いとは言えないまでも、それに近い表情を作って言った。「種を取り除いて作るほうが時間がかかるし、経費もかかる。したがって、その手法を使う生産業者は限られている」

「そのとおりです」エルコレがうなずく。「この地方だと、二つか三つくらいじゃないかと思います」

「違う」うつむいてパソコンの画面をのぞきこんでいたベアトリーチェが言った。「〝二つ三つ〟じゃない。一つだけ(ウーノ・ソーロ)」ベアトリーチェは短くて太い指をナポリの地図に突き立てた——この国家警察(クエストゥーラ)ナポリ本部からほんの十キロほどしか離れていない一点に。「ここ！」

## 48

汚れたフロントガラスの向こうに、ナポリ郊外の丘陵地帯が広がっていた。

午後の風は埃っぽく、初秋の香りを運んでいる。もちろん、空気は熱を帯びている。ナポリはいつも暑かった。

サックスとエルコレを乗せた車は、何百エーカーも続くオリーブ畑を見ながら走っている。オリーブの木は、高さ二メートル半から三メートルほどで、枝はからみ合いながら好き勝手な方角に延びていた。手前にある木に小さな緑色のオリーブがなっているのが見えた。エルコレによれば、果実と呼ぶそうだ。

これまでのところ、コンポーザー捜索は実を結んでいない。

国家警察とカラビニエリは、圧搾前に種を取り除く方法でオリーブオイルを製造している唯一の生産者、バルベラ・オリーブオイル・ファクトリー周辺の畑をいくつかに分け、分担してハーリド・ジャブリルとコンポーザーの捜索に当たっていた。サックスとエルコレはいま車で走っている一画を割り当てられている。どこまでも延びる道路を走りながら、サックスは失望を感じていた――ほとんど何も見えないことに。ナポリから北東に来たこのあたりは、寂れていた。農家、小さな会社――建設会社や倉庫会社が大部分を占める――がまばらに見えるほかは、オリーブ畑しかない。

バルベラの工場周辺にぽつぽつと見つけた民家に立ち寄り、聞き込みをしたが、コンポーザーに似た人物はいなかった。ハーリド・ジャブリルに似た人物もいない。二人を見かけたという住人もいなかった。今日だけでなく、これまで一度も見たことがない。お役に立てず申し訳ない（チ・ディスピアーチェ）……

車に戻り、次を当たる。

まもなく道路は、手入れのされていないでこぼこ道に変わった。工場や商店も民家もまったくない。バルベラ所有のオリーブ畑が延々と続いているだけだった。

「行き詰まっちゃいましたね」エルコレが言った。

「ほかのチームに連絡してみて」サックスは上の空で言った。車内に飛びこんできたミツバチをぼんやりと手で払う。「もしかしたらもう見つけてるかもしれない」

しかし三つ電話をかけたところで、ほかの捜索チームもいっさいの手応えを得られずにいるとわかった。郵便警察も各ＳＮＳや動画投稿サイトを入念に監視しているが――

「やつはまだ動画をアップロードしていないようです」


つまり、ハーリド・ジャブリルはまだ生きているということだ。おそらく。


二人はメインの道路に戻った。

「だけど……」サックスはオリーブ畑に視線を投げて眉をひそめた。

「どうかしましたか、サックス刑事？　アメリア？」

「コンポーザーの靴に付着していたペースト状のもの。オリーブオイルの搾りかす。何て呼ぶんだった？」

「〝ポマース〟です」エルコレは綴りを言った。

「オイルを搾ったら捨ててしまうの？」

「いえいえ、ポマースも貴重な資源です。発電燃料として再利用できます。この地域ではたいがい有機肥料に使ってますね」

「とすると、バルベラの工場で靴に付着したわけではないかもしれない」


エルコレはふいに不安げな目でサックスを見つめた。「それどころか、工場で付着したのではないかもしれません。生産工場では、ポマースをこぼしたり無駄にしたりしないよう気を遣ってるでしょうから。いま思いましたけど――コンポーザーは有機肥料を製造している場所にいて、そこで靴にポマースがくっついた可能性のほうが高そうです。

工場や畑じゃなくて」

「肥料の製造場所を知ってる？」

「六万四千ドルの質問ですね。答えは、〝はい、知っています〟です」


二十分後、二人はいっそう辺鄙(へんぴ)な地域に来ていた。カイアッツォという町の近郊で、もやを貫いて射す陽光が小麦畑を黄金色に輝かせていた。

サックスが運転する車はハイウェイを疾走している。この先にヴェンチューリ有機肥料株式会社(フェルティリッツァンティ・オルガーニチ)があるはずだ。サックスはアクセルペダルを踏みこみ、メガーヌの速度計の針は時速百二十キロを指した——この道をフェラーリやマセラティで飛ばしたらどんなに痛快だろう。まもなくカーブが見えてきたところでシフトダウンし、時速四十キロに落とした。車はさほど大きく横滑りしたわけではなかったが、エルコレ・ベネッリが発した「やめて(ミオ・ディーオ)」の悲鳴は大きかった。

車のナビは少し先の脇道に入るよう指示していた。サックスは速度を落としてその道に乗り入れた。

五分後。「あ、見てください」エルコレが指さした。

小規模な工場だった。事務所らしき建物が一棟、倉庫か生産工場らしき建物が数棟。その向こうに黒っぽい色をした物質の尾根がいくつも見えていた。幅五十メートル、高さ一メートルほどだろうか。「あれね。あの黒っぽいものが有機肥料？」

「そうです」

サックスはブレーキをかけて車を停めた。

「見て。一番端の山は斜面のてっぺんにある。雨が降ったら、谷の斜面の土地にポマースが流れる。斜面に家はありそう?」

エルコレは見えないと答えた。

サックスは有機肥料製造工場の敷地の奥へと車を進めた。敷地を迂回する小道が通っている。砂利道だ。サックスはその砂利道に車を乗り入れた。

「あ、あそこ!」エルコレが叫んだ。

砂利道から三十メートルほど引っこんだ場所に家が見えた。雑草や低木の茂み、カシやギンバイカ、マツ、ビャクシンなどの木々になかば隠れるように建っている。

サックスはエンジンの音が大きくならないよう、ギアを三速に保った。エンストしないようクラッチをこまめに操作する。

その家の玄関に続く私道の入口のすぐ手前に来たところで道をはずれ、木立の陰に車を隠して、エンジンを切った。

「降りられません」エルコレはドアを開けようとしていたが、木がつかえて開かない。

「できるだけ目立たないようにしないと。あなたもこっち側から降りて」

サックスが先に車を降り、エルコレも苦労してシフトノブをまたぎながら運転席側から降りた。

エルコレが足もとを指さす。「ポマースだ」黒っぽい粒状の物質だった。発酵中の肥料のつんとくる臭いがしていた。

エルコレが訊く。「ロッシ警部に連絡しておきます？」

「そうね。ただし、応援の人員は五、六名にとどめてもらうようにして。コンポーザーがここ以外の場所にいる可能性もまだあるから」

エルコレが電話しているあいだに、サックスは家の周囲を偵察した。相当に古い農家らしく、木材と不揃いの煉瓦で造られている。なかはかなり広そうだ。サックスはエルコレに合図をした。二人は両側の木立の陰に身を隠しながら、長い私道を歩き出した。

エルコレが電話連絡を終えたところで、サックスは言った。「急ぎましょう。動画はまだアップロードされていないけど、シニョール・ハーリドにたっぷり時間が残されているとは思えない」

低木の茂みをかき分け、倒木を踏み越えて、二人は着々と農家に近づいた。蚊やアブが群がってくる。すぐ近くでハトがしゃがれた声で鳴いた。どこか切ない声、心を慰める一方で不気味な声だった。煙の臭いに混じって、何か刺激的な臭いもしている。オリーブの搾りかすが発酵する臭いだろう。

私道は左に折れていて、その先に母屋と独立した車庫があった。母屋は、砂利道から見たときよりずっと大きかった。窓のない渡り廊下で数棟を接続した構造になっている。

「ゴシックね」サックスはささやいた。

「ゴーティコ？　気味悪いってことですか。スティーヴン・キングのホラーみたいに？」

サックスはうなずいた。

車庫には鍵がかかっている上に、窓が一つもなかった。なかに人がいるとしても確かめようがない。

「どうします？」

「ピーピング・トム――〝のぞき見〟って、イタリアでも通じる？」

「はいはい。その表現は知ってます。何十年も前の映画がありますよね。イタリアでも流行ったみたいです」エルコレはかすれた声で笑った。「興味をそそられますね。被害者をフィルムに撮影する連続殺人鬼の映画です。英語のタイトルが『ピーピング・トム』だった（邦題『血を吸うカメラ』）」

「私たちもこれからのぞき見するわよ」サックスは銃を抜いた。エルコレにも同じことをするよう伝えようとしたが、見るとエルコレはもう銃を抜いていた。二人は家をぐるりと一周しながら、カーテンのない窓を見つけるたびにすばやく中をのぞいた。初めは住人のいない家と思われたが、衣類の山がちらりと見えた。炭酸飲料の空き缶もあった。

奥に見えるのは明かりだろうか。ずっと奥の部屋に明かりがともっているように見えたが――カーテンの隙間から太陽の光が差しこんでいるだけだろうか。

屋内に大きな木のドアがちらりと見えた。地下室の入口ではないかとサックスは思った。ドアは閉まっている。ハーリドはいま、あそこから階段を下りた先に監禁されているのだろうか。

スティーヴン・キングのホラー……

そろそろ家を一周し終えてしまう。残っている窓はあと一つ――玄関の左側にある窓だけだ。カーテンが少しだけ斜めになって隙間が空いている。サックスはすばやく首を出してなかをのぞいた。

おや。

人の姿はなかったが、サックスの注意を惹きつける物品が確かに見えた。暖炉の上に、狩猟用のライフルがある。断定はできないが、二七〇口径のようだ。

そして、部屋の中央を占めるテーブルの上に、楽器用の弦が五、六本置いてある。そのうちの一本は、首吊り縄の形に結ばれていた。

## 49

ハーリド・ジャブリルは目を覚ましてまず恐怖に襲われた。純然たる恐怖だ。

自分は薄暗い部屋にいる。じめじめして、カビや腐った食べ物の臭いが充満している。

下水の臭いもしているかもしれない。

ここはどこだ？　いったいどこだ？

神様——神を讃えよ——ここはいったいどこですか。

まるで意味がわからない。記憶が消えていた……いつからの記憶が消えたのだろう。一時間分？　それとも一週間？　何一つ思い出せない。テントにいたおぼろな記憶があるだけだ。テント——そう、陽射しに照らされたテント。灼熱の太陽だ。テント。家。なぜテントなどにいた？　トリポリの自分の家はどうなったのだろう。

自分の家ではない。自分たちの家だ。

ハーリド自身と、ほかにも誰か住んでいた。誰か……ああ、そうか！　妻だ。妻の顔が浮かんできた。そうだ。ファティマ！　名前を思い出せたぞ。神を讃えよ！　妻と、子供が住んでいた。

娘の名前は——子供は女の子だという気がした——名前は……思い出せない。泣きたくなった。

だから、泣いた。

そうだ、そうだ。自分には娘がいる。巻き毛をした美しい娘。

しかし、いま顔が思い浮かんでいるこの子供は、自分と妻の娘なのか。もしかしたら兄や弟の子供なのかもしれない。そこでまた別の考えが浮かんだ。イタリア。ここは……イタリアだ。

そうだろう?

しかし、イタリアのどこだ? ここはどこなんだ? テントにいた。それは確かだ。ただ、どんな理由があったのか、それが思い出せない。テント。思い出せるのはそこまでで、その次の記憶はいきなりこの部屋だ。それが記憶のすべてだ。こんなに何も思い出せないのは――薬か何かの影響か? それとも、窒息しかけて、脳細胞が死んだのか? そうかもしれない。喉が痛かった。頭も痛い。めまいがする。

薄暗い部屋。寒い。

地下室のようだ。

誰に連れてこられたのだろう。なぜ?

猿ぐつわを嚙まされ、上からテープでふさがれているのは、いったいなぜだ?

素足を何かがかすめた。ハーリドは悲鳴を上げた。自分にとっては大きな悲鳴、世界にとってはくぐもった小さな悲鳴。猿ぐつわのせいだ。

ネズミ! ネズミだ。何匹もいる。かさこそと落ち着きなく走り回っている。

こいつらに生きたまま食われるのだろうか。

神よ。お願いです。

助けてください!

しかし六匹ほどの――違う、十四……いや、もっといる!――小動物は足もとを通り過ぎて右手の壁に向かった。ハーリドには興味がないらしい。

いまのところはまだ。

よし。状況を確認しよう。手は縛られている。足も。誘拐された。猿ぐつわを噛まされている。でも、いったいなぜ？　なぜ神は——神を讃えよ——こんなことをお許しになるのか。記憶の断片がまたいくつか蘇った。ただし、最近の記憶は失われたままだった。自分はトリポリで教師をしていた。しかしリビアの非宗教教育は危険になって、学校が閉鎖された。そのあと電器店を営んだが、リビア経済が不安定になり、店は略奪の被害に遭った。

　そのあとは、看護師をしていた妻の給料だけが頼りだった。

生活は苦しくなるばかりだった。金はなく、食べ物もなく、ダルナやスルトなどの都市や街にＩＳＩＳなどの原理主義組織の影響が伝染病のように拡大した。ハーリドを誘拐したのは原理主義組織なのか。彼らなら、人をさらって拷問するくらいは平気でやるだろう。ハーリドと家族は穏健なスンニ派で、非宗教政府を支持していた。だが、過激派を表立って非難したことは一度もなかった。ＩＳＩＳの指導者（ムッラー）や幹部が、ハーリドの存在を把握しているわけがない。

　リビア政府はどうだ？

　政府といっても、一つだけではない。トブルクにはリビア政府軍が支える国民代議院がある。トリポリには新国民議会があって、その疑わしい主張を軍事同盟〝リビアの夜明け〟が支えている。ハーリドは前者の国民代議院を支持しているが、それを公言したことはない。

とすると、誘拐されたのは、政治的な理由からではなさそうだ。

蹴飛ばされたような衝撃があって、また少しだけ記憶が蘇った。船……船の上で揺られていた。何度も嘔吐した。太陽がじりじりと照りつけていた……

テントのイメージがまた脳裏に映し出された……

娘。そうだ。あれは自分の娘だ。名前は何と言った？

監禁されている部屋を慎重に見回す。古い建物だ。煉瓦の壁、頭上に梁。地下室にいるらしい。石の床はすり切れ、傷だらけで、でこぼこしている。座らされている椅子を見ようと下を向くと、首に抵抗を感じた。紐のようなものがある。上を見た。

まさか！

首吊り縄だ！

細い紐が頭上の梁まで伸びている。梁を越えて、もう一つ別の梁を越えて奥の壁まで続き、そこで垂れて、バーベルにつけるような円盤形の大きなおもりがくくりつけられていた。おもりは立てた状態で、床から一・五メートルほどの高さにある出っ張りに載っている。出っ張りは手前に傾いていて、おもりがすべり落ちると首吊り縄に重量がかかり、ハーリドの首が絞まる。しかし、神よありがとう——神を讃えよ——おもりは、いますぐには落ちそうになかった。

どうしてこんなことに——ハーリドは必死に考えを巡らせた。そのとき、視界の隅で何かが動いた。

床の上だ。ネズミが増えている。さっき見たネズミと同じように、ハーリドには目もくれない。何か別のものに気を取られている。

その何かが目に入って、ハーリドは恐慌を来しかけた。ちょろちょろと動き回るネズミども、小さな赤い目と黄色く鋭い歯をした生物を引き寄せているもの——死をもたらすおもりが壁の出っ張りから転げ落ちて、ハーリドの首にかけられた縄を締め上げるのを防いでいるもの。白い筋模様が入ったピンク色の物体。かたまりの肉だ。おもりがすべり落ちて縄を引っ張るのを邪魔しているのは、それだった。

最初に現れたネズミたちは、用心し、疑いながらも、じりじりと肉に近づこうとしている。尖った鼻をひくつかせ、飛びすさってはまた近づいていく。ほかのもっと攻撃的なネズミに押しのけられている個体もいるが、自分たちの住処に新たに出現した物体は、無害であるだけでなく……どうやらうまそうだと気づいているのだ。

四匹だったネズミは七匹に増え、まもなく一ダースに増えて、巨大な灰色のバクテリアのように肉塊に群がった。

喧嘩が起きた。きいきい鳴いて仲間に嚙みついている。だが全体としては、分け合おうという意識が働いているようだ。

まもなく、すべてのネズミが脇目も振らずにご馳走にかぶりついた。

ハーリドは猿ぐつわをされたまま大声を上げた。叫んだ。椅子をがたがたと揺らした。

ネズミが一四、二四、振り向きはしたものの、咀嚼し、嚥下する合間に不思議そうな目でハーリドを一瞥しただけだった。

五分、十分、あるいは二十分もたてば、肉は食い尽くされるだろう。おもりはすべり、出っ張りから落ちるだろう。

絶望を感じた。

だが同時に、歓喜の光が射した。

それだ。そうだ、それだ。ありがとう、神よ――神を讃えよ。ハーリドは娘の名前を思い出した。

ムナ……

これで、少なくとも娘の名前を胸に――そして楽しげな笑顔、豊かな巻き毛の記憶を抱いて、あの世へ旅立てる。

## 50

努力を繰り返した。農家の玄関ドアに何度も体当たりした。

しかし、防犯アラーム以前の時代に建てられた家、分厚く頑丈なオーク材やメープル材が外敵を防ぐ最前線だった時代の家は、そう簡単に侵入を許さない。

エルコレはまたロッシに電話をかけた。ロッシはここから一番近い警察署を調べていた。ライバル組織である国家治安警察隊（カラビニエリ）の警察署だが、こういった捜査では、イタリア中の全警察官が同じ側に立つ。十分から十五分もあれば、応援の車が到着するだろう。国家警察が先んじて送り出した応援部隊も、ちょうどそのころに着く。

「錠前を打ち抜きましょう」エルコレが提案した。

「無理よ。拳銃じゃ歯が立たない」サックスは答えた。

周囲を警戒しつつ、農家の周囲をもう一度ぐるりと回ってみた。コンポーザーが屋内や近隣にいることを示すものは何もない。それに近くにいるなら、とっくに訪問者に気づいているだろう。来たのが警察であることは、見るか、推測するかしてわかっているはずだ。

エルコレが古びた園芸用のホースにつまずいて転び、はじかれたように立ち上がって顔をしかめた。地面に落ちていた瀬戸物の破片で掌を切ったらしい。幸い大した怪我ではなさそうだ。サックスは目と意識を窓に注いで、敵の姿と入口の両方を探していた。

ようやく屋内に入れそうなところが見つかった。裏手の窓だ。少し前になかの様子をのぞいた窓の一つが無施錠だった。

サックスは小型だが高輝度の懐中電灯を取り出した。「窓から下がって」大きな声でエルコレに指示した。

エルコレが腰を落とす。サックスは懐中電灯のスイッチを入れ、左手で頭上高く持ち上げると、すばやく窓に近づき、屋内に向けて照らしておいて右手のベレッタの銃口を巡らせた。コンポーザーが屋内で銃をかまえていた場合、反射的に光源やその近くを狙うはずだ。サックスは腕に一発食らうかもしれないが、傷の痛みに耐えかねてうずくまる前に、一発か二発応射できるだろう。

あるいは、上腕動脈に命中して死ぬ前に。

だが、なかには誰もいなかった。埃をかぶった箱と、埃よけの布代わりの不ぞろいなシーツをかけた家具がいくつかあるだけだ。

「押し上げてもらえる?」

サックスはエルコレの手を借りて屋内に入った。続いてエルコレが窓枠を乗り越えた。閉じたドアに近づく。そこを出た先は廊下だった。

エルコレがサックスの腕を軽く叩いた。サックスは小さく微笑んだ。エルコレは輪ゴムを差し出していた。

二人は輪ゴムを靴にかけた。エルコレがささやく。「でも、手袋は必要ないですよね。戦術作戦だから」

サックスはうなずき、ささやき声で言った。「部屋を一つずつ確認するわよ。閉じたドア、人が隠れられる大きさの物体があれば、その向こうにコンポーザーがいるという前提で調べるということ。いま窓のところでしたみたいに、懐中電灯を高く持ち上げて、一度だけ室内を照らすわ。そのあといったん物陰に退避する。次に二人で身を低くして、突入する。向こうは私たちが立って入ってくると思うはず。だから、身を低くして行く」

「もしやつを見つけたとして、抵抗されたら、腕や脚を撃つんですね？」

サックスは眉間に皺を寄せた。「いいえ。武装していたら、迷わず射殺する」

「射殺、ですか」

「ここを狙って」サックスは自分の上唇と鼻のあいだを指さした。「ここを狙えば脳幹に当たる。三発。どう、やれそう？」

「はい――」

「やるしかないのよ、エルコレ」

「やれます」エルコレはきっぱりとうなずいた。「シ。了解(ダッコルド)」

何度か深呼吸をして、捜索を始めた。決して慣れることのないゲーム、とうてい好きにはなれないが、ほかのどんなドラッグよりハイにさせるゲームだ。

サックスがまず向かったのは、少し前にライフルを見た小部屋だった。室内の安全を確認したあと、ライフルを壁から下ろして、ボルトを外した。こうしておけば撃てない。それから、家の奥から始めて玄関側まで、ひと部屋ずつ捜索していった。大部分の部屋は空っぽだった。コンポーザーが寝泊まりしていると思しき小さな寝室を見つけた。ベッド脇にコンバース・コンのスニーカーが片方だけ残されていた。

キッチンにも使用された形跡があった。

二人は捜索を続けた。

一階のすべての部屋を確認し、二階もすべて見た。コンポーザーはここにはいない。

最後に、サックスが地下室の入口だろうとにらんだドアの前に戻った。

錬鉄の掛けがねをゆっくりと動かす。鍵はかかっていなかった。

アメリア・サックスは地下室が大の苦手だった。大人数での戦術作戦なら、閃光手榴弾を投げこみ、籠城している容疑者の身動きを封じておいて、一気になだれこむという手法も可能だろう。だが今回は？　たった二人しかいない。自分で階段を下りていくしかない。コンポーザーがどんな武器をかまえているにせよ、脚、腰、そして胴体をさらすことになる。コンポーザーはライフルを盗んだとき、拳銃も一緒にくすねただろうか。膝に二発撃ちこまれたら、痛みに悲鳴を上げながら階段を転がり落ちることになるだろう。そしてとどめを刺される瞬間を、なすすべもなく待つしかないだろう。

顔を上げてエルコレを見る。こういった作戦の経験がまったくないはずなのに、決然として落ち着き払っている。たとえ自分に何かあっても、これなら大丈夫だとサックスは思った。

ささやき声で指示を出す。「ハーリドがいるとしたら、きっとこの下よ。ここか、車庫ね。おそらくここだろうと思う。さあ、行くわよ。あなたがドアを開けて。私が先に降りるから」

「だめです。僕が先に行きます」

サックスは微笑んだ。「これは私の得意分野よ、エルコレ。私が先に行く」

「僕に行かせてください。やつが発砲したり、襲いかかってきたりした場合、あなたのほうが確実にやつを撃てる。研修のとき、僕の射撃の成績はさんざんでした。トリュフの密売業者がＡＫ47をぶっ放してくることなんて、まずありませんしね」エルコレはそう言って笑みを見せた。

サックスは彼の腕に手を置いて力をこめた。「わかった。すばやくね。このライトを持って」

エルコレは一つ深呼吸をしたあと、何かつぶやいた。名前だ。イザベッラと言ったようだ。聖人か何かだろうか。

「いい？」

エルコレがうなずく。

サックスは勢いよくドアを引き開けた。ドアは壁に跳ね返り、埃の雲が広がった。

一瞬、二人ともその場から動かなかった。

地下室の入口ではなかった。物入れだ。空っぽの物入れ。

浅い呼吸を繰り返す。

「そっか、じゃあ、次は車庫ね。何かで南京錠を壊さなきゃ」

工具を探し回った。キッチンで、エルコレが大きな手斧を見つけた。母屋を出て、腰をかがめて独立した車庫に向かう。

ふたたび突入の準備を整える。前回とは手順を変えた。二人同時に発砲する間口があるからだ。エルコレが南京錠を壊し、引き戸を開ける。サックスはその後ろでしゃがみ、懐中電灯とベレッタをかまえて小さな車庫内を狙う。引き戸を開けたら、エルコレも同じようにする。

サックスはうなずいた。

手斧が振り下ろされ、南京錠がはじけ飛んだ。エルコレが引き戸を思いきり引いて……前回の物入れと同様、何もない空間が目の前に開けた。

息を吐き出す。二人は銃をしまって母屋に戻った。

「証拠物件の捜索をしましょう」

ハーリドが息絶えるまで、時間はどのくらい残されているだろう。あまり長くはないはずだ。

リビングルームに入り、青い手袋をはめて、テーブルを調べた。書類、ファイル、メモ、楽器の弦。コンポーザーとハーリドの居場所を示すものを探す。

サックスの電話が震動した。突入前に消音してあった。

「ライム?」サックスはイヤフォンのケーブルに付属するマイクに向かって言った。

「隠れ家なのは間違いない。でも、ここには二人ともいない。コンポーザーも被害者も」

「カラビニエリがそろそろ到着するとマッシモは言っているが」

サイレンが聞こえていた。

ライムが続ける。「時間切れが迫っているぞ。やつが動画をアップロードした。マッシモがエルコレの電話に動画のアドレスを送った。郵便警察が極東を経由するやつのプロキシをたどっている。エドワード・スノーデンほどの腕前ではないにせよ、それでも投稿元を突き止めるには数時間かかる」

「ここをもう少し調べてみるわ、ライム」

サックスは電話を切り、捜索を再開する前にエルコレに言った。「電話をチェックして」

エルコレが画面を見せた。「これですね」

ハーリド・ジャブリルが映っていた。意識のない状態で椅子に座っている。口をふさがれ、首には首吊り縄がかけられていた。携帯電話のちっぽけなスピーカーで聴いていても、背景で流れているワルツのリズムを刻んでいる低い音は聞き取れた。不気味な音楽だった。

エルコレが言った。「前回までと違って、三拍子の一拍目はあえぐ音ではないですね。今回は被害者の心臓の音だ」

サックスは言った。「この曲。聞いたことがある気がするけど。知ってる？」

「知ってますよ。『死の舞踏』です」

脈打つような不吉な音楽を聴いていると、身震いが出た。それから手もとの紙に視線を走らせて、思わず目を細めた。

まさか。ありえない。

サックスはリダイヤルボタンをタップした。

「サックス？　何か見つかったか」

「にわかには信じられない話だけど、ライム、これが唯一の希望かもしれない。マッシモはいる？」

「ちょっと待て。よし、スピーカーモードに切り替えた」

「ロッシです、サックス刑事」

「いまから番地を言います。ナポリの住所みたい」サックスは読み上げた。

「これはスペイン地区の番地ですね。国家警察（クエストゥーラ）ナポリ本部からそう遠くない。そこに何が？」

「ハーリド・ジャブリルの監禁場所はそこだと思うの。問題は、まだ生きてててくれてるかどうかだけ」

## 51

サックスはマッシモ・ロッシの姿を見つけた。古い工場の前に立っている。ずいぶん前に廃棄されたらしく、開口部に板が打ちつけてあった。〈プロドゥツィオーネ〉という言葉は読み取れるが、その上に並んだ文字——人物名なのか、商品名やサービス名なのかはわからない——は、消えかけている。

ロッシ警部も二人が来たことに気づいて言った。「クイ。こっちだ」

サックスとエルコレは徒歩で来ている。車を乗り入れることはできなかった。行き先がロッシの言う〝クアルティエーリ・スパニョーリ〟——入り組んだ細い通りや路地が密集したスペイン地区——だったからだ。「十六世紀にスペイン軍が駐留していたので、スペイン地区と呼ばれています」エルコレが説明した。「ヴォメロ地区と違って、ここで子供が走っているのを見たら、警察が来たことを父親やきょうだいに伝えに行こうとしていると思って間違いないです。ここにはカモッラがいます。カモッラだらけです」

見上げると、白い物干し紐に並んだ洗濯物がそよ風に翻っていた。回転灯を閃かせた警察車両や、捜索のために集まった数十名の制服警官を大勢の住人が眺めている。みなバルコニーや開け放った窓など、高みの見物にうってつけの場所に群がっている。空いた時間はいつもそうやって過ごしているのかもしれない。家の前にも裏にも庭はなく、玄関先の階段もなかった。夕暮れ時にビールやワインを片手に座り、赤ん坊をそっと揺すったり、政治を語り合ったり、その日の職場であったできごとを披露しあったりする場所がないのだ。

行く手にいきなり大きなバスケットが下りてきて、サックスはどきりとした。子供が駆け寄り、大きなビニールの買い物袋をバスケットに入れた。重たそうな荷物ごと、バスケットが昇っていく。三階か四階の窓で、父親なのか兄なのかが紐を引いていた。

スペイン地区の営みの大部分は、空中で行なわれているらしい。

二人は廃工場に入った。なかは湿っぽく、カビの臭いが鼻に襲いかかってきた。大型機械の土台部分だけが床にボルト留めされたまま取り残されているが、いったいどんな装置が載っていたのかは想像さえできない。もともとあまり広くないのに、大勢の警察官が詰めかけているせいで、ますます狭苦しく感じられた。外光はほとんど入らない。まぶしいランプが設置されていて、ただでさえ薄気味悪い空間なのに、真っ白な光との落差でいっそうまがまがしく見える。口を広げた傷口を明るい光が照らしているかのようだ。ダニエラとジャコモを認めて、サックスはうなずいた。二人も挨拶を返す。

ロッシが工場の奥を指さし、サックスとエルコレはその入口から奥へ進んだ。「こっちだ。コンポーザーは今回、ずいぶんと力を入れて細工したようだ」ロッシがつぶやいた。

ロッシはすでにシューズカバーを着けていた。サックスとエルコレはいったん立ち止まってシューズカバーを着けた。青いラテックスの手袋もはめた。小さな部屋に入り、そこから工場の地下室に下りた。

地下室は、工場の建坪そのままではなく、奥の半分程度の広さしかないようだった。

カビっぽい湿った臭いが強烈だった。腐敗したような臭いもしている。天井の梁はむき出しで、床の石材は穴だらけでざらついていて、中世風の印象を醸し出していた。

中世の拷問部屋のような。

考えてみれば、そのとおりの目的で使われたのだ。ハーリド・ジャブリルは、アリ・マジークと同じように椅子に座らされていた。すぐ背後には、コンポーザーの最新ビデオの背景に見えていた濡れた壁がある。

「被害者はテープで手足を縛られ、首吊り縄は梁に渡されていた。先端はあれに結びつけられていた」ロッシが指さした先に、ボディビルダーが使う円盤形のウェイトがあった。大きな証拠品袋に収められて床に置いてある。別の袋に首吊り縄が入っていた。

「クアル・エ・イル・ペーゾ？」エルコレが重量を尋ねた。

ロッシが答える。「十キロだ」

マジークもやはり、おそらく同じ程度の重量がある水のバケツを利用して首を絞められようとしていた。

ロッシが舌を鳴らした。「それにしても非道な仕掛けだよ。あれを見てくれ」

壁の出っ張りに置かれた番号札の隣に、肉の塊があった。

サックスは仕掛けを理解した。

エルコレが訊く。「ネズミ（ラッティ）？」

「シ。そのとおりだ。イル・コンポジトーレはおもりが落ちないよう、あの肉の塊を置いた。ネズミがにおいを嗅ぎつけて食い始めた。つまり、被害者には時間があったわけだよ。おそらくかなりの時間が。迫り来る死について考える時間がたっぷりと」

「コンポーザーが出入りするところを見ていた人は？」エルコレが尋ねた。

「目撃者はいない。外に手押し車が放置されていた。意識を失った被害者を手押し車に乗せて毛布で隠し、そこの広場からここへ運びこんだんだろう。商品を運ぶ商店主と見た目は変わらない。付近の聞き込みを始めている。クアルティエーリ・スパニョーリはせまい界隈だが、人が多すぎる。会社や商店も数え切れないほどある。コンポーザーには誰も注意を払わなかっただろうな」聞き込みの成果は期待できないというように、ロッシは肩をすくめた。

それから、明るい顔をして言った。「それより、地上に戻ろうか。きみたちが命を救った男に会ってみたいだろう？　少なくとも向こうは、きみたちに伝えたいことがあるだろうね」

ハーリド・ジャブリルは救急車の後部に座っていた。朦朧とした様子で、首に包帯を巻いているが、それ以外に怪我はなさそうだった。

救急隊員がロッシとエルコレにイタリア語で報告し、エルコレがそのあらましをサックスに伝えた。「記憶がかなり混乱しているそうです。クロロホルムか何か、意識を奪うのに使われた薬物のせいで」

ハーリドがサックスをじっと見つめた。「私を助けてくれた人はあなたですね」アラビア語リビア方言のアクセントが強かったが、充分に意味の通じる英語だった。

「私と、こちらのベネッリ巡査もです」サックスは答えた。「英語がお上手ですね」

「はい、少し話せます」ハーリドは答えた。「トリポリで勉強しました。大学で。イタリア語はだめです。妻は無事だと聞きました。こんなことをした男に殴られたと聞きました。私はそのことを覚えていません」

「奥さんは無事ですよ。事件後にお話ししました」

「娘は？　ムナは？」

「元気ですよ。奥さんと一緒にいます」

救急隊員がエルコレに何か言い、エルコレが通訳した。「このあと病院に行ったら奥さんや娘さんと会えますよ。キャンプから病院に向かっているそうですから」

「ありがとう」ハーリドの目から涙があふれた。「あなたたちがいなかったら、私は死んでいました。神の永遠のご加護がありますように。神を讃えよ。あなたたち二人は、この世で一番優秀な警察官です！」

サックスとエルコレはちらりと顔を見合わせた。ハーリドの居場所を割り出したのは、深い推理力の結果などではなかったことは打ち明けないことにした。有機肥料製造工場近くの農家にあったコンポーザーのテーブルで偶然見つけたメモには、被害者の名前――マジーク、ダディ、ハーリド・ジャブリル――と、動画撮影のためにそれぞれを監禁する先の番地が書かれていた。サックスとしては、ことがそれほど簡単だとはとうてい思えなかったが。

にわかには信じられない話だけど、ライム、これが唯一の希望かもしれない……

サックスから番地を伝えられたロッシは、ミケランジェロ率いる戦術チームをこの廃工場に急行させた。

その地下室に、ハーリドは監禁されていた。

事情聴取は英語でできそうだとわかってサックスは安堵したが、満足のいく成果は得られなかった。ハーリド・ジャブリルは、誘拐されたときのことを何一つ覚えていなかった。それどころか、難民キャンプに到着して以降の数日の記憶がまったくないという。目が覚めると、首に縄がかけられていた。猿ぐつわを嚙まされたまま喉が嗄れるまで叫んだ。助けを求めるためもあったが、ネズミを追い払うために（いずれも成功しなかった）。

事情聴取を十分ほど続けてみたが、有益な手がかりは得られなかった。誘拐犯の顔は見ていない。誘拐犯はひとことも話さなかった。移動に使われた車も覚えていない。ほとんどずっと目隠しをされていたように思うが、それについても確かなことは言えないという。

救急隊員が何か言った。きちんとした検査のためにそろそろ病院に運びたいと言っているのだろうと解釈して、サックスは「シ」と答えた。

サックスとエルコレ、ロッシ警部は、集まった人々をかき分けるようにしてそろそろと進む救急車を見送った。

「ドヴェ・イル・ノストロ・アミーコ？」ナポリの街のカオスじみた一画を見回しながら、ロッシがつぶやいた。

〝我々の友人はいったいどこにいる？〟——そういう意味だろうとサックスは理解した。

「きっと証拠が教えてくれるわ」サックスは言った。そしてエルコレとともに、地下の拷問部屋に引き返した。

## 52

ライムはダンテ・スピロが通話を終えるのを待った。エルコレ・ベネッリの指摘どおり、スピロの顔の初期設定は不機嫌なしかめ面で、あの目を向けられると、誰でもテーザー銃で撃たれたように動けなくなる。しかし電話を終えたスピロの視線は、いつに増して鋭くとがっているように見えた。

「いまいましい。コンポーザーは郊外の農家にはもう戻らないつもりらしい」

国家警察ナポリ本部（クエストゥーラ）の捜査司令室にいまいるのは、ライムとスピロの二人きりだ。ライムは、ほかに行く先もなく、生理現象の介助もすんでいるため、トムに休暇を与えて観光に送り出した。しかしトムは——うるさいほど——何度も様子を尋ねる電話をかけてきた。ライムはついにこう言い渡した。「電話を切れ！　少しは楽しめ！　何か用があればこちらから電話する。ここはマンハッタンより電波状態がいいくらいだからな」

それは事実だった。

ライムはスピロの報告を吟味した。アリ・マジークが監禁されていた地下水路の現場とは異なり、コンポーザーは今度の農家には侵入者を知らせる警報システムを用意していなかった。コンポーザーが舞い戻ることを期待して、ロッシは部下を派遣して農家と有機肥料製造工場を見張らせていた。その間、現場検証は先延ばしになっている。しかし二時間が経過してもコンポーザーは戻らず、ロッシは、ライムの——そしてベアトリーチェ・レンツァの——グリッド捜索を開始せよという圧力についに屈した。

ライムはサックスに電話をかけ、農家の捜索に取りかかるよう指示した。サックスとエルコレ、科学警察は、ハーリド・ジャブリルがあやうく命を落としかけたスペイン地区の廃工場の捜索をすでに終えていた。

捜査司令室の入口に立っていたベアトリーチェは、農家の現場検証が開始されると聞いて満足げにうなずいた。「ベーネ」タイベックの帽子をかぶった頭をかしげて言った。「証拠物件を無事に保全できるか、あるいは破壊されるか、たった数秒の遅れがその違いを分けることもある。現場は可能なかぎりすみやかに捜索されるべきであり、証拠は採取され保護されるべきである」

　発音こそイタリア語の癖が強かったが、英語の文法も語法も完璧だった。

　スピロがいつものごとく鋭い視線を向けた。「私に講釈を垂れるとは、一体何のつもりかな、レンツァ巡査？」

　ライムは低い笑い声を漏らした。「いまのは引用だよ、ダンテ。講釈ではない。私の言葉を引用したんだ。私が書いた教科書の一節を。しかも一言一句まで正確に」

　ベアトリーチェが言った。「イタリアでも教科書に使われてるけど、英語版しかない。イタリア語に翻訳すべきです」

「近い将来、実現するかもしれないぞ」その日の朝、イタリアでも有数の著作権エージェント、ロベルト・サンタキアラからトムに電話があり、ライムがいまナポリに滞在中であることを報道で知った、著作のイタリア語版出版についてぜひ話をしたいと告げられていた。

「ベストセラーリスト入りしますよ。少なくとも科学警察ではね」ベアトリーチェは手にしていたファイルを持ち上げた。「ところで、別件で一つ発見がありました。ガリー・ソームズ事件関連です。エルコレから分析を頼まれてたワインボトルです」

　レイプ事件当夜、喫煙エリアにあったボトルだ。

　ベアトリーチェは分厚い報告書をダンテ・スピロに渡した。スピロはさっと目を通したあと、ライムに言った。「英語に翻訳しよう。初回の分析と結果は変わらない。指紋、

DNA、ピノネーロ・ワイン。このワインからデートレイプ・ドラッグは検出されなかった。ただし、ボトル表面から新たな微細証拠が見つかった」

「で？」

「ベアトリーチェの分析によると、シクロメチコン、ポリジメチルシロキサン、シリコーン、セチルジメチコンコポリオール」

「なるほど」ライムは言った。

スピロがライムを見やる。「有益な情報か？」

「ああ、有益だよ、ダンテ。ひじょうに有益な情報だ」

驚くほど美しい女性だった。

ただし、アメリア・サックスの美しさとはまるで違う。サックスは〝隣の女の子〟的な親しみやすい美人だ。近づいて話しかけても大丈夫そうな美人。相手を怖じ気づかせることはない。

ナターリア・ガレッリの美貌は、それとは種類が別だった。〝種類〟はぴったりの表現だろう。というのも、ナターリアにはどこか動物的な気配があるからだ。鋭角的でくっきりとした頬骨。左右が寄りぎみの目。瞳は現実離れした緑色をしていた。体に張りつくようにタイトな黒いレザーパンツ。ハイヒールのブーツのせいで、スピロより十センチ近く背が高く見える。やはり体に張りつくような細身のデザインの茶のレザージャケット。水のように柔らかそうだ。

ナターリアはライムとスピロを見つめた。いま捜査司令室にいるのはナターリアとその二人だけだが、ラボからベアトリーチェが好奇心に満ちた視線をこちらに向けているのがライムから見えた。ベアトリーチェはすぐに顕微鏡に向き直った。

ライムの不自由な体を見ても、ナターリアは何の反応も示さなかった。別のことに気を取られていたからだろう。「私が呼ばれたのは――英語では何て言うのかしら(コメ・シ・ディーチェ)――面通し？　容疑者を特定するため？」

「どうぞかけてください、シニョリーナ・ガレッリ。英語で話を続けてもかまわないかな。こちらの私の同僚はイタリア語を話さないのでね」

「ええ、かまいません」ナターリアは腰を下ろし、艶やかな髪をうしろに払いのけた。「で(アッローラ)。面通しですか」

「違いますよ」

「だったら何のため？　教えていただけません？」

スピロが言った。「フリーダ・ショレルのレイプ事件について、もう少し詳しく質問させていただきたい」

「わかりました。でも、あなたとはもうお話ししましたよね、プロクラトーレ。それに、イスペットーレ……あの警部さんは何て名前でしたっけ」

「ラウラ・マルテッリのことかな。国家警察の」

「そうそう、その人です。そのあと、アメリカから来た女性の刑事と、なぜか森林警備隊の人も来ましたけど」

スピロは刺すような視線をライムに向けた。それからナターリアに向き直った。「一点だけ、お尋ねしたいことがある。パーティ当日、ボーイフレンドとインド料理を食べたというお話でしたね」

一瞬の間。「ええ、そうです。夕飯に」

「何を食べましたか」

「細かくは思い出せませんけど。たしかコルマとサーグ。ティカ・マサラ。どうして？」

「午後から洗濯をしましたね」

「しました。前にもお話ししたとおりです。別の人から訊かれたんだったかもしれませんけど。パーティのゲストのなかに泊まっていきたい人がいるかもしれないと思って、シーツを洗っておきたかったんです」

スピロはわずかに身を乗り出し、語気をやや強めて尋ねた。「パーティの夜、あなたのボーイフレンド、デヴは、被害者のフリーダ・ショレルとどのくらいの時間、親密な様子で話していましたか」

「え……」ナターリアは完全に不意を突かれた様子だった。「親密な様子だなんて。誰がそんなこと言ったんですか」

「個々の捜査について、目撃証人がどのような証言をしたかを話すことはできない」

存在しない目撃証人の場合でも――ライムは心中でつぶやいた。

緑色の目が一瞬だけ見開かれた。鮮やかな色だ。クローバーの葉を思わせる緑色。色つきのコンタクトレンズではないかとライムは思った。ナターリアは早口で言った。

「冗談を言い合ってただけです。デヴとフリーダは。それだけのことよ。証言した人は勘違いしてます。ナポリの大学生が集まるパーティです。気持ちのいい秋の夜に開かれたパーティ。みんな笑ってました」

「冗談を言い合って」

「シ」

「デヴが過去にコンフォート・シュアのコンドームを購入したことがあるかどうか、ご存じですか」

ナターリアは目をしばたたいた。「そんなプライベートな質問、よくできますね」

スピロは有無を言わせぬ調子で応じた。「質問に答えて」

しばしためらったあと、ナターリアは答えた。「どのメーカーのものを買ってるかなんて、知りません」

「あなたはデヴのガールフレンドだ。なのに知らないわけですか」

「知りません。気にしたことがありませんから」

「仮に私があなたの家のバスルームにある棚をのぞいたとしたら、コンフォート・シュアのコンドームはありますかな」

「そんなこと訊かれるなんて心外だし、そんな態度を取られることも心外です」

スピロは歯を見せず、口角を持ち上げるだけの笑みを作った。「答えなくてもかまいませんよ。ここに来るのにあなたが家を出たのと入れ違いに、警察の者が入って、室内を検めさせてもらいました。コンフォート・シュアのコンドームはなかったとの報告がありました」

「え？　そんなこと許されるの？」

「あなたのアパートは犯罪の現場ですからね、シニョリーナ。あなたの許可がなくとも捜索は可能です。さて、先ほどの話ですがね、コンドームは一つもなかった。しかしクレジットカードの使用履歴では、ボーイフレンドのデヴは三日前にコンフォート・シュアのコンドームを一箱購入しています。一箱二十四個入り。それが一つも残っていない。どこに消えたんでしょうな。誰が捨てたのか。二ダースのコンドームがたった三日で消えたわけですから――率直に言って、――捨てたとしか考えられない。それだけの元気がある若者もいるにはいるでしょう。しかし、いくら何でも二ダースはね」

「レイプ事件の犯人は私のボーイフレンドだと言いたいの？　デヴはそんなことするような人じゃありません」

「違いますよ。フリーダ・ショレルに性的暴行を加えたのはあなたではないかと言っているんです」

「私？　どうかしてる！」

「いいですか、シニョリーナ・ガレッリ。我々がどんな発見をしたか、説明しましょう」

スピロはライムに目で合図した。ライムは車椅子を操作してナターリアのほうを向いた。「喫煙エリアにあったワインボトルの飲み口と首の部分から、コンドームの潤滑剤が微量ながら検出された。その成分がコンフォート・シュアのものと一致した。フリーダのものや膣の内側に付着していた潤滑剤のものと考えて矛盾しない。おっと、つい癖が出た。科学的に厳密な言い方をしても理解しにくいだろう。はっきり言おう――フリーダから検出された潤滑剤と、一致した。

きみのアパートを捜索した際、私の同僚は、洗濯洗剤とインド料理に使うスパイスを見つけた。いずれも由来はきみだ。それらの微細証拠は、喫煙エリアとレイプの現場の両方から検出された」ライムは不機嫌な表情で唇を引き結んだ。「きみが喫煙エリアにいたのは不自然なことではない。きみのアパートだし、きみはパーティのホスト役でもあったのだからね。しかし、レイプの現場で検出されたのは、どういうわけだ？　いったいなぜ？　もっと早く気づくべきだった――見逃したのは、私の失態だ。きみと被害者の証言は一致している。助けてという悲鳴を聞いてきみが被害者のところに駆けつけたとき、被害者は二つの建物の屋上を仕切る壁を乗り越えて手前側に下りようとしているところだった。つまり、レイプの現場からすでに何メートルも離れていたということになる。となると、カレーのスパイスや洗濯洗剤の痕跡が、レイプの現場に残されていたのは、いったいなぜだ？」

「あなたも頭がどうかしてるのね！」

スピロが説明を引き継いだ。「あなたのボーイフレンドは、パーティでフリーダといちゃついていたのではないか。大学の年度が始まったときから――あなたたち三人が最初の授業の際に知り合って以降ずっと、ときおり会っていたのではないか。我々はそう考えている。フリーダのワインに薬物を混入したのは、あなただ。そのあと、フリーダとガリーを追って屋上に行った。フリーダが意識を失い、それをいいことにガリーがレイプするのではないかと期待していた。フリーダの自尊心を傷つけるには、それだけで充分だとあなたは考えた。ところが、ガリーは手を出さなかった。何もせずに階下に戻った。あなたはしかたなく自ら行動を起こしたわけだ。自分のボーイフレンドのコンドームを拝借し、屋上に人がいなくなるのを待ってフリーダを引きずって仕切りの壁を越え、隣の建物の屋上に行き、ワインボトルで陵辱した。ことがすむと、残りの分と一緒に翌日にでも処分するつもりで使用済みのコンドームをとりあえずどこかへ隠し、何食わぬ顔でパーティのホスト役を続けた」

匿名の電話を警察にかけ、ガリーがワインに薬物を入れるところを見たと密告したのはナターリアだろう。ガリーの自宅に押し入り、デートレイプ・ドラッグを衣類に付着させたのも。エルコレとトムが発見した靴跡は、婦人物と言っておかしくないサイズだった。

「嘘よ！」ナターリアがわめいた。ぎらついた目に憎悪があふれていた。

スピロが続けた。「パーティのゲストからひととおり話は聴いたが、犯人は男性という前提での質問しかしていない。このあと、事件発生前後にあなたがどこにいたかを中心に事情聴取をやり直す。男性ゲストのＤＮＡとの比較はすでに始めている。フリーダの過去のボーイフレンドのものも含めてね。それに加えてあなたのＤＮＡを検査するための令状を申請する予定だ」

ナターリアが鼻を鳴らした。「バカみたい」憤慨した様子で続ける。「こんな扱いを受ける謂われはありません」

一般的なルールは自分には当てはまらないと本気で信じているのだろう。自分は美しいから、それだけの理由で。

ナターリアは立ち上がった。「こんなことにいつまでもつきあっていられません。帰ります」

「いや、そういうわけにはいかない」スピロはナターリアの行く手に立ちふさがり、廊下に向かって合図した。ダニエラ・カントンが現れ、ベルトから手錠を取ってナターリアの手首にかけた。

「やめて、やめてよ！　こんなことできないはず。だって……おかしいでしょ！」

ナターリアは自分の手首を見つめている。その目に浮かんだ恐怖は、手錠をかけられたことに対するものというより、ゴールドのブレスレットと銀色の手錠がそぐわないことに対するものであるかのようにライムには思えた。

だが、おそらく、それは思い過ごしに決まっている。

## 53

もう絶望しかない。

自分の人生は終わった。

刑務所の取調室を出て、枯れかけた芝生と通路から成る広さ二エーカーほどの庭を歩き出したガリー・ソームズは、いまにも泣き出しそうだった。いまごろの時間帯の共用エリアはほとんど人がいない。ガリーは自分の監房がある棟に向かってとぼとぼ歩き出した。

弁護士のエレナ・チネッリによれば、警察は、ガリーがフリーダ・ショレル強姦事件の犯人に仕立て上げられた可能性も否定できないと考えているが、裁判所はエレナが提出した釈放の嘆願を却下した。パスポートを預けるという条件をつけたのにだ。

そんなのむちゃくちゃだろう!

エレナからは、別の事件の捜査でたまたまナポリを訪れていたアメリカの超一流科学捜査官二名に協力を要請したと聞いている。しかしその二人が〝協力〟してくれるからといって、ガリーの無実が証明できるとは限らない。ヴァレンティナ・モレッリ——ガリーにあれほどの敵対感情を向けた女——と連絡がつき、事件当夜はイタリア北部のマントヴァにいたという供述の裏づけも取れたという。容疑者はふたたびガリー一人きりになったわけだ。

なんという悪夢か……

ガリーは異国にいる。新しい〝友人たち〟は急に警戒して面会にも来ない。両親はイタリアに飛ぶ手配に手間取っている（弟や妹を預ける先を見つけなくてはならない）。食事はまずい。孤独と絶望に満ちた時間だけが延々と過ぎていく。

不安な時間。

ほかの収容者がこちらに向ける視線も怖い。自分にもレイプ願望があるとでもいうように、意味ありげな視線をよこす者もいる。その連中はただ気持ちが悪いだけだった。それ以外の者たちがガリーを見る目——司法手続きを省略し、手っ取り早くて妥協のない正義を行ないたいと言っているような目。たどたどしい英語で〝報い〟という言葉がささやかれているのが何度か聞こえてきた。その言葉は鞭のように飛んできて、女性を陵辱するという罪を犯したガリーを打ち据えたような気がした。

だが、何よりもみじめなのは何だ？　フリーダと屋上に上り、ナポリの星空の下で過ごしたあの夜、レイプ事件など起こりえなかった理由は何だ？　勃たなかったからだ。このガリー・ソームズが。ミスター〝いつだってすぐに戦闘態勢〟のこの自分が。

キスをして、愛撫をして……それでもやはりぼろ人形のようにふにゃりとしたままだった。

ごめん、ごめん、ごめんよ……どうしようもないんだ。自分じゃコントロールできない。

これまで誰にも打ち明けられなかった事実。これ以上ないほどの屈辱は、秘密にしておくしかない。警察には言えない。弁護士にも言えない。誰にも知られたくない。「いいえ、たとえ薬を盛ったとしても、僕にはフリーダをレイプできなかったし、してもいません。だって、いつもは頼もしい相棒が、あの日はまるで使いものにならなかったんです」

これからどうなる？　このあと何が――？

ふいに思考がさえぎられた。近くの棟から男が二人、共用エリアに出てきたからだ。背は低いがたくましい筋肉をしたその二人をよく知っているわけではないが、イタリア人ではないことはガリーも知っていた。たしかアルバニア人だ。浅黒い肌をしていて、笑った顔は一度も見たことがない。いつも二人きりでいるか、外見の似た一握りの収容者と一緒にいるか、どちらかだった。いま現れた二人は兄と弟で、ガリーに話しかけてきたことはこれまで一度もないし、そもそもガリーが存在していないかのようにふるまった。

今日も同じだった。一度だけこちらを見たが、ガリーが歩いている通路と並行に走る通路を二十歩くらい遅れて歩き出しながら、すぐにまた会話を再開した。

ガリーは兄弟に向けて軽くうなずいた。向こうも同じようにうなずいたあと、下を向いて歩き続けた。

さっきの続きを考える——そもそもなんであんなパーティに行っちまったんだろう。部屋で勉強していればよかった。

イタリアに来たことは後悔していない。この国を愛している。この国の人々や文化、食べ物を愛していた。それでも、この冒険は間違いだったと思い始めている。ほかにも行く先はあっただろうに。だが、それでは足りなかった。地球の反対側まで旅して注目されたかった。アメリカ中西部の退屈な田舎町の連中に、自分はおまえらとは違うと見せつけたかった。自分は特別だと。

アルバニア人の兄弟が歩く速度をほんのわずかに上げたことにガリーは気づいた。子供向けのフリークライミングの壁のあたり——日曜に面会に来た子供や妻と遊べるよう設けられた一角——で追いつかれそうだ。

それでもガリーは兄弟を無視して、ナターリアのアパートで開かれたパーティのことをまた考えた。フリーダを屋上に一人きりにしたのは間違いだった。しかし、あの眠たげな目を見、肩にもたせかけられた頭の重みを感じていると……なのにあそこでは何一つ感じずにいると、逃げ出したくなった。まさかフリーダは薬を盛られていたなんて思わなかったし、危険が迫っているとも知らなかった。

なんだってこんなことに……

アルバニア人との距離は縮まっていた。名前はたしか、イリールとアーティンだ。難民が迫害から逃れるのに手を貸しただけなのに逮捕されるなんておかしいといつも言っている。検察の主張は微妙に違っていた。兄弟は若い女たちを家からさらい、ナポリ郊外の治安のよくないスカンピア地区の売春宿に押しこんだ。当人たちの利他主義的な主張——自分たちは虐げられた人々の救世主である——に耳を貸す者はいない。二人が〝救出した〟女たちは、北アフリカから来たのではなく、モデルにならないかという甘い誘いに釣られた、バルト諸国やイタリア国内の小さな町の出身者なのだから。

ガリーは急に速度を上げたアルバニア人たちを意識した。いまはもう数歩の距離まで迫っている。ガリーは通路から芝生にそれた。それでやり過ごせるだろうと思った。

だが、すでに遅かった。

肌の浅黒いずんぐりした二人組が飛びかかってきて、ガリーは芝生の上に投げ出された。

「やめろ！」あえぐように叫ぶ。地面に倒れた衝撃で、うまく息ができない。

「黙れ。声を出すな！」イリール——より小柄なほう——がガリーの耳もとで言った。

もう一人は周囲に視線を巡らせ、看守やほかの収容者が近くにいないことを確かめてから、長くて分厚いガラス片をポケットから出した。手製のナイフだ。持ち手の部分には布が巻きつけてあるが、長さ十五センチほどある刃の部分はぎらりと光を放っている。

「やめてくれ！　お願いだ！　頼むよ、僕は何もしてない！」たったいま取調室で刑務警察と話をしていた、この兄弟のことを密告したと誤解されているのかもしれない。

「僕は何もしゃべってない！」

アーティンはにやりと笑って一歩離れ、イリールがガリーを地面に押さえつけた。強いアクセントのある英語でアーティンが言った。「教えてやろうか。知りたいだろ？　な？　どういうことなのか、教えてやるよ。アルベルト・ブレージャは知ってるな？」

「頼むよ。あんたたちには何もしてないだろ。僕はただ――」

「落ち着けって。答えろよ。そうだ、その調子だ、落ち着け。答えろ。ガキみたいにぴいぴい泣くんじゃねえよ。訊かれたことに答えな」

「知ってる。ブレージャなら知ってる」

知らない者はいない。身長百九十センチを超える大男でサイコパスの収容者だ。自分を裏切った相手を決して許さない――その裏切り行為がブレージャの想像の産物にすぎない場合であっても。

「いいか、よく聞きな。ブレージャは俺らが気に入らない。俺らを殺そうと思ってる。いいから聞けって。だから俺らは考えたわけだよ」

ガリーはイリールを押しのけようともがいた。しかし、たくましい男はびくともしなかった。「じっとしてな」イリールがささやく。ガリーは抵抗をやめた。

「おまえにはちょいとばかり痛い思いをしてもらう。こいつで刺す」アーティンはガラスのナイフを持ち上げた。「殺すまではしない。ちょっと切るだけだ。死にゃしねえよ。で、お前はアルベルト・ブレージャにやられたって言うわけだ」

イリールが言った。「ブレージャはほかのムショに移される。危ねえ奴ら専用のムショにな。ちゃんと調べた。そういう仕組みになってる。うまくいく」

「よせ、やめてくれ！　お願いだから！」

アーティンがうなずく。「死にゃしねえから安心しなって。六回か七回、それだけだ。何てことないさ。俺も刺されたことがある。これがそんときの傷だ。ムショじゃいろんな話が聞こえてくる。おまえのタマをちょん切ってやれってみんな言ってるぜ。レイプ犯だからな」アーティンはナイフの切っ先でガリーの股間をなぞった。「安心しな。ちょん切ったりしねえから」兄弟は笑った。「どっかの女をヤってやったんだって？　だから何だ？　だから、タマは切らない。顔と胸を切るだけだ。耳もいいな」

「ああ、切り落としちまおうぜ」イリールが言った。

「ブレージャらしく見せねえといけないからな。いかにもあいつがやりそうなことに」

「おい、いつまでガキみたいにぴいぴい泣いてんだよ。よし、アーティン。さっさとやってずらかろうぜ。急げ！」

アーティンはアルバニア語で何か言った。イリールが薄汚れた手でガリーの口をふさぎ、ものすごい力で押さえつけてきた。

ガリーは悲鳴を上げようとした。

ガラスの切っ先が耳に近づいていく。

そのとき、どこか遠くから声が聞こえた。「シニョール・ソームズ！　どこだ（ドヴェ・セイ）？」

さっきガリーが出てきたばかりの戸口、取調室に続く廊下の奥から、誰かがガリーを呼んでいる」

「まだ庭にいるのか？」

アルバニア人兄弟は顔を見合わせた。

「くそ（ムート）」イリールがアルバニア語で吐き捨てた。

ナイフが消え、兄弟はすばやく立ち上がった。

ガリーももがきながら立ち上がった。

「てめえ、よけいなことしゃべるんじゃねえぞ」アーティンが小声で言った。「その口は閉じとけよ、泣き虫」兄弟は向きを変えて足早に立ち去った。

ガリーは壁の陰から芝生に出た。

声の主が見えた。この刑務所の副所長だ。貧相な体つきをした額の禿げ上がった男性で、刑務警察の制服を着ている。制服にはぴしりとアイロンがかかっていた。

ガリーは副所長が待つ戸口に向かった。

を見た。

「大丈夫か？　何があった？」副所長は草の汁で汚れたガリーの灰色のジャンプスーツ

「転んだんです」

「転んだか。なるほど」その言い訳を信じてはいないだろう。しかし塀のなかでは——ほんの数日であっても、ガリーは身をもって学んでいた——管理者側は、見て見ぬふりをしようと決めたら、本当に見て見ぬふりをする。

「で？」ガリーは促した。

「シニョール・ソームズ、うれしいニュースがあるぞ。たったいま担当検事から電話があって、真犯人が特定された。きみの釈放の手続きを始めているそうだよ」

ガリーは息をのんだ。「ほんとに？」

「ああ、確かな話だと検事は言っていた。釈放に必要な書類がまだそろっていないが、そう時間はかからないだろう」

ガリーはアルバニア人兄弟のことを思い出し、監房がある棟の出入口を振り返った。

「監房で待っていなくちゃいけませんか」

副所長はガリーの破れた袖を見やり、一瞬迷ってから答えた。「いや、その必要はないだろう。管理棟に来なさい。私のオフィスで待つといい。カッフェを出してやろう」

ついに涙があふれた。ぼろぼろとあふれて頰を伝った。

# 54

国家警察（クエストゥーラ）ナポリ本部の一階、科学捜査ラボの隣に設けられた捜査司令室に、捜査チームのメンバーが集結していた。

サックスと〝遊撃隊〟のダニエラ・カントンが有機肥料製造工場近くの農家から持ち帰った証拠物件の分析を、ベアトリーチェ・レンツァがそろそろ終えるところだった。ダニエラのパートナー、ジャコモ・シラーが〝ネズミの家（ラ・カーザ・デイ・ラッティ）〟というニックネームをつけたナポリの廃工場で採取した証拠物件もすでに届いている。

スピロは捜査司令室の片隅で腕組みをしていた。「エルコレはどうした？」

自分が頼んだ別の任務で出かけているとサックスが説明した。そろそろ戻るはずだ。

電話中だったロッシが通話を終え、農家の所有者と連絡が取れたと報告した。農家をコンポーザーに賃貸していた人物だ。本人はローマに住んでおり、ナポリまで来てフロリダ在住のティム・スミスと名乗る人物と会ったという。その人物は、誘拐犯の似顔絵に似ていたと証言している。アメリカ人は家賃の二カ月分に礼金を上乗せした金額を現金で支払っていた。

「礼金」ロッシは意味ありげな声で言った。「秘密（リセルヴァテッツァ）分の上乗せだろうね。口止め料とでも言うべきかな。もちろん家主はそうは言っていませんが、私はそう解釈しました。愛人を住まわせる家を探しているんだろうと思ったそうです。まさか犯罪のためだとは思ってもみなかったとか。むろん、そう疑ったでしょうが、知らぬ顔をしたというわけだ」

受け取った現金は手もとにないという。紙幣に指紋が付着していたとしても、検査できないということだ。ただ、アメリカ人が乗っていた車の種類は覚えていた。アメリカ人は目立たない場所に駐めていたが、家主はたまたま町はずれのレストランに寄ろうとして幹線道路から脇道にそれたため、古い紺色のメルセデスを目撃した。検索をかけると、タイヤ痕から割り出したサイズのミシュラン・タイヤは、確かにメルセデスの古いモデルに装着されていた。ロッシは国内のすべての警察機関に対し、車の情報を流して手配をかけた。

## カイアッツォ郊外の農家

・デルの〈インスパイロン〉パソコン
・パスコード保護あり、郵便警察に解除依頼

・ウェスタン・デジタルのハードドライブ（容量1テラバイト）
・パスコード保護あり、郵便警察に解除依頼
・ブローニングＡＢ3ライフル、口径：270ウィンチェスター
・シリアル番号より、バーリの民家より3年前に盗まれたものと判明、おそらく闇市場に流れた
・270ウィンチェスターの実包23発入りの箱、空薬莢2個
・弾道分析により、カポディキーノ難民一時収容センターでニューヨーク市警刑事アメリア・サックスとエルコレ・ベネッリ巡査の狙撃に使われたのも同一の銃であることが判明
・ウッドベースのＥ音の弦6本、うち1本は首吊り縄に結ばれていた
・年式の古い紺色のメルセデス・ベンツに乗っている
・私道に4種類のタイヤ痕
・ミシュラン205／55Ｒ16　91Ｈ、これまでの現場で発見されたものと同一、おそらくメルセデスのもの
・ピレリのモデル6000　185／70Ｒ15
・ピレリのＰ4　215／60Ｒ15
・コンチネンタル195／65Ｒ15
・さまざまな衣類、一部は容疑者、一部は被害者のもの（目録を参照）

- 販売経路不明
- さまざまな洗面具類（目録を参照）
  - 販売経路不明
- 食品（目録を参照）
  - 販売経路不明
- フォダーのイタリア旅行ガイド本
  - 販売経路不明
- ベルリッツの旅行者向けイタリア語会話集
  - 販売経路不明
- 被害者3名のリスト、個人情報やビデオ撮影のための監禁先が書かれている（パソコンから印刷されたもの）
  - アリ・マジーク
  - マレク・ダディ
  - ハーリド・ジャブリル
- ここでも微量のオランザピンとアモバルビタール
- 指紋
  - 被害者のもののみ
  - アリ・マジーク

・ハーリド・ジャブリル
・農家の一部の床に掃き掃除の痕跡、アルコールを使用
・至るところにラテックス手袋の痕跡
・24個の靴跡、過去の現場で採取されたものと一致せず
・サイズ　ヨーロッパサイズで40、紳士物なら7½、婦人物なら9、革底
・サイズ　ヨーロッパサイズで45、紳士物なら10½、婦人物なら13、未検出のランニングシューズ、すり減っている
・サイズ　ヨーロッパサイズで43、紳士物なら9、婦人物なら10½、スタイル不明、おそらくハイキング用ブーツかランニングシューズ
・過去のものと同一のコンバース・コン――コンポーザーのもの
・ほかにサイズ不明の靴跡が3種――溝のない革底2種と、ロッキー・レークランドのハイキング用ブーツ

「靴跡がこれほど多いのはなぜだ?」スピロがつぶやいた。

ロッシが言った。「賃貸を検討している人物が内見に来たとかかな。あとは、被害者の分ということも考えられそうです。コンポーザーは、動画撮影の準備が整うまで、被害者をこの農家に監禁していた。車とのあいだを往復した可能性もありますよ――当人

たちは覚えていないとしても」

ライムはため息をついた。「靴跡の一つが新たな被害者のものでないことを願うよ。リストに名前がないからというだけで、次の被害者をまださらっていないと決めつけることはできない」

ベアトリーチェが言った。「とても不思議ですね。指紋が一つもないのは。被害者のものを除けば、一つも検出されていません。まるで、ライム警部がおっしゃってたように、眠ってるあいだも手袋をしているみたいです」

スピロは難しい顔をした。「この犯人は、何かとややこしくしてくれるね」

「いやいや」ライムは言った。「指紋がまったく検出されないのは、私たちにとって好都合だ。そうだろう、サックス」

一覧表をじっと見つめていたサックスが言った。「好都合ね」

「それはどうして？」ロッシが尋ねた。

そのとき、入口から声がした。「チャオ」エルコレ・ベネッリだった。ビニールのごみ袋を持っている。

ライムは説明した。「数年前にこんな事件があった。プロの殺し屋が関わった事件だ。隠れ家を突き止めたが、指紋は一つとして検出されなかった。犯人は朝から晩までずっと手袋を着けていたからだ。だが、ずっと手袋を着けているということは、頻繁に使用済みの手袋を処分しなくてはならないということでもある。当然のことながら、手袋の内側に指紋が付着するからね。その殺し屋は、本人にとっては不運なことに、隠れ家から二ブロックほど先のくず入れに手袋を捨てた。私たちはそれを発見し、指紋から犯人を突き止め、逮捕した。ベネッリ巡査はおそらく、付近のくず入れを探しに行っていたのだろう」

「そうですそうです、ライム警部」エルコレは緑色のビニール袋を持ち上げた。「カイアッツォとナポリのあいだの幹線道路沿いにあるＩＰステーション――ガソリンスタンドからもらってきました。あいにく、手袋は入っていませんでしたが――」

エルコレは金属の塗料缶を三つビニール袋から取り出し、テーブルにそっと並べた。ライムは缶から漂うにおいを確かめた。鼻がつんとして、顔をしかめた。「メチルイソブチルケトン」

「それは何です？」ロッシが尋ねる。

ベアトリーチェが英語でゆっくりと答えた。「溶剤です。とくにラテックスゴムを溶かすのに有効です」

「そのとおり」ライムはうなずいた。

エルコレが言った。「青いぐちゃぐちゃ、ヘドロみたいなものがたまっていました。くず入れの底に。手袋が溶けた残骸でしょう」

スピロがエルコレを見つめた。「だったらもっと暗い顔をしていてもよさそうなものだろう。よいニュースではないのだからな。もったいぶっているつもりか？　澄ましていないでさっさと説明しろ」

「はい、プロクラトーレ。この缶が捨ててあったくず入れには蓋がありました。その蓋には手袋の痕はありませんでしたが、指紋は付着していました。缶を捨てるのに蓋を開けたとき付着したのではないかと思います。まさか警察がこんなものを探すとは想像もしなかっただろうから」エルコレはSDカードを取り出してベアトリーチェに渡した。ベアトリーチェはパソコンの前に座って画像を呼び出した。エルコレは、古典的なパウダーを使って指紋を採取していた。どれも部分指紋ばかりだが、いくつかかわりあい大きなものもあった。

しかし、一瞥しただけで、データベースと照合するには足りないとわかった。

ライムはベアトリーチェの視線をとらえた。ベアトリーチェが訳知り顔でうなずく。言われるまでもなく同じことを考えていたのだろう。キーを叩く。まもなく、くず入れの蓋から採取した指紋の画像の隣に別のウィンドウが開いて、指紋の画像が表示された。バス停留所でアリ・マジークが拉致された夜、食事中のマジークの様子をうかがったときかき分けた木の葉から採取したコンポーザーの指紋だ。

「少し時間がかかります」ベアトリーチェは二種類の指紋を使ってパズルを始めた。拡大し、縮小し、回転させ、さまざまな角度で組み合わせる。部屋は静まり返った。全員の目が画面に集中していた。

ベアトリーチェは凝ったデザインの緑色の眼鏡を押し上げ、完成した画像を丹念に確認した。それからイタリア語で何か言った。

エルコレが英語に直した。「これがコンポーザーの指紋だと言っています。三つの部分指紋を合わせると、ほぼ欠けのない指紋になるそうです」

ベアトリーチェがマシンガンのような猛烈な勢いでキーを叩いた。またイタリア語で何か言う。エルコレはライムとサックスのほうを向いて言った。「各種のデータベースに送信したそうです。ユーロダック、インターポール、ロンドン警視庁、アメリカのＩＡＦＩＳ」ベアトリーチェは的を狙う銃口のように指紋の画像に目を注いだまま、椅子の背にもたれて待った。

スピロが口を開いて何か訊こうとしたが、エルコレが先回りして言った。「ガソリンスタンドの経営者に確認しましたが、くず入れのそばにいる人物は見ていないそうです。従業員も見ていませんでした」

スピロはうなずいた。表情から察するに、まさにそれを尋ねようとしていたらしい。続いてまた口を開きかけた。

エルコレが言った。「防犯カメラは設置されていません」

「そうか」

長い二分が過ぎたころ、音が聞こえた。ベアトリーチェのパソコンの着信音だった。

ベアトリーチェは画面に顔を近づけ、うなずいた。

「じゃーん（エッコ）。イル・コンポジトーレ」

画面を回転して一同に向けた。

くしゃくしゃの髪をした髭面の男の写真が表示されていた。ペンシルヴァニア州バックス郡保安官事務所で撮影された顔写真だ。頬がふっくらした丸顔で、レンズをまっすぐに見つめている茶色の目は鋭い。

その写真の下に、統合自動指紋識別システムの文字情報が表示されている。「ステファン・マーク、三十歳。精神病者で、暴行と殺人未遂の容疑で無期限の入院措置が執られています。でも、三週間前に病院を抜け出しています」

## 55

アメリア・サックスは電話を耳に当てたまま振り返り、全員に向けて言った。「ペンシルヴァニア州の精神科病院の院長に電話がつながってる。ドクター・サンドラ・コインよ。ドクター、スピーカーフォンに切り替えます」

「もしもし？　ちょっとよくわからないんだけど。いまイタリアにいらっしゃるの？　電話をいただいたのは、ステファン・マークの件？」

「そうです」サックスは答え、ステファン・マークが起こした事件を説明した。

驚いて言葉が出ないのだろう、しばし沈黙があった。ようやくドクター・コインの声が聞こえた。「そんな、信じられない」かすれた声だった。「ナポリの連続誘拐事件。ええ、アメリカでもニュースになっています。ニューヨークで起きた事件の模倣だろうと言っていたような。まさかステファンが犯人だなんて思いもしませんでした」

ライムは尋ねた。「診断名は？」

「統合失調症的性格、双極性障害、重度の不安障害」

「どうやって脱走したんでしょう」

「うちは警備レベル中程度の施設です。入院以来、ステファンは一貫して模範的な態度を維持していたので、敷地内を自由に歩き回る許可を与えられていました。ところが、園芸業者がうっかりシャベルを屋外に放置したようなんです。ステファンはそれを見つけて、金網のフェンスの下側を掘ったんです」

「殺人未遂事件のあと入院したんですね」

「ええ、ここことは別の施設でしたが。被害者は一生治らない障害を負ったそうです。責任能力なしとして不起訴処分になりました」

ロッシが言った。「私はナポリの刑事です。ドクターのお考えを聞かせていただきたいのですが、ステファンはイタリアまでの旅費をどうやって捻出したんでしょう。財産があるとか？」

「お母さんは何年も前に亡くなっていて、お父さんは失踪したそうです。ステファンには信託財産があります。少し前に親戚が面会に来ました。おじとおばと聞いています。その二人が何か渡したのかもしれません」

「親戚の名前を教えていただけますか」サックスが言った。

「ええ、記録を確認すればわかります」ドクター・コインはサックスの連絡先を書き留め、この電話が終わったらすぐに情報を送ると約束した。

「このような事件を起こす動機として、何か思い当たることはありますか」サックスが続けて尋ねた。

しばし考えたあと、ドクターは答えた。「ステファンは自分の世界で生きています。音と音楽の世界です。それ以外のことには関心を示しません。私たちにそのための資金や権限があれば、ステファンのような患者に必要な環境を整えてやれるんですが。たとえばステファンの場合なら、楽器やインターネットですね。ステファンは何年も前から、自分は音がなくては生きていけないと訴え続けています。危険な人物ではありません。他人を脅すようなこともしない。きっと何らかのきっかけで現実とさらに隔絶してしまったんだと思います」また少し考えてから続けた。「彼がどんな人物か、参考になりそうなエピソードを話しましょうか。あるとき、ひどく落ちこんで立ち直れないとカウンセラーに訴えたことがありました。なぜか。キリストが十字架上で死ぬ瞬間の録音が手に入らないから、だそうです」

その言葉は、ライムのなかの何かと共鳴した。ライムにも、遠い過去に発生した有名な事件の現場をグリッド捜索できたらと空想する瞬間があるからだ。古い事件を現代の科学捜査技術を使って分析してみたい。キリストが十字架にかけられたカルヴァリの丘は、ライムの〝検証してみたい現場リスト〟に含まれていた。

サックスが尋ねた。「でも、なぜイタリアなのかしら。イタリアに何か縁があるんでしょうか」

「これまでの経歴を考えれば、ないと思います。ですが、脱走する直前のカウンセリングで、大切な女性ができたという話を何度か繰り返していました」

「イタリアに縁のある女性ですか。その人から話を聴かせてもらえますか」

笑い声。「それはちょっと難しいでしょうね。よく聞いてみたら、その女性というのは三千年前の神話の女神でしたから。エウテルペ。ギリシャとローマの神話に出てくる九人の女神の一人です」

「音楽の女神ですね」エルコレが言った。

「そうです、その女神です」

サックスは、ステファンがイタリアで行きそうな店や場所に見当をつけるための手がかりとして、好きでよく食べていた料理やとりわけ関心を寄せていた物事があれば教えてほしいと頼んだ。

ドクター・コインは、何も思い浮かばないと答えたものの、一つ不思議な話をした。ステファンは食べ物の味には興味を示さないのだという。関心を示すのは、食べるときの音だけだ。だから、柔らかい食品より、嚙み砕くと音がする食品を好む。捜査という観点からは、まったく役に立たない情報だ。

ライムは、警察の顔写真以外にステファンの写真はないかと尋ねた。

「あります。すぐに探せますよ。そちらのメールアドレスを教えてください」

ロッシがアドレスを伝えた。

まもなく六枚の写真が送られてきた。知的な顔立ちと明敏そうな目をしたずんぐり体型の若者だ。

スピロが礼を言った。

ドクター・コインは付け加えた。「ステファンは精神に破綻を来しかけているんだと思います。決定的な破綻です。でも、これまではずっと分別の塊のようにふるまっていました。誘拐事件を連続で起こすなんて、かなり危険な状態になっているでしょう。それは明らかです。でも、もしステファンを見つけたら、いきなり殺したりせずに、説得を試みてください。お願いします」

「最善を尽くします」サックスは答えた。

電話を切ると、ロッシが言った。「説得を試みろって？　警察官二人に向けて迷いなくライフルをぶっ放すような相手に？」

ステファン・マークの写真を凝視していたスピロは、低い声で言った。「いったい何が目的なんだ、友(アミーコ・ミオ)よ？　ニューヨークとナポリで気の毒な人々を襲って、いったい何が楽しい？」

動機にまるで興味のないライムは、車椅子を前進させて証拠物件一覧表に目を走らせた。

ロッシがイタリア語でダニエラ・カントンに指示を出し、ダニエラがキーを叩いた。ロッシは全員に向けて言った。「いま送られてきた写真を広報課に送信します。国家警察のウェブサイトやマスコミに公開する。ほかの警察機関にも同じ写真を送ります。まもなく千人単位の警察官が写真を手にやつの捜索を開始するはずです」

ライムは車椅子を一覧表にさらに近づけ、そこに並んだ文字に目を走らせた。何度も。繰り返し。そのプロセスは、古典小説を読むのに似ていた。本を手に取るたびに、新しい発見がある。

何らかの洞察を待つ。理解へと一歩を踏み出す小さなきっかけを期待する。

だが、まさかそんな考えが突如閃くとは、まるで予期していなかった。

ライムはまず眉をひそめた。いやいや、そんなことがあるはずがない。何かの間違いに決まっている。しかし次の瞬間、ライムの目はある項目に引き寄せられ、そこで急停止した。一覧表に視線を向けたまま、ライムは鋭い声で尋ねた。「誰も奇妙だとは思わなかったのか」

捜査司令室に居合わせた全員がきょとんとした顔で振り返ったところで、ライムは付け加えた。「タイヤ痕。そして靴跡」

サックスが驚いたように笑った。「いやだ、ほんと。筋が通らない」

次に理解したのはスピロだった。「農家に残っていた靴跡のサイズか。ガリー・ソームズのアパートで採取した靴跡の一つとサイズがぴたり一致している」

エルコレ・ベネッリが言った。「タイヤ痕の一つもですね。コンチネンタルのタイヤ。僕がガリーのアパートの裏で見つけた痕。農家でもまったく同じ痕が見つかってる。いったいどういうことかな」

ライムは言った。「ガリーのアパートに侵入した人物が、コンポーザーの隠れ家にいたことを示唆している」

「でも、ガリーのアパートに押し入ったのはナターリア・ガレッリですよ」エルコレが言う。

ライムはスピロのほうを振り返った。「私たちはそうだろうと推測した。しかし、本人には確認しなかった」

「そのとおりだ。本人には尋ねなかった」

サックスが言った。「それに、私とエルコレが話を聴きにいったとき、ナターリアは、ガリーが犯人だとは思えないって言ってたわ。彼は無実だろうって言った。隣の建物のセルビア人が捕まればいいのにって」

ロッシは口髭に手をやって言った。「どうやらきみが汚染を媒介したわけではないようだな、エルコレ。デートレイプ・ドラッグの件だよ。二つの現場は——ガリーのアパートとコンポーザーの隠れ家――は、本当につながっていたんだ」

スピロが訊く。「しかし、どうつながっている?」

リンカーン・ライムは無言だった。全神経を二つの証拠物件一覧表に注いでいた。イタリアで発生した事件の一覧表ではなく、ニューヨークで起きた誘拐事件に関する一覧表だ。

**マンハッタン　東86丁目213番地**

・事件:暴行/誘拐
・手口:被害者にフード様のもの(黒っぽい色、素材は綿と思われる)をかぶせ、内部に染みこませた薬品により意識を失わせた
・被害者:ロバート・エリス
・独身、サブリナ・ディロンとおそらく同棲、日本に出張中のサブリナからの連絡待ち
・サンノゼ在住
・小規模スタートアップ企業の創業者、メディアバイイング業
・前科なし、テロ監視対象に該当せず

・犯人：
・〝作曲家（コンポーザー）〟を自称
・白人男性
・年齢：30歳前後
・身長180センチ前後
・黒っぽい鬚と長髪
・体重：太り気味
・つばの長い帽子、黒っぽい色
・黒っぽい服、カジュアル
・靴：おそらくコンバース・コンのスニーカー、色は不明、サイズ10½
・黒っぽい色のセダン、ナンバー不明、車種不明、年式不明
・プロファイル
・動機不明
・証拠物件
・被害者の携帯電話
・ふだんと違った発着信パターンなし
・ブロンドに染めた短髪、DNAなし

・指紋検出されず
・首吊り縄
・一般的なハングマンズノット
・キャットガット、チェロに使用する長さ
・汎用品、販路追跡不能
・黒っぽい綿繊維
・フードのもの、被害者の抵抗を封じるため？
・クロロホルム
・オランザピン、抗精神病薬
・ＹｏｕＶｉｄの動画：
・白人男性（おそらく被害者）、首吊り縄
・あえぎ声（被害者？）に合わせて『美しく青きドナウ』
・最後に〈© The Composer〉
・暗転し、音が消えて終わる――死が迫っていることを暗示？
・アップロード元を調査中

## ブルックリン、ブッシュウィック、ウィッコフ・アヴェニューの監禁現場

・燃焼促進剤としてガソリン、証拠物件破壊のため。販売元不明
・床は掃き清められていたが、コンバース・コンの靴跡は残っていた
・微細証拠
　・タバコ
　・コカイン
　・ヘロイン
　・偽性エフェドリン（メタンフェタミン）
・ここでも短い毛髪2本、ブロンド、86丁目の拉致現場で発見されたものと酷似
・ロバート・エリスの供述──おそらくガールフレンドのもの
・紙片4つ
　・パスポート用写真
・帽子とTシャツ、ほぼ完全に燃え尽きる
　・DNAを採取、データベースに登録なし
　・販売元不明
・フード、ほぼ完全に燃え尽きる
　・販売元不明

・微量のオランザピン（抗精神病薬）
　・微量のクロロホルム
・キーボード（楽器）、破壊。シリアル番号あり。西46丁目のアンダーソン楽器店にて現金で購入。防犯カメラなし
・NetProのWi-Fiルーター
　・マンハッタンのエイヴリー電器店にて現金で購入。レジ付近に防犯カメラなし
・テクノロジー・イルミネーション・インダストリーの電池式ハロゲンランプ
　・販売元不明
・絞首台代わりのほうきの柄
　・指紋なし
　・販売元不明
・EyeSpyのウェブカメラ
　・販売元不明
・ウッドベース用の弦（E音）、2本を結んで（結び方：キャリックベンド）1本の首吊り縄に
　・販売元不明
・外貨両替の計算書

一覧表を二度読んだあと、ライムはため息をつき、首を振った。

エルコレが尋ねた。「どうしたんです、ライム警部？」

「初めから目の前にあったのだよ。初めからずっと」

「何がです？」

「一目でわかることだ。そうだろう？　アメリカに電話をかけなくてはならん。そのあいだに、マッシモ、戦術チームを招集しておいてもらえないか。考えているとおりの答えが出た場合、即座に動く必要がありそうだ」


四十分後、戦術チームはナポリの閑静な住宅街に集結していた。

十二名の治安作戦中央部隊員（セルヴィーツィオ・チエントラーレ・オペラティーヴォ）が二つのグループに分かれ、慎（つつ）ましやかな一軒家の玄関のマスタードイエローに塗られたドアの両側に陣取った。傾きかけた太陽の光が何かに反射するのがライムの目にも見えた。脇の路地から家の裏手に向かう第三のグループの装備が跳ね返した光だ。

ライムはスプリンターのバンのかたわらに車椅子を停めて、表通りから作戦を見守っていた。ダンテ・スピロはその横に立ち、火のついていない葉巻を前歯でくわえている。

アメリア・サックスは、玄関から突入するチームのしんがりにいた。ドアの両側の右側で待機しているグループだ。ただし、強行突入の場合——六丁の銃をぶっ放しながら屋内に飛びこむことになった場合――参加しないよう言い渡されたため、サックスは不満げだった。チームの指揮官、ミケランジェロという名の巨漢の隊長は、サックスを後方で待機させるまではしなかった。しかも、前後に〈ポリツィア〉とイタリア語で書かれた防弾ベストまで渡している。サックスは、事件が片づいたらベストを記念に持ち帰るつもりでいた。

現場に到着するなり、ミケランジェロはサックスを眺め回し、茶目っ気たっぷりに目をきらめかせて言った。「アッローラ！　ダーティ・ハリエットだな」

サックスは笑い、ダーティ・ハリーの決めぜりふを返した。「望むところだ！（メイク・マイ・デイ）」

〝遊撃隊〟の車両の前席からマッシモ・ロッシが下りてきた。イヤフォンを奥に押しこみ直して無線連絡に聴き入っている。やがて背筋を伸ばした。一軒家の裏手に回ったグループの準備が完了したのだろう。ロッシは一軒家に歩み寄り、ミケランジェロにうなずいた。ミケランジェロは拳でドアをノックし――かなり離れた位置にいたライムにもその音が聞こえた――大きな声で言った。「ポリツィア！　アプリーテ！　ここを開けろ！」一歩下がって待つ。

それに対する反応は、あまりにもあっけなかった。

銃声が響くでもなく、戸口が障害物でふさがれているでもなく、破壊槌でドアが破れるでもなかった。

ドアが静かに開いた。離れた位置にいるライムの耳にその声はどのみち届かなかっただろうが、ドアを開けたアメリカ領事館のシャーロット・マッケンジーがひとことたりとも抗議しなかったのは明らかだ。驚きの声も漏らさなかった。黙ってうなずき、降伏の印に両手を高く挙げた。その背後にいたステファン・マークも、同じく手を挙げた。

## 56

ミケランジェロ率いる戦術チームが、一軒家に危険がないことを確認した。

時間はかからなかった。小さな住宅が建ち並ぶナポリのこの界隈らしく、その家もやはり小さかったからだ。古びて傷みかけた家のなかには、統一感のない家具が並んでいるだけで、しかもどれも十年は使われていそうな代物だ。いかにも貸家といった雰囲気だった。

戦術チームの二名の手を借り、ライムの高性能電動車椅子は、段差を越えてリビングルームへと進んだ。シャーロット・マッケンジーが両手を組んで長椅子に座っていた。たったいま、編み物を脇に置いたとでもいった風情だ。そのそばにロッシとスピロがいて、それぞれ静かな声で早口に電話で話している。ロッシの顔は矢継ぎ早に表情を変え、スピロの顔は石のように無表情だ。サックスはシューズカバーとラテックスの手袋を着けて、家の奥に向かった。

マッケンジーは何一つ心配していないような態度でサックスの後ろを目で追った。罪を裏づける証拠はすべて別の場所に隠してあるとでもいうようだった。

それはどうかな……

リビングルームは黄金色の光にあふれて暖かく、シナモンの香りを漂わせていた。ステファンはマッケンジーの椅子のすぐ後ろに立っている。とにかく困惑しているといった様子だ。マッケンジーには手錠がかけられていないが、連続殺人犯――見せかけの連続殺人犯には手錠がかけられている。ライムの車椅子を室内に運び上げた戦術チームの二人は、容疑者二名を警戒して目を離さずにいた。二人とも肌は浅黒く、かの芸術家の名をもらった隊長に比べればずいぶんと小柄だが、筋骨たくましく引き締まった体つきをしていて、必要が生じれば間髪入れずに対応する構えでいる。

警察が到着して以来、ステファン・マークはひとことたりとも口をきかずにいるが、アメリア・サックスを目にしたときだけ、たった一語つぶやいた。

「アルテミス」

ギリシャ神話の女神だろう――ライムはエルコレの解説や、ステファンの犯罪には神話が関わっているのではという精神科病院の院長の話を思い出して、そう推測した。

ライムはステファンを子細に観察した。外見や顔の表情にこれといって特異なところは見当たらない。どこにでもいるようなハンサムな青年だ。やや贅肉(ぜいにく)がつき気味ではあるが、太っているというほどではなく、きれいに剃り上げたあと髪が無精髭のように伸び始めている頭は、汗で光っていた。ジーンズを穿き、マーク・ザッカーバーグ風の灰色のTシャツを着ている（それはロッシの形容だった。ライムはザッカーバーグが誰だか知らないが、どうせIT関連の有名人だろうと推測した）。

ステファンには一つ、不思議な癖があった。ときおり目を閉じて、首を一方に小さくかたむける。その姿勢で微笑むこともあった。一度は顔をしかめた。そのしぐさや表情の意味は、すぐにはわからなかった。だがまもなくライムは理解した。ステファンは聴いているのだ。音を聴いている。言葉や会話をただ聞いているのではない。やりとりはすべてイタリア語で、そもそも流暢ではないステファンが、機関銃のようなリズムで聞こえているイタリア語を理解できるとはとうてい思えない。

音を聴いているのだ。

ただ、何の音が聞こえているのかははっきりしなかった。一軒家は総じて静かで、音らしい音は聞こえないように思えた。それでもステファンが何かに一心に聴き入っていることに気づいて、ライムも目を閉じてみた。まもなく話し声は遠ざかって意識に届かなくなり、一つ二つの音が鮮明に聞こえてきた。音は一ダースに増え、さらに増えていった。ステファンの手錠が鳴る音。家のどこか奥のほうを動き回っているサックスの足音。かなたで響いているサイレン。ドアが軋む音。外から聞こえる金属同士がぶつかる軽やかな音。スピロの体重でたわんだ床板の小さな悲鳴。昆虫の羽音。金属が伸縮する音。小動物のかさこそという足音。冷蔵庫の作動音。

あれほど静かだと思ったのに、何の音もしないと思っていたのに、こうして意識してみると、無数の音が聞こえている。

スピロが先に電話を切り、制服警官にイタリア語で何か言った。まもなくロッシが電話を終えたところで二人は相談し、ステファンを外の護送用バンに乗せて待たせ、ここでシャーロット・マッケンジーの事情聴取をしようということになった。ステファンが連続誘拐犯の役を演じたことは間違いないだろうが、マッケンジーが果たしてどのような役割を担ったのか、まだ完全にはわかっていない。それに、ぜひとも答えを突き止めなければならないきわめて重要な疑問が一つ残っている。

「こちらへどうぞ」制服警官の一人が鼻にかかった英語でステファンに言った。

ステファンはマッケンジーを見た。マッケンジーはうなずいたあと、スピロとロッシに向かって断固たる調子で言った。「携帯電話を返してあげてください。音楽を聴いていられるように。勝手に電話をかけられるのが心配なら、ＳＩＭカードを抜けばいいわ。でも、音楽があったほうが彼は落ち着いていられると思うの」

戦術チームの一員が判断を仰ぐような視線をスピロに向けた。スピロは迷ったものの、テーブルにあったステファンの携帯電話を取り、ＳＩＭカードを抜いてから、没収してあったイヤフォンとともにステファンに渡した。

連行されていくステファンに、マッケンジーが声をかけた。「誰にも何も話してはいけないわ、ステファン」

ステファンはうなずいた。

サックスが戻ってきて、ポリ袋を四つ持ち上げた。うち二つには市販薬の容器が入っていた。ライムはそれに目を凝らした。「いいね」残り二つには、ステファンの靴が入っている。サックスが靴底を見せた。

すべての証拠物件を隠したわけではなかったようだ。

しかし、シャーロット・マッケンジーを見ると、まるで動じていなかった。

ライムはスピロに軽くうなずいた。スピロは手帳を確かめて口を開いた。「あなたはきわめて重大な犯罪の容疑で起訴されることになります、シニョリーナ・マッケンジー。できれば捜査にご協力いただけるとありがたいですな。アリ・マジークとハーリド・ジャブリルが監禁されていた農家にいたのは、あなたとステファン・マークの二人だけではないことはすでに把握している。少なくとも二人か三人の協力者がいたはずだ。カポディキーノ難民一時収容センター内にも、最低でも一人、協力者がいる。つまり、我々として氏名を知りたい人物が数名いて、それに関してあなたの協力が得られれば大いに助かる。私は検事であり、罪状や量刑について判事に勧告するのは、この私だ。さて、あなたがいま置かれた状況について説明するのは、カピターノ・ライムに任せるとしよう。あなたとシニョール・マークの罪を立証したのは彼だと言っていい」

ロッシが同意の印にうなずいた。

ライムは車椅子をわずかに前に進めた。マッケンジーは臆することなくライムの視線を受け止めた。「説明は簡潔にすませるとしようか、シャーロット。私たちは、ステファンがブルックリンで最初に起こした誘拐事件の現場にきみがいた証拠を見つけた。風邪薬だ。偽性エフェドリン」

シャーロットが目を細めた。ただし、ほんの少しだけ。

ライムに閃きをもたらしたのは――数十分前、捜査司令室で、自分自身に向けた腹立たしげな言葉をライムから引き出したのは、その微細証拠だった。

**一目でわかることだ。そうだろう？**

「偽性エフェドリンが検出されたのは、廃工場でメタンフェタミンを使った者がいたからだと考えた。だが、違う。きみが服用していた感冒薬だ。おそらく、同一の成分と確認されるだろうな」ライムはサックスの手にあるポリ袋に入った医薬品の容器にうなずいた。「令状を取ってきみの毛髪を採取すれば、その医薬品を摂取していたことも証明できる」

ライムは問うような視線をスピロに向けた。スピロが答えた。「造作ないことだ」

マッケンジーはまったく動じない。敵軍に捕らわれることになるだろうと覚悟していた兵士のようだった。

「毛髪の話が出たところで付け加えると、きみの髪は短い。金色に染めている。勘違いなら申し訳ないが、ミズ・クレイロール（染髪剤）を愛用しているのではないかね？　ブルックリンの拉致現場とロバート・エリスの携帯電話から、似た色と質感の髪が発見されている。きみの髪と一致するだろう」

心の動きがそのまま表れるとしたら、マッケンジーの顔にはおそらく、ライムら捜査チームはいったいどうやって真相を解明したのだろうという疑問が浮かんでいただろう。だがその疑問も、つかの間、心の表面をなぞっただけに過ぎない。

しかし、ライムはまだその疑問には答えなかった。「加えて、イタリアに来たステファンが隠れ家にした農家にきみもいたことを裏づける証拠がある。靴だ」サックスの証拠品袋にまた視線を向ける。「農家で採取された靴跡と一致するようだね。溝にたまった土を分析すれば、農家にいたことを示す微細証拠が検出されるだろう」

ライムは、待ったなしの質問をあらかじめ摘み取ろうとするように片手を挙げた。「もう少しいいかね？　まずは最後まで聞いてくれ。きみにかけられているもう一つの容疑について話そう。ガリー・ソームズに対する性的暴行罪の虚偽告訴。そして、司法手続妨害」そう言って、ロッシとスピロにまた目をやり、何か問うように額に皺を寄せた。

ロッシが言った。「その件は、捜査妨害に当たりますね。さらに、イタリアでは虚偽告訴は独立した罪になります。かなりの重罪です。アマンダ・ノックスの事件を見ればわかるとおり」

ライムが説明を再開した。「決め手はやはり靴だ。ガリーの部屋の窓の外に残っていた靴跡と一致するだろう。エルコレが現場の土のサンプルを採取している……これも靴底の溝に入っている土と比較することになる。

次はタイヤ痕だ。コンチネンタルの195／65R15というサイズのタイヤを履いた車が、ガリーのアパートの裏に駐まっていた。加えて、コンチネンタルの195／65R15というサイズのタイヤを履いた車が、農家にも駐まっていた。さらに、コンチネンタルの195／65R15というサイズのタイヤを履いた車が一ブロック先に駐まっていた。アメリカの外交官ナンバーをつけたニッサンのマキシマだ。ローマの大使館からきみに貸し出されている車だね。ついでに言うと、ニッサン・マキシマは、ステファンの車——2700ccのメルセデス4MATICと並んで駐まっている。このメルセデスは、すべての現場で痕跡が見つかったミシュランのタイヤを履いていた。

どういうことか。コンポーザーの事件とガリー・ソームズの事件はつながっているということだ。両方の事件にきみが関係している。なぜだ？　ニューヨークから私たちが来てイタリア警察の捜査に協力することになったと聞いて、手を引かせる必要があると考えたからだ。少なくとも捜査を妨害しなくてはならないと考えた。レイプ事件の発生や、容疑者の一人としてガリーが事情聴取を受けていることをどうやって知ったのか、それはわからない。だが、難しいことではなかったはずだ。イタリア警察の報告書に目を通せる立場にあったか、システムに侵入して盗み出したか、そんなところだろう。きみはガリーの寝室の窓を破り、微量のデートレイプ・ドラッグを室内にまいた。そのあと警察に匿名の電話をかけ、ガリーを告発した。次に私たちを呼び出し、若く善良なアメリカ人留学生が冤罪で逮捕されたというお涙ちょうだいの話を聞かせた。ステファンの事件の捜査から私たちの注意をそらすためだ。

それでもまだ足りないとわかると、きみはステファンに狩猟用ライフルを渡した。ステファンはそれを使って私たちの〝士気〟を低下させようとした。捜査チームの足を鈍らせようとした。おそらくステファンは、誰かを倒すつもりで発砲したわけではないだろう。警察の人間をも殺す気があると思わせ、私たちが慎重にならざるをえないようにしたまでだ」

ライムはここで顔をしかめた。痛恨の思いだった。「もう少し早く気づこうと思えば気づけたのだがね。ハーリド・ジャブリルの妻と争った現場で脱げたステファンの靴にも、デートレイプ・ドラッグが付着していると判明したときに。しかし私たちは――不当にも、と言わざるを得ないだろうな――交差汚染と判断し、若い巡査を責めた。しかし、その巡査のそれまでの勤勉ぶりを思ったとき、デートレイプ・ドラッグの由来となった人物や場所に、コンポーザーが実際に近づいていたのだったらと考え始めた。どうやらステファンは現に近づいていた――きみに。

さて、私が真相に気づいたきっかけは何だったか。それが知りたいのだろう？」ライムは一瞬の間を置いた。芝居がかっていたかもしれないが、その効果は充分にあったようだった。「名前だよ、シャーロット。リストにあった名前だ」ライムはダンテ・スピロのほうを向いた。

「リストだよ、シニョリーナ・マッケンジー。農家を検証した際、ステファンが狙った被害者の名前が書かれたリストをサックス刑事が発見した。アリ・マジーク、マレク・ダディ、ハーリド・ジャブリル。三人の氏名と携帯電話番号、首吊りビデオの撮影場所の番地が書かれていた。連続殺人犯がそのようなことをするわけがない。きみはその三名の被害者を拉致することを目的として、ステファンを雇った。では、それはなぜか」

スピロの問いのあとに続いた沈黙を、ライムは埋めた。「なぜなら、きみはスパイだからだ」そう言ってから、眉をひそめた。「きみたちはいまも〝スパイ〟という呼称を好む。そうだね？」

## 57

それでもなお、シャーロット・マッケンジーはポーカーフェースを崩さずにいた。

ライムは初め、マッケンジーが表情を変えないのは無実を装うためかと疑ったが、どうもそうではないらしい。マッケンジーの表情は、罪を犯したことは間違いなく、そのために捕まることになろうが自分はかまわないと考えている人物のそれだった。ライムの脳裏に捕虜になった兵士のイメージがふたたび浮かんだ。ただし、今度はそこに一つ条件が加わった――任務をすでに完了した兵士。

ライムは言った。「一時間ほど前、ニューヨークにいるＦＢＩ捜査官に連絡して、事実確認を依頼した。まず確認したかったのは、国務省に籍を置くシャーロット・マッケンジーという名の法務官が実在するか否かだ。その人物は確かに存在した。しかしもう少しよく調べようとしたところで、行き止まりに突き当たった。具体的な情報が何一つ出てこない。一般的な履歴書に書くような経歴しか出てこなかった。そのＦＢＩ捜査官によると、〝表向きの身分〟にすぎない場合によくあるパターンだという。名目上は国務省に所属しているが、実はＣＩＡなど諜報機関の職員である場合だね。法務官という肩書きは、そういった表向きの身分としてよく使われる。

もう一つ、現在イタリアでアメリカの諜報機関による何らかの作戦が進行しているかどうかを調べてもらった。これも空振りだったが、ナポリとのあいだで大量の暗号通信が行なわれていることは突き止めてくれた。送受信しているのは、ＡＩＳという連邦政府の新しい組織だ。正式名称代替諜報（オルタナティヴ・インテリジェンス）サービス、本部はヴァージニア州北部に置かれている。

私の推理はこうだ。きみはこのＡＩＳに所属する工作員で、亡命希望者を装ってリビアからイタリアに入国したテロ容疑者三名をイタリアで尋問する任務に就いていた。過去にも似た事例があった。つい昨年、プーリア州バーリの難民キャンプで、ＩＳＩＳのメンバーがイタリア警察に逮捕されている」

マッケンジーの目はこう言っていた——ええ、知ってるわ。しかし、口は結ばれたままだった。

「きみが所属する組織の名称にある〝代替〟が何を意味するか。ふつうとは異なる方法で容疑者を拘束し、尋問することを指しているのだろう。そしてきみは、連続殺人事件に見せかけて容疑者を捕らえ、尋問するという、異例の手法を編み出した。どういう経緯があったかわからないがステファンの存在を知り、自分のプロジェクトにうってつけの人物だと考えた。きみと同僚は、おじとおばという触れこみで精神科病院を訪れ、ステファンと面会し、何らかの取引が成立した。

最初の誘拐事件——ニューヨークで発生した事件、幼い少女が唯一の目撃者だった事件は、何から何まで作り物だった。被害者は同僚の工作員だった。ステファンを正真正銘のサイコパス、難民にはとくに関心を持たない人物に見せる必要があった。私に言わせれば奇妙な事件だ。被害者のガールフレンドは最後まで連絡をよこさなかった。ロバート・エリスは、頭のおかしな男にあやうく殺されかけたというのに、さほど動揺していないように見えた」ライムは軽く首をかしげた。「ステファンがあの廃工場に隠れていたとき、私たちがステファンに迫りすぎているときみは心配になったのだろうね。フレッド・デルレイとFBIを捜査から排除しようとしたのはきみか？ ワシントンのFBI本部に電話をかけなかったか？」

マッケンジーは黙っている。目には何の感情も浮かんでいなかった。

ライムは先を続けた。「その序幕のあと、ステファンをイタリアに移し、同じチームのメンバーとともに、きみもイタリアに来た。そしてテロ容疑者の所在を突き止め、彼らを拉致して、農家で尋問を行なった」

ライムはスピロに向かって言った。「きみが探していたパターンはこれで明らかになったな、ダンテ」

「そう、そのとおりだ。ようやくパターンが浮かび上がったな。さて、以上が訴訟事実だ。同じ内容が法廷で明かされることになる。そこでだ（アッローラ）、シニョリーナ・マッケンジー、きみの同僚の氏名を知りたい。加えて、いま説明したとおりのことが実際に起きたと認めてもらいたい。死者は一人も出ていないし、誘拐事件の被害者はテロ容疑者であることから、きみや同僚に厳罰が下ることはないだろう。しかし、当然のことながら、何らかの処罰は下されるだろうね。というわけで、きみはどうする?」

一瞬、思案するような沈黙があったあと、マッケンジーがついに口を開いた。「お話ししておかなくてはならないことがあるわ。皆さん全員に」穏やかで自信に満ちた声だった。この場に全員が集まっているのは、自分が招集したからだとでもいうような。

「これから説明することは何もかも仮定の話よ。いったん説明を終えたら、それ以降は発言のすべてを否定します」

スピロ、ロッシ、ライムは顔を見合わせた。スピロが言った。「いかなる条件にも同意することはできない」

「同意の有無は問題ではないの。私は事実を述べたまでのことです。これから話すことは仮定の話であり、あとで尋ねられても私はすべて否定します」返事を待つことなく、マッケンジーは続けた。「アブ・オマル」

ライムはその名前に心当たりがなかったが、ダンテ・スピロとマッシモ・ロッシは反応を示した。二人はちらりと目を見交わして眉間に皺を寄せた。

スピロがライムに言った。「シ。数年前にイタリアで起きた事件だ。アブ・オマルはミラノのイマームだった。アメリカのＣＩＡとイタリアの諜報機関が協力して指揮した作戦で、拉致された。エジプトに移送され、そこで拷問を受け、尋問された。イタリア検察は、作戦に関与したＣＩＡとイタリアの諜報員を起訴した。この件が原因で、ＣＩＡのイタリアでの工作は何年かにわたって事実上中止されたとする文書を読んだことがある。またＣＩＡの上級工作員の何名かに、欠席裁判を経て、実刑が言い渡された」

マッケンジーが言った。「アブ・オマル事件は、諜報機関が国外で直面する二つの問題を象徴しています。第一に、主権ね。現地の政府の了解がないかぎり、国外で容疑者を逮捕したり拘束したりする法的権利はありません。外国政府が事実を把握した場合、深刻な結果が生じる――ＣＩＡ支局長が起訴されるといったね。もう一つの問題は、最適な尋問方法の見きわめです。水責め、拷問、過酷な尋問、正規の手続きを経ない投獄――アメリカの諜報機関はもうそういった方針を採用していません。わかりやすく言えば、アメリカはもはやそういったことを許す国ではないの。人道的な方法、もっと効率のよい方法を使って情報を引き出す必要があります。拷問は有効ではない。私も経験を通じてそのことを知っています」

こう訊き返されるのを期待しているような発言だった——どんな経験なのか、どこで、誰に対しての経験なのか。

サックスがいった。「つまりＡＩＳは、お芝居みたいに作り事を演じて、容疑者を拉致して尋問する組織ということ？」

「まあ、そういうことになるかしら」仮定の話ではあるが。

ライムはまた一つ思い出して言った。「そうか、アモバルビタールはそれか。ステファンがパニック発作を抑えるのに服用している薬だと思っていた。だが、きみたちは本来の用途に使ったわけだな。自白剤として」

「そのとおりよ。ただし、自前で開発した合成向精神薬も併用しました。薬物と、特殊な尋問テクニックを組み合わせると、八十五から九十パーセントの成功率で協力を引き出せるわ。被尋問者から、嘘をついたり情報を隠したりする意思を事実上奪うの」誇らしげな声だった。

ダンテ・スピロが言った。「人道的な手法だと言うがね、三名の被害者は命の危険にさらされたんだぞ！」

「いいえ。命の危険などまったくなかったわ」

サックスが小さく笑った。「絞首台はちゃちな造りだったから、ね」

「そのとおり。実害が生じる前にバラバラに壊れるよう考えられていました。どのみち、匿名の電話が警察に行くことになっていたの。人が監禁されているようだと通報する電話が」

「マレク・ダディは？　彼はカポディキーノ難民一時収容センターを出たところで殺害された」ロッシが尋ねた。「ああ、そうか。略奪を試みたほかの難民の手でたまたま殺されてしまったわけか」

「ステファンは助けようとしたのよ。結局は死んでしまったので、ずいぶん動揺していたわ。自分の責任だと思いこんで」

スピロは掌を上に向けて肩をすくめた。「しかし、どうもわからないことが一つある。被害者は――」

「容疑者。テロリストです」マッケンジーは固い声で訂正した。

「――被害者は、自分は尋問を受けたと知っているはずだろう。そのことを誰かに話せば、きみたちの作戦の噂が広まりかねない」

サックスがゆっくりと言った。「でも、誰も他人に話さなかった。マジークとジャブリルは、何があったかまったく覚えていなかった。記憶をなくした芝居をしているようには見えなかった」

「芝居ではないからよ」

「そうか」ライムは言った。室内の全員がライムのほうを振り返った。「電極用のゲル。ナポリで起きた最初の事件の現場で見つかったゲルは、ステファンの治療に使われたものだろうと考えていた。しかし、そうではない。きみたちが被害者にショック療法を施したのだな。短期記憶を破壊することを目的に」

マッケンジーはうなずいた。「おっしゃるとおりよ。断片的な記憶は残っているかもしれない。でも、夢の記憶のように思えるはずです」

ライムは言った。「しかし、彼らはこれからどうなる？　テロリストであるという事実は変わらないだろう」

「監視します。ものの見方を変えてくれることを願っていますよ。もしも変わらないようなら、こちらから説得の機会を持ちます。最悪の場合、事を起こしたくても不可能な場所に移すことになる」マッケンジーは肩をすくめた。「どんな場合も百パーセント確実な物事など、この世に一つでも存在するかしら。私たちは人道的な方法でテロ攻撃を阻止しているの。行く道にはスピードバンプがあって、速度を落とさざるを得ないこともあるかもしれないわね。それでも全体として、私たちのプロジェクトはうまくいっています」

スピロは険しい目でマッケンジーを見つめた。「きみたちの作戦……ニューヨークの偽の誘拐事件、ナポリで起きた本物の誘拐事件。精神病者を脱走させ、特殊な薬物を使う……あまりにも手間がかかりすぎている。あまりにも手がこんでいる」

マッケンジーは躊躇しなかった。平板な声でこう応じた。「たとえば、ナポリからトスカーナ州まで気球で行こうと考えたとして、風向きと幸運に恵まれれば、一日か二日もあればフィレンツェ周辺にたどりつくでしょうね。一方で、ジェット機に乗って、条件にかかわらず、効率的に、一直線に、一時間で行くこともできる。気球は、移動手段としてはとても単純です。ジェット機は段違いに複雑な乗り物でしょう。でも、どちらのほうがより有効かしら」

以前にも同じ議論をしたことがあるのだろうとライムは思った。おそらくは連邦議会の財務委員たちを前にして。

マッケンジーは続けた。「私の経歴をお話ししましょうか……私が所属する組織の長官の背景も」

ロッシが言った。「諜報部員の大部分は、軍の出身者か、政府のほかの機関の元職員だ。たまに学者もいる」

「私は政府機関出身、長官は軍の元諜報将校ですが、その前は私はハリウッドでインディ映画のプロデューサーをしていました。長官は大学時代から俳優を志していて、ブロードウェイの劇場にも出演していたことがあります。ありえない話に説得力を持たせる仕事を経験しているわけね。どんな話が一番受け入れられやすいと思う？ 荒唐無稽なファンタジーです。誰も真偽を問おうと思わないような突飛な話よ。だから、ステファン・マークというサイコパスの連続誘拐犯が、ワルツを作曲し、それを葬送曲として人を殺すわけね。そんな人物が、スパイ活動に関与しているわけがないから。たとえ本当の話をしたところで、こいつは頭がおかしいんだと思われて終わる」

サックスが言った。「だけど、仮にその表向きの話を誰も疑わなかったとして、ステファンを巻きこむのはリスクが高すぎるわ――だって、過去に誘拐と暴行、殺人未遂の容疑で起訴されている人物なのよ」

「それは事実をそのまま述べただけにすぎない」マッケンジーは言った。「実際はもっと複雑なの。数年前、ステファンが外来患者としてフィラデルフィアの病院に通院していたころ、男性看護師が患者を虐待しているところを目撃した。患者のなかには重い障害を持った人もいたようです。看護師は告発されたけれど、病院の経営者は何の処分も下さなかったため、男性看護師はその後も女性患者に対する虐待を続けた――しかも、それまでより周到なやりかたで。

ステファンはその看護師の住居を突き止めて押し入りました。看護師をテープで椅子に縛りつけて――それが誘拐容疑ね――手製のヘッドフォンを着けさせました。それを音声発生機につないで、音量を最大近くまで上げたために、鼓膜が破れた。看護師は聴覚を完全に失ったそうです」

「それが殺人未遂？」

「大音量で長期間、流し続けると、死に至る場合があるそうよ。弁護士は、ステファンにそのような意図はなかったと主張しました。私もそう思います。ステファンにとって聴覚を失うのは、死ぬより苦しいことです。精神鑑定の結果から責任能力なしと判断され、無期限の入院措置が執られました」

「あなたはどうやって彼を見つけた？」スピロが尋ねた。

「統合失調症的行動の病歴を持つ精神病者で、任務を遂行できる人物を探していました。そこで医療記録を検索して——はっきり言いましょう、〝ハッキング〟して、ステファンが有力候補に挙がったの。リンカーン、あなたはさっき、取引をしたのだろうとおっしゃったわね。もし手伝ってくれたら、もっと条件のいい施設に移れるように取り計らうと伝えました。音楽が聴けて、インターネットが使える施設に。電子キーボードも手に入る。ステファンは音楽や自分が集めた音のコレクションを聴けずに苦しんでいたの。そういう施設に移れたら、〈ハーモニー〉に行くようなものだとステファンは言っていました」

そうだった。ステファンがいた病院の院長が同じようなことを話していた。

マッケンジーは続けた。「ステファンは他人に不安を与えるかもしれませんね。でも危険な人物ではない。それどころか、とても臆病です。内気でもある。先日、若い女性と知り合ったそうよ。ちょうど症状が出ているさなかで、ナポリの中心街に出かけたらしくて。音や街の喧騒を聴いていると気持ちが楽になるから。落ち着くんですね。ステファンの場合、症状を悪化させるのは静寂です。ともかく、若い女性と知り合った。リリーという名前の女性。そのリリーに誘われて、フォンタネッレ墓地に行ったそうです。

ナポリの洞窟墓地」

ロッシとスピロがうなずいた。二人ともその墓地を知っているらしい。

マッケンジーが言う。「不安定な人物なら、リリーを殺していたかもしれない。暴力を振るっていたかもしれません。でも、ステファンは何をしたと思う？　リリーの足音をこっそり録音したの。洞窟に反響するブーツの音が気に入ったとかで。そのあと、リリーを車で宿泊先に送り届けたそうです。ステファン・マークが与える〝危害〟なんて、その程度のものよ。ああ、それから、ライフルで撃った件。あれも捜査陣を脅かすだけの意図でした」

サックスは言った。「ガリー・ソームズの件は？　有罪になる可能性があったのよ」

「いいえ、有罪になることはなかったでしょう。ナターリア・ガレッリがフリーダに暴行した犯人であることを示す確たる証拠がありますから。作戦が完了ししだい――」

サックスは、その証拠に思い当たったのだろう、首を振りながら言った。「近くのホテルの防犯カメラの録画。持っていったのはあなたたなのね」

マッケンジーはうなずいた。「セキュリティシステムに侵入してダウンロードしたあと、記憶装置を上書きしました。ナターリアの犯行の様子が鮮明にとらえられています。明日、そのファイルを警察に送ります」

防犯カメラの映像と聞いて、ライムはまた一つ思い出した。「ステファンが撮影した動画。あれはきみたちが作らせたのかね」

「いいえ。ステファンが自分から言い出したことよ。首吊り縄のほかに、たとえばマスコミに宛てた挑戦状のようなものを現場に残したらどうかと私たちは考えていたの。ところがステファンは、動画を公開すれば、犯人は本物のサイコパスだと世間は考えるだろうと提案したんです」

「なぜワルツなんだ？」スピロが尋ねた。

「ワルツが好きなんですって。理由は知りませんけど。私には話してくれませんでした。何か両親に関係があることではないかと思うわ。ありがちな話かもしれませんが、ステファンが生まれたとき、両親はまだ結婚してなかったそうです。ステファンが十歳のとき、ようやく正式に結婚した。二人がダンスをしている写真を見ました。ステファンも写っていたわ。ダンスする二人を見ているの。母親はやはり問題の多い人だったようですね。アルコールや処方薬を乱用していた。浮気も重ねていたようです。最終的には自殺しています。父親はふらりと家を出て、それきり戻ってこなかった。もしかしてステファンは、家族が幸福だったころとワルツを結びつけているのかもしれません。悲しい時期と、かもしれませんが。自宅の地下室で母親の遺体を見つけたのは自分だったと話していました」

「首を吊ったのか」

「そうです」マッケンジーは首を振った。「子供には衝撃的な光景だったでしょうね」

それでいくつかの謎に説明がつくなとライムは思った。しかし科学捜査の現場では、明白な事実を排除する一方で不必要な些事にこだわるとろくなことにならない。

「ステファンはそれ以上詳しいことは話そうとしません。話す理由もないし。ある意味で、私たちはとても近しい間柄です。私が頼めばどんなことでもしてくれる程度には。正確には、そうね、エウテルペから指示されれば」

　サックスが言った。「あなたがエウテルペなのね。ステファンのミューズ」

「ええ、ステファンは私をそう呼ぶわ。音楽を聴いたりパソコンを使ったりできる施設に移してあげると言ったら、私を抱き締めて、僕のミューズだと言ったの。天国に行くためのインスピレーションの源なんだそうです。ステファンの呼び方にならえば、〈ハーモニー〉ですね。ステファンの世界観はとても複雑です。天球の音楽という中世の概念に基づく世界観。私は悟りに――〈ハーモニー〉に至るための手助けをしているというわけ」マッケンジーは微笑んだ。「それから、サックス刑事、あなたはアルテミスだそうよ。狩りの女神。つまり、私たちは半分血のつながった姉妹だということ」

　そうか、ステファンがさっきつぶやいたひとことは、そういう意味だったのだ。

　ライムは言った。「さて、肝心な質問をしたい。イタリアでのＡＩＳの作戦は成功したのか」

「ええ、大成功です。独自のテクニックを通じて、アリ・マジークの任務はウィーンに行くことだと突き止めました。ウィーンに行き、郊外の自動車修理工場で爆薬を受け取り、ショッピングセンターで自爆テロを起こすことです」

総領事のヘンリー・マスグレーヴが、テロ計画が阻止されたと言っていたことをライムは思い出した。

「ボルツァーノへの電話」スピロが言った。「列車で六時間かかるという話はそれか」

「そうよ。ドイツ語を話す工作員と落ち合い、車でオーストリアに向かう手はずになっていたから。殺害されたマレク・ダディを尋問する機会はありませんでした。ダディのターゲットはミラノでした。その件ではあなたがたが協力してくれたようなものね――ミラノの倉庫の所在地を書いたポストイットを見つけてくれたわけだから」

サックスは首を振った。「やられた。あなたの同僚の〝法務官〟。プレスコット。あの人もＡＩＳの一員なんだわ。そういうことだったのね。マイク・ヒルのプライベートジェットがリナーテ空港に着陸する前に、プレスコットに電話して倉庫の番地を伝えたの。でもプレスコットはまっすぐそこに行かなかった。渋滞を口実に、ミラノ中を連れ回されたわ。あれは倉庫を調べる時間を稼ぐためだった。倉庫前の私道に割れたばかりのビール瓶の破片があった。私が行く直前に、倉庫から爆薬を運び出したということね」

マッケンジーが言った。「そうです。そこでも五百グラムのＣ４爆薬を押収したわ。ターゲットの詳細はわかりません。ミラノのどこかというだけで。でも、おかげでその計画は未然に防げた」

ロッシが尋ねた。「ハーリド・ジャブリル――ＡＩＳが尋問した三人目のテロ容疑者は？」

マッケンジーが険しい顔をした。「情報が誤っていたようなの。リビアの工作員から名前を伝えられていたのに、ハーリド・ジャブリルは無関係とわかりました。徹底的に尋問しましたが、テロ計画のことは何も知らなかったのよ。私たちのテクニックはきわめて効果的です。何か知っているなら、かならずわかります」マッケンジーは一人ひとりの顔を順番に見つめた。「これですべて話しました。もちろん、仮定の話ですけれど。実は皆さんの力をお借りしたいことがあります。一つだけ問題が残っていて」

ロッシが言った。「それにしても、シニョリーナ、この仕事をしてきて、これまでいろんな犯罪者を見てきましたが、あなたのように、コントリツィオーネ……えーと……悔いる様子がまったくない犯罪者は初めて見ましたよ」

マッケンジーは冷ややかな視線をロッシに向けた。「全員の利益のためにしていることですから。アメリカだけでなく、イタリアにとっても」

スピロが言った。「話を続けてくれないか、ペル・ファヴォーレ」

「イタリアに入国したテロリスト、マジークとダディは、トリポリでイブラヒムという名の男から組織に誘われています。この男に関する情報はほとんどなくて、どの組織に属しているのかさえわからない。ISISかもしれないし、アルカーイダかもしれません。ほかの過激派組織かもしれない。報酬さえもらえれば組む相手を選ばないフリーランスということも考えられます。イブラヒムの共犯者は、ナポリまたはナポリ周辺に潜伏しています。その共犯者が、イタリア国内での交渉役を務めているの。爆薬を調達したのもその共犯者だし、ウィーンやミラノのテロ計画を立案した現地工作員でもある」

サックスが言った。「ダブルッツォで拉致される前、アリ・マジークが食事をした相手もきっとその共犯者ね」

「そのとおりです。マジークの尋問で、その男の名はジャンニであることはわかりました。もちろん、コードネームよ。マジークはそれ以上の情報は持っていませんでした」

ライムは記憶をたどった。ベアトリーチェの分析によれば、ミラノの倉庫で採取した微細証拠には、ナポリの土——火山性の成分が多く含まれた土——が含まれていた。おそらくそのジャンニという男が持ちこんだものだろう。そのことをマッケンジーに伝えた。

「そうね、ジャンニはおそらく、ウィーンとミラノに爆薬を届けたあとナポリに戻っています。私たちの作戦の目的は、テロ計画の阻止だけではなかった。イブラヒムの正体とトリポリでの住所を突き止めることもゴールの一つだったの。唯一の希望は、ジャンニの逮捕です。ところが、手がかりはすでに尽きてしまった。どうでしょう、力を貸していただけませんか」

マッケンジーの目には、たしかに、罪悪感はこれっぽっちも浮かんでいなかった。たったいま、罪状を並べ上げられたばかりだというのに、ろくに聞いていなかったかのように動じていない。まるで他人事のような態度だった。

スピロとロッシが顔を見合わせた。それからスピロがライムのほうを向いた。「カピターノ・ライム。この件について、きみの意見はどうだね？」

# 第七部 意味の音

九月二十七日　月曜日

## 58

午前九時、国家警察ナポリ本部（クエストゥーラ）一階の捜査司令室に、チームのほぼ全員がふたたび顔をそろえていた。

ライム、サックス、ダンテ・スピロ。それにもちろん――ライムあるところトムあり――トムもいる。エルコレ・ベネッリも本部には来ていたが、いまは席を外していた。マッシモ・ロッシから指示されて、捜査が完了したも同然のコンポーザー事件の物的証拠をまとめて証拠保管室に預けにいっている。

ロッシもまもなく合流することになっていた。いまは階上の自分のオフィスでラウラ・マルテッリ警部と打ち合わせ中だ。ガリー・ソームズを正式に釈放するための書類をそろえ、証拠を点検し、ナターリアやボーイフレンドをはじめパーティに出席していた学生たちの供述を確認している。ガリーは刑務所からは釈放されたが、判事の署名入りの釈放命令書が届くまでのあいだ、まだナポリ中心街にある最小警備の刑務所に勾留されている。

ステファンは留置場に収容されていたが、シャーロット・マッケンジーは捜査司令室にいた。外交官を装う任務から解放された今日は、黒いスラックスに濃い色のブラウス、柔らかそうな革のジャケットという装いだ。それでもやはりどことなく〝誰かのおばあちゃん〟風だった――ただし、猛獣狩りをしそうな、とまではいかなくとも、テコンドーの名人で、急流筏下りが趣味のおばあちゃんだ。

捜査司令室の前の廊下には、ぴかぴかの白いベルトとホルスターがアクセントになった制服を着た警官が不動の姿勢で立ち、マッケンジーが逃亡することのないよう見張っている。

自分のオフィスに戻る前、ロッシはその制服警官に厳めしい声で言い渡した。「クアルクーノ・ラ・デヴェ・アッコンパニャーレ・アッラ・トワレット」英語に訳されなくても意味は見当がついた（「トイレにも誰かついていけ」）。

証拠物件はエルコレが保管室に持っていってしまったが、円形に配置されたイーゼルの一覧表はそのままに残っており、サックスがそこにまた一つ新しい表を加えた。捜査チームが目下追跡中の容疑者――イブラヒムという名のテロリストの共犯者、ジャンニに関する情報だ。

## ジャンニ（コードネーム）

・ナポリ周辺にいると見られる
・イブラヒムの仲間。ウィーンとミラノのテロ計画の首謀者イブラヒムは、現在リビアにいると見られる
・白人、肌は浅黒い
・イタリア人
・〝感じが悪い〟人物とされる
・体格がいい
・外見に目立つ特徴なし
・黒っぽい癖毛
・喫煙者
・爆薬の知識と調達手段あり

人相特徴はほとんどわからず、手がかりになりそうな物的証拠もない。アリ・マジークも、薬物と電気ショック療法の影響で記憶が曖昧になっている。その条件を鑑(かんが)みて、ライムとスピロ、そしてサックスは、ジャンニを追跡するには彼の配下にあった難民アリ・マジークの携帯電話の発着信履歴を糸口にするのが最善だろうと判断した。

夜のあいだに、郵便警察とイタリアの諜報機関が発着信パターンを分析し、ジャンニ

がマジークとの連絡に使用していた電話番号を突き止めた。また、ジャンニがトリポリのカフェにある固定電話とも頻繁にやりとりをしていることが判明した。イブラヒムは盗聴を警戒して、携帯電話ではなく固定電話を使っていると考えていいだろう。

しかし、ジャンニの電話番号はすでに解約されていた。新しい電話を入手したのだろう。その新しい携帯電話の番号がわかれば、電波を追跡してジャンニの所在を突き止めることができる——あるいは、少なくとも盗聴して、ジャンニが自分の居場所や正体について明かすのを待つことはできる。

ジャンニの新しい電話番号を突き止めるための戦略を議論していると、マッシモ・ロッシが捜査司令室に戻ってきた。スピロが最新の情報を伝えた。

するとロッシは言った。「固定電話か。利口だな。実に利口です。イタリアとリビアは長らく対立関係にあるわけだし——イタリアはその昔、リビアを植民地支配していたんですよ。それに最近の難民危機へのリビア政府の対応に、というより、リビア政府が何の対応も取らないことに、イタリア政府は怒りを募らせている。トリポリやトブルクの当局の協力は望めないでしょうね」

ダンテ・スピロが言った。「私に一つ考えがなくもないな」

全員の視線がスピロに集まった。

スピロが続けた。「ただ、困ったことに、その手段は完全に合法であるとは言い切れない。検事の立場にありながら、非合法の手段を提案することはできない」

「そういうことなら」ライムは提案した。「あくまでも〝仮定の話として〟聞こうじゃないか」

ニューヨークは〝眠らない街〟と呼ばれている。しかし本当に眠ることなく動き続けているのは、ごく一部の店に限定される。酒類販売免許が高額な上に、朝型人口が大半を占めることもあって、マンハッタン島は真夜中過ぎにその日のビジネスを終えるのだ。

それと対照的に、ワシントンDC郊外の小さな町にある巨大複合施設では、数千の人々が昼と夜の区別なく働き続けている。休日もなければ、週末もない。

いまから三十分ほど前、ダンテ・スピロの〝仮定の〟提案を受けてシャーロット・マッケンジーが電話をかけた相手は、二十四時間働き続けている人々のうちの一人、ダニエル・ギャリソンという若者だった。

ギャリソンは、眠らない街メリーランド州フォートミードに本拠のある国家安全保障局に雇われ、何やら仰々しい肩書きを与えられてはいるが、非公式の職名はシンプルそのもの――ハッカーだ。

マッケンジーは、イブラヒムがテロ計画に関してジャンニと連絡を取り合うのに使ったと思しきトリポリのカフェの公衆電話の番号をギャリソンに伝えた。政府高官の承認を経て、ギャリソンはいま、生真面目で勤勉なボットの仕事ぶりを監視している。そのボット（ギャリソンは〝彼女〟と呼んだ）は、リビア電話電信会社の記録を電光石火のごときスピードで調べ回っていた。ギャリソンによれば、リビア電話電信会社のシステムへの侵入は〝朝飯前〟だった。「楽勝でした。申し訳ないくらいですよ。ぜんぜん申し訳なくなんかないですけど」

ギャリソンのボットはまもなく、イブラヒム行きつけのカフェ、ヤウム・サイード――〝ハッピー・デー〟という意味だ――の公衆電話とナポリ周辺にある携帯電話とのあいだの通話記録を抽出した。この二十四時間に限れば数十本、一週間まで期間を広げれば数百本。残念ながら、その公衆電話はイタリア南部にいる人々との連絡手段として大勢に利用されているようだった。

エルコレ・ベネッリが携帯電話番号のリストを印刷して壁に貼り出した。数は多すぎるかもしれないが、郵便警察ならどうにか持ち主を突き止められるだろう。運がよければ、そのうちの一つがジャンニの新しい番号と判明するかもしれない。

リストを眺めていたライムは、ぎくりとした――すぐ隣から大きく息をのむ気配がしたからだ。

窒息したかのような苦しげな音だった。何か発作にでも襲われたかと思って、ライムはシャーロット・マッケンジーのほうを見た。

「嘘よね」マッケンジーが言った。「信じられない」

「どうした？」ロッシがマッケンジーのただならぬ表情に気づいて言った。

「見て」マッケンジーはリストを指さした。「その発信記録――トリポリのカフェからジャンニの古いほうの番号に発信した記録。数日前の記録よ」

「これか。この記録だな」スピロはマッケンジーを見つめている。ライムと同じく困惑している様子だった。

「その一つ上の番号。ジャンニに連絡する直前に同じカフェから発信された通話」

見ると、アメリカの携帯電話の番号だった。ライムは尋ねた。「この通話がどうかしたか」

「私の番号なの」マッケンジーがかすれた声で言った。「盗聴防止の暗号化機能付き携帯電話。その電話がかかってきたときのことは覚えてる。リビアにいる工作員からの連絡だった。アリ・マジークの誘拐の打ち合わせの電話」

「なんということだ（クリスト）」スピロがつぶやいた。

サックスが言った。「つまり、あなたの情報提供者、オーストリアとミラノでテロ計画が進行してるって情報をあなたに伝えた人物と、その計画のためにテロリストをスカウトしたイブラヒムは、同一人物だということね」

# 59

「申し訳ない（ミ・ディスピアーチェ）」ダンテ・スピロが言った。「ぶしつけな聞きかただったら申し訳ない。しかし、きみたちは情報提供者の身辺調査をしないのかね」

「私たちの情報提供者は——」マッケンジーが答えようとした。

ライムはスピロと同じように辛辣な調子で言った。「きみたちの情報提供者ではない。きみたちの情報提供者のふりをした人物、きみたちを裏切った人物だ。はっきり言えば」

「私たちはハッサンと呼んでいた」マッケンジーは弁解するように言った。「信頼の置ける人物という触れ込みだった。最高レベルのお墨付きも得ていた——上院情報委員会、ＣＩＡ。〝アラブの春〟で指導的役割を果たした人物だった。西洋世界と民主主義を支持する発言を積極的にしていた。反カダフィの立場を取っていた。トリポリであやうく殺されかけた」

「と、本人は申告していたのね」サックスがそっけなく言った。

「もともとは小さな会社を経営するビジネスマンだった。原理主義過激派ではなく」マッケンジーはスピロに向けて付け加えた。「あなたの質問に答えると、もちろん身辺調査はしました」

エルコレ・ベネッリが証拠保管室から戻ってきて、ロッシが最新の展開を伝えた。エルコレは叫ぶように言った。「マンマミーア！　本当に？」

スピロが口を開く。「やれやれ（アッローラ）。アメリカ政府に雇われた在リビアの情報提供者、イブラヒム、またの名をハッサンが、アリ・マジークとマレク・ダディというテロリスト二名をスカウトし、ウィーンとミラノで爆破テロを実行させるため、亡命希望者を装って二人をイタリアに送りこむ。イタリアにも工作員がいて――ジャンニという男だな――その工作員が爆発物を調達して作戦実行を支援する。実行犯二名は無事にイタリアに入国し、爆発物の準備も整う。ここでイブラヒム／ハッサンは、きみたちにテロ計画の情報を伝え、きみたちは頭のイカれた誘拐犯を使った作戦を立案し、実行犯をさらってテロ計画をつぶす。イブラヒムはなぜそんなことをする？　私には筋の通った理由が見えない」

マッケンジーは、放心したように床の一点を凝視していた。何を考えているのか、誰にもわからない。

スピロは葉巻を取り出して香りを確かめ、またポケットに戻した。それで気持ちが落ち着くとでもいうようだった。

ライムはスピロに言った。「きみが言ったこと。たったいま言ったことだ」

「何だ?」

「〝亡命希望者を装って〟」

「シ」

ライムはマッケンジーに向き直った。「テロ容疑者の身元をワシントンに報告したね。どうやってイタリアに入国したか――難民を装ったということも」

「もちろん」

「CIAは、同じ情報をイタリアの国家保安機関に伝えるだろうね?」

マッケンジーはためらった。「ええ、作戦の完了後に」

ロッシが言った。「何をおっしゃりたいのか、いまひとつわからないのですがね、ライム警部」

しかしスピロはうなずいた。「なるほど、私にはわかったよ、マッシモ」ライムのほうを見て言った。「ローマで開かれている国際会議だね。難民対策を話し合う国際会議」

「そうだ」

ロッシもうなずいた。「ああ、何カ国も参加して開かれている会議」

ライムは言った。「アメリカから来る飛行機のなかで記事を読んだ。『ニューヨーク・タイムズ』だ。その記事を探せないか」

エルコレがパソコンの前に腰を下ろし、『ニューヨーク・タイムズ』の電子版を開き、問題の記事を探した。その場の全員が画面をのぞきこんだ。

各国首脳がローマへ――難民危機を受けて対策を検討

【ローマ】――急増する中東および北アフリカからの難民への対策を話し合うため、二十カ国以上が参加する緊急の国際会議が当地で始まっている。

最重要課題は人道上の諸問題で、生きるために戦争地帯や貧困、宗教的過激主義、政治的抑圧から逃れた亡命希望者が、荒れる海で命を落としたり、密入国斡旋業者による遺棄、強奪、性的暴行を受けたりといったリスクに直面している現状が報告されている。

難民危機の高まりを受け、これまで難民受け入れに難色を示していた国々も方針転換を迫られている。たとえば日本やカナダは、年間の受け入れ枠を大幅に拡大する方向で検討を始めた。アメリカ政府もこれまでの方針を変更し、賛否両論あるものの、受け入れ数を現在の百倍に増大する法案を議会に提出した。イタリア議会は強制退去に関する法律を改正し、難民受け入れの条件を緩和する検討に入った。イタリアをはじめ各国の右派勢力は、受け入れ緩和の動きに対して強硬な――ときには暴力を使った――反対運動を繰り広げている。

「ああ、カピターノ・ライム」ロッシは困ったような笑みを浮かべた。「それなら筋が通りますね。イブラヒムとジャンニはテロリストなどではなく、金目当ての傭兵というわけだ」

ライムは言った。「イタリア国内の政治的右派から金を受け取り、亡命希望者をスカウトして、テロ計画を実行させる。イデオロギー上の理由に基づくテロではない。社会に向けて、難民は脅威であると示すことが目的だ。イタリア議会が検討を始めたという難民受け入れ基準緩和に反対する勢力は、それを議論の武器に使うつもりなのだろうね」冷ややかな笑い。「きみたちはまんまと利用されたようだな、シャーロット」

マッケンジーは呆然とした様子で記事を見つめるばかりで何も言わなかった。

「驚いた(クリスト)な」エルコレがつぶやいた。

「奇妙だとは思ったの」シャーロット・マッケンジーが言った。「アリ・マジークとマレク・ダディは俳優だったから。どちらも過激思想に染まっていたりしなかった。穏健派、世俗主義だった」

ロッシが言った。「恫喝(どうかつ)され、強制された結果、実行犯役を引き受けた」

アメリア・サックスは顔をしかめた。「ウィーンのテロ計画を聞いたとき、ちょっと疑問に思ったの——総領事は、五百グラムのC４爆薬が押収されたって言ってた。五百グラムくらいなら危険はないとまでは言わない。死傷者が出る恐れはもちろんある。でも、そこまで大規模な爆発は起きないわよね」

ライムはマッケンジーを見やって言った。「ミラノでも同じだ。倉庫で発見された爆薬は、五百グラムだったと言ったね？」

狼狽した表情で、マッケンジーが言った。「そうよね。そういうことだったんだわ。イブラヒムとジャンニを雇った人物にしてみれば、大勢を殺す必要はなかった。テロリストが難民にまぎれているかもしれないと示すことさえできれば用は足りたから。イタリア議会が警戒感を強めて法案を否決すればそれで充分だった」

「問題は、黒幕は誰か、だな。計画の首謀者は誰だ？」

スピロはロッシを見て小さく肩をすくめた。ロッシが言った。「受け入れ条件を緩和し、強制退去の条件を厳しくする法案に反対している人物、勢力はそれこそ無数に存在します。北部同盟(レーガ・ノールド)という政党は、ＥＵ残留と難民受け入れに反対している。そういった主張を持つ政党はほかにもあります。しかし、大部分はふつうの政党です。今回のような暴力や非合法活動に手を出すとは思えない」

スピロの目が冷ややかな光を放った。「そうだな。しかし、ヌオーヴォ・ナツィオナリズモ――新国家主義党(ＮＮ)はどうだ？」

ロッシがうなずいた。その名を聞いていくらか動揺したような顔をしていた。

スピロが続けた。「ＮＮは難民を暴力で排除しようと主張している。それに、政府機関にも賛同者が増えていると公言してもいる。ＮＮの幹部がイブラヒムとジャンニを雇って今回の計画を実行させたとしても、私は驚かんね」

ライムが何気なく見やると、エルコレ・ベネッリは眉間に皺を寄せて何もない壁をにらみつけていた。

「どうした、エルコレ?」

エルコレが一同に向き直った。「ちょっと思ったんですが。でも、何でもないのかも……」思案顔でいったん口を閉ざす。「いや、やっぱり無視できないな。確かめたほうがいい」

「聞こうじゃないか」スピロが言った。

エルコレは咳払いをした。「あなたが雇っていたスパイ」マッケンジーに向かって言う。「ハッサンまたはイブラヒムは、テロ計画は三つあると言ったんですよね。二つではなくて。ウィーン、ミラノ、そしてもう一つ。合ってます?」

「ええ、もう一つはナポリ。でも、徹底的な尋問をしたけれど、ハーリド・ジャブリルはテロ計画のことは何も知らなかった。情報が間違っていたのよ。何かの間違いだった」

「そうではない。間違いではない」ライムはささやいた。エルコレが言わんとしていることがライムにもわかった。

エルコレが動揺した声で続けた。「間違いのはずがないんです。計画は三つあるとイブラヒムが言ったなら、計画は本当に三つあるんですよ。だって、イブラヒム本人が立案した計画なんですから!」

マッケンジーは目を見開いた。「そうね、たしかにそうだわ。でもハーリドは何も知らなかったのよ。それは断言できる。私たちの尋問テクニックは有効なの」

ライムは尋ねた。「情報源は、〝ハーリド〟という名を伝えてきたのか」

「ええ。カポディキーノ難民一時収容センターに収容されているということも伝えてきた」そこでマッケンジーは口をつぐんだ。「いえ、待って。違うわ。そうは言ってない。情報源が伝えてきたのは、姓だけだった。ジャブリルという姓だけ」

ライムはスピロを振り返った。スピロが言った。「きみたちはさらう相手を間違ったようだね、シニョリーナ・マッケンジー。テロリストはハーリドではない。妻のファティマだ」

## 60

サックスとエルコレは難民キャンプに向けて車を飛ばした。ナポリ中心街からは十キロほどの距離だ。

難民キャンプの正面ゲート前に車を駐めた。ゲートで待っていたラニア・タッソの案内で、ひしめくテントのあいだの混雑した通路を抜けた。

急ぎ足で歩いて息を弾ませながら、ラニアが言った。「電話をもらってすぐ、警備の者にすべての出口を封鎖させました。警備と警察がファティマのテントを見張っています——近くに隠れて目立たないようにしています——ファティマはまだ出てきません……そもそもテントのなかにいるのなら、ですけど。いるのかどうか、わかりません」

「キャンプをすでに出た可能性はありますか」

「ええ、封鎖前に出たとすれば。指示されたとおり、テントには入っていませんし、ファティマの夫とも話していません。夫の所在も確認できていません」

キャンプのちょうど真ん中あたりに来たところで、ラニアがテントの一つを指さした。

「ここです」水色のタイベック地には泥が跳ね、ところどころ小さな裂け目ができていた。外に洗濯物が干してある。まるで昔の船が掲げていた信号旗だ。いま風に翻っているのは、寝具類と紳士物の外衣、そして子供服だけだ。それ以外のものは、人目に触れさせてはならないということか。

テントの入口は閉ざされている。窓はない。

濃い色の肌と黒い目をした制服姿の警備員が近づいてきて、三人に合流した。ベレー帽の下で汗をかいている。ボトル入りの水を配っているテントの陰から見張っていたらしい。

「アントニオ。なかの様子は見えた？」

「いいえ、シニョリーナ・ラニア。ファティマがいるかどうかわかりません。誰かいるのかどうかもわからない。誰一人出入りしていません」

サックスはベレッタを即座に抜けるようジャケットの前を開けた。エルコレもホルスターの留め具をはずした。

サックスは言った。「エルコレ。抵抗を感じてるわよね。ファティマは女性だし、幼い子供の母親だもの。それに、根っからのテロリストというわけではないのかもしれない。イブラヒムとジャンニが何をタネにファティマを脅したのかわからないわ。でも、私たちが自分を止めに来たと察した瞬間、起爆スイッチを押すだろうと思っておいたほうがいい。前も話したわね。撃つときは――」

「上唇のすぐ上」エルコレはうなずいた。「三発」

ラニアは周囲に視線を巡らせている。鋭い灰色の目は、まばゆい陽の光と内心の不安の両方を映していた。「どうか気をつけて。見て」

サックスはラニアが指さした先を見た。すぐ隣の空いた区画に五、六人の女性が座っていた。タイヤや線路の枕木、水の容器などあり合わせのものを椅子代わりにして、膝に赤ん坊を抱いている。二歳から十歳くらいの子供たちがその周囲を駆け回り、即席のゲームに歓声を上げていた。

「できるだけ人を遠ざけてください。静かに」

ラニアはアントニオにうなずいた。アントニオは無線機を持ち上げかけた。

「だめ」サックスはあわてて止めた。「音量も下げておいてください」

アントニオとラニアはそれぞれ自分の無線機の音量を落としたあと、ほかの警備員に身ぶりで合図を送った。警備員はほかの人々をファティマのテントからできるかぎり遠ざけようとした。しかし、警備員が移動するたび、その背後にできた空間を物見高い人々が埋めた。

サックスは集まった人々を一瞥した。あの距離では流れ弾があれば当たってしまうだろう。

しかし、これ以上どうにもできない。

サックスはテント内の間取りをラニアに尋ねた。ラニアは記憶をたどりながら答えた。右の壁際に几帳面にたたんだ衣類を詰めた段ボール箱、左側に食事をする場所。礼拝用の敷物は、使わないときは丸めてしまってある。寝台は三つ。一つは夫妻用、一つは娘用、残り一つは予備。シーツのような幕で空間が仕切られている。

やれやれ、身を隠すにはうってつけではないか。

それにボランティアが娘のムナにと差し入れたおもちゃがたくさんある。ラニアが見たときは、床に散らかっていたという。「つまずかないように気をつけて」

「人が隠れられそうな大きさのスーツケースやトランクはありましたか」

ラニアは悲しげに笑った。「難民が持ってくる荷物は、ビニール袋やバックパックだけです」

サックスはエルコレの腕にそっと手を置いた。エルコレがサックスの目をまっすぐに見つめ返す。その視線は自信に満ちて揺るぎなかった。サックスは安堵した。覚悟ができているのだ。サックスは小さな声で言った。「あなたは右手に」

「右（デストラ）ですね。了解」

サックスはベレッタを抜き、左の人差し指を立てて空を指し、次に前方を指した。エルコレもベレッタを抜く。サックスは入口を指し示してうなずくと、すばやくテント内に入った。

ハーリド・ジャブリルが驚いた様子で息をのみ、持っていたお茶のグラスを取り落とした。グラスはタイベック地を敷いた床に転がり、湯気の立つ液体が飛び散った。サックスは散らかったおもちゃ――とそれらが入っていた外箱――をまたぎ、仕切りの幕をさっと払った。テント内にいるのはハーリド一人のようだ。

ハーリドは、言うまでもなく、サックスを覚えていた。しかしいまもまだ薬物の影響が残っているらしく、やや朦朧として呂律（ろれつ）が回らなかった。「あー？　何ですか？」

サックスはラニアを手招きしたあと、ハーリドに言った。「奥さん。奥さんはどこに？」

「わかりません。あの、何かありましたか。妻は無事ですか」

「ファティマはどこに行ったの？　いつ出かけた？」

「教えてください。怖いです」

尋問を受けたとき、妻の任務について何も知らなかったのは明らかだが、その後にファティマから打ち明けられた可能性はある。しかし、ファティマをテロリストとして利用しようというイブラヒムとジャンニの計画を聞かされたハーリドは、腰を抜かさんばかりに驚いた。

聞いた直後はあえぐような声を漏らしたが、すぐにうなずいて言った。「はい、はい、ちょっといつもと様子が違いました。態度がおかしかったです。妻がそんなことをするのは、誰かに脅されたせいです！」

「そうね。きっとそうだわ」サックスはハーリドの前にしゃがみ、硬い調子で続けた。「脅されたんだとしても、人を死なせようとしてることは事実なのよ、ハーリド。だから協力して。ファティマの行き先が知りたいの。この難民キャンプのどこかにいるの？」

「いいえ。一時間前に出かけました。ムナのものを買いにいくと言っていました。キャンプのなかの店で買い物をしているんだと思いますけど、もしかしたら外の店のどれかかもしれない。行き先を何か言っていたのかどうかわかりません。私は聞いたのかもしれないけど、この前の事件、あれがあったあと、私の考えは、とても、えーと、とても不安定です。混乱しています」

「出かけるとき電話は持ってた？」

「そう思います」

「番号を教えて」

ハーリドが番号を伝えた。スピーカーフォン越しに聞いていたシャーロット・マッケンジーが言った。「こっちでも控えたわ。この番号をフォートミードに送って、追跡してもらう」

サックスはハーリドに訊いた。「ファティマが最近、誰かと会っていたかどうか覚えてる？　誰かから何かを受け取ったりしていなかった？」

ハーリドは眉根を寄せた。「もしかしたら……ちょっと考えさせて」そう言って額を指先で叩いた。それから言った。「ああ。小包を受け取りました。家族が送ってきたお茶」

ラニアが厳めしいが美しい顔を歪めた。「小包。それなら私も覚えてるわ」

ハーリドが小さな物入れを指さした。「そこに入れたと思います」

エルコレが物入れの蓋を開け、茶色い厚紙の箱をサックスに渡した。

サックスは箱を鼻先に持ち上げ、匂いを嗅いだ。

ため息。

「これも」エルコレが差し出す。安手の携帯電話のビニール外装だ。しかし電話番号やSIMのIDを記入したラベルは剝がされていた。ファティマが持ち去ったのだろう。

サックスはヘッドセットをつけ、短縮ダイヤルで電話をかけた。

「どうした？」挨拶は抜きだ。「待っていたぞ」

「ファティマはキャンプにいないわ、ライム。荷物を受け取ってた。C４爆薬。もしかしたらセムテックスかも。大きさからして、ほかの二件と同じ、五百グラム入りね。新しい携帯電話を持って出てる。おそらく起爆用」

従来、爆弾の起爆にはタイマーや無線機が使われてきたが、いまは携帯電話がそれに取って代わっている。

「爆弾？　このキャンプがターゲットなの？」ラニアが険しい声でサックスに尋ねた。

国家警察ナポリ本部のメンバーにもその声は伝わっており、短いやりとりのあと、ライムの返事があった。「いや、おそらくそこではないだろう。計画の最大の目的は、議会に提出されている難民受け入れ条件を緩和する法案を否決させることだ。それには難民ではなく、イタリア市民に被害が出る必要がある」

ハーリドが自分の携帯電話を取って尋ねた。「電話してみましょうか。馬鹿げたことはやめろって説得してみます」

サックスの電話から、ライムとスピロが議論している気配が伝わってきた。

だが、答えたのはマッケンジーだった。「連絡しても無駄みたい。いまフォートミードから、その番号は不通になっているって報告があった。このあとも監視は続けてもらうけれど、古いほうの電話は処分したんだろうと思うわ」マッケンジーは続けた。「あ、待って。何か見つけたみたい」一瞬の沈黙があった。パソコンのキーボードを叩く音が聞こえた。「よかった、これは使えそうよ。国家安全保障局のボットがたったいま、トリポリのカフェに宛てたナポリ市内の携帯電話からの通話を探知した。今朝、利用開始設定がされたばかりの携帯電話。いまも通話中」

「ジャンニかしら」サックスは尋ねた。

ロッシが言った。「運がよければ。その携帯電話はいまどこに？」

マッケンジーが緯度と経度を読み上げる。ひとしきりキーを叩く音が聞こえたあと、ロッシが言った。「王宮だ。ナポリの中心街。戦術チームを急行させる」

## 61

ルイージ・プロコピオ、この仕事では〝ジャンニ〟の名で通っている男は、プレビシート広場の片隅に駐めた車にもたれていた。すぐそこに、ナポリの王宮が見えている。壮麗な王宮は、十八世紀から十九世紀にかけて両シチリア王国を治めていた当時のブルボン家の住まいだった城だ。プロコピオは地元の歴史に詳しい。

プロコピオは、ここカンパニア州の南に位置するカラブリア州のカタンツァーロの出身だ。

カラブリア州は、ブーツの形をしたイタリアの爪先に当たる。唐辛子のきいたポークペーストや鱈（たら）の干物など、保存食が豊富だ。気温の高い地域であり、肉や魚介を長持ちさせるために保存処理をする習慣があるからだ。

カラブリア州はまた、有名な犯罪組織ンドランゲタの拠点でもある。"ンドランゲタ"は"忠誠"を意味する。イタリア全土の百五十の支部に分かれた総計六千名の構成メンバーは、結束が強いことで知られている。だからといって、互いを攻撃することがないわけではない。利害が対立すれば内部抗争に発展する場合もあり、実際に抗争は起きている。

カラブリア州内ではなく、イギリスやアメリカなど遠隔地に置かれている支部のメンバーでは、そういった傾向が強い。アメリカ東海岸のンドランゲタは、百年以上前から犯罪活動を続けている。一九〇〇年代、ペンシルヴァニア州の採炭地域のメンバーの一人は、地元からみかじめ料を取り立てていた。ンドランゲタとして、ときにはアメリカに拠点を移したマフィアやカモッラのメンバーと手を組み、麻薬密売や資金洗浄なども行なってきている（アメリカのンドランゲタ幹部は『ゴッドファーザー』に激怒したと言われている。華やかさや利口さ、無情さでは、マフィアより自分たちのほうがよほど上だと考えていたからだ）。

大柄で、浅黒い肌に黒い目と黒い髪をし、体毛が多くて威圧感のある外見をしたルイージ・プロコピオは、そういった一匹オオカミの工作員の一人だった。優れた語学力、軍や労働組合とのコネ、そして必要ならどんな汚れ仕事も厭わない姿勢が評価され、イタリア南部、北アフリカ、ヨーロッパ、アメリカの利害を調整しながら話をまとめるブローカー役として重宝されている。

生得の直感力を生かして私利私欲とンドランゲタの利益を分ける極細の境界線を器用に歩き、いまの成功を手に入れた。

実入りのいいビジネスすべてにおいて、プロコピオは手腕を発揮した——武器、麻薬、人身売買といった昔ながらのビジネスはもちろん、もっと新しい二十一世紀ならではのビジネスにも。

たとえば、テロリズム。

たったいまトリポリの〝ハッピー・デー〟カフェにいるイブラヒムに電話をかけ、ナポリでの計画の進捗を報告した。そのあと、煙草をくゆらせながら、広大な広場を眺めている。

何気なく通りを見やると、黒いバンやパトロールカーがこちらに向けて疾走してくるところだった。回転灯は閃いているが、サイレンは鳴らしていない。

近づいてくる。さらに近づいてきて……

警察車両はプロコピオのすぐ前を猛スピードで通り過ぎた。乗っている誰一人として、プロコピオには目をやらなかった。

そのまま広場を横切っていったところで急ブレーキをかけ、くず入れを囲むようにして停まった。警察官が次々と飛び降りてきた。どの人員も重装備で、周囲に鋭い視線を投げてターゲットを捜している。

ターゲットとは、言うまでもなく、ルイージ・プロコピオだ。

より正確には、ついさっきイブラヒムとの通話に使用した携帯電話だ。プロコピオは回線をつないだまま紙袋に入れ、くず入れの底のほうに押しこんでおいた。国家警察の若い警察官が一人、くず入れを慎重に調べ——状況を考えると、爆弾が仕掛けられている可能性がある——携帯電話を発見して、高く掲げた。指揮官と思しき別の一人が首を振った。憎々しげな様子でと言えば言いすぎかもしれないが、がっかりした様子なのは確かだ。ほかの警察官が近くの建物に目を凝らす。監視カメラを探しているのだろう。ここにカメラはない。おとりの携帯電話を仕掛ける前に、それは確認してある。

プロコピオは煙草をもみ消した。知りたいことはもうわかった。トリポリに電話したのは、そもそもそれが目的だった。警察の捜査がどこまで自分たちに迫っているかを確かめるためだ。

なるほど。名前までは知らないかもしれないが、イブラヒムの存在自体は把握しているようだ。ナポリでテロ計画が進行していることも。そしてトリポリのカフェの電話と携帯電話の通信を監視している。

しばらくは連絡を取り合うのに電話は使わないほうがいい。

座り心地のよい車のシートに体を沈めてエンジンを始動した。どこかのカフェに落ち着いて煙草をゆっくり味わい、食前(アペリティーヴォ)にチロ地区産のうまい赤ワインとカラブリア州産のハードサラミ、そしてパンを頼みたい。

とはいえ、それはまだお預けだ。

そう、流血のあとのお楽しみとしよう。

## 62

通りは色であふれていた。

旅行者もいるが、生粋（きっすい）のナポリっ子らしき人々も多い。家族連れ、ベビーカーを押した女性たち、自転車に乗った子供たち……小学生くらいの子供もいれば、ティーンエイジャーもいる。男の子も女の子もいる。人柄を表すような気取った歩きかた、あるいは内気な歩きかた。自慢のブーツ、大胆なランニングシューズ、ハイヒール、柄入りのタイツ、だらしないシャツ。最近手に入れたばかりの品物を、さりげなく、だが誇らしげに見せつけている——ネックレス、洒落たバッグ、アンクレット、眼鏡、指輪、気のきいた携帯電話ケース。

恋の駆け引きは幼くて微笑ましく、若者たちは毛繕（けづくろ）いをしている子猫のように無邪気だ。

ああ、それにこの景色。美しい。かなたのベスビオ火山、桟橋に巨大な船。ナポリ湾は藍色（あいいろ）にきらめいている。

しかしファティマ・ジャブリルにそれを楽しむ余裕はなかった。

頭にあるのは任務のことだけだ。

それと、ベビーカーを慎重に押して歩くことだけだ。

「かわいい！（ケ・ベッレッツァ）」カップルで歩いていた妊娠中の女性が声を上げた。微笑みながらさらに何か言う。イタリア語が通じていないと見て取ると、英語に切り替えた。「あなたの赤ちゃん！」女性はベビーカーをのぞきこむ。「この髪！　天使みたい。見て。このかわいらしい黒い巻き毛！」それからファティマのヒジャブに気づき、口をつぐんだ。イスラム教に天使がいなかったらどうしようと考えているのだろう。

何を言われたのか、ファティマ・ジャブリルにもだいたい理解できた。だから微笑み、おずおずと応じた。「グラツィエ・タンテ」

女性はまたベビーカーをのぞきこみながら言った。「いい子によく眠るのね。ここはこんなにうるさいのに」

ファティマはバックパックのストラップをしっかりとかけ直して、また歩き出した。ゆっくりと進む。

人が多いから。

人を殺したくなどないから。

ベビーカーに爆弾を隠しているから。

なぜこんなことになってしまったのだろう。

その疑問の答えは、ありありと思い出すことができる。毎夜、眠りに落ちる前、毎朝、目が覚めると同時に、そのときの記憶が脳裏に蘇った。

何週間か前のあの日……

トリポリの通りを歩いていると、乱暴な男——親族ではないイスラムの女に手を触れることをためらわない男——二人に腕をつかまれ、路地に引きこまれた。男たちは怯えてすすり泣くファティマを殉教者広場近くのカフェの事務所に押しこんだ。そこでファティマは椅子に座らされ、待つように言われた。〝ハッピー・デー〟という名の店だった。その皮肉に涙が出た。

一時間後——恐ろしくて長い一時間後、カーテンが開き、陰気な表情をした四十歳くらいの髭面の男が入ってきた。男はイブラヒムと名乗った。非情な目でファティマを眺め回したあと、ティッシュを差し出した。ファティマは涙を拭い、ティッシュを男に投げ返した。男はにやりとした。

男は甲高い声で言った。アラビア語のリビア方言だった。「おまえがなぜここにいるのか、これからどうなるのか、教えてやろう。ある任務のためにお前をスカウトする。ああ、待て、いいから最後まで話を聞け」男は茶を持ってこいと大きな声で言った。瞬時にお茶が運ばれてきた。店主は震える手でカップを二人の前に置いた。イブラヒムは店主が立ち去るのを待って続けた。「お前を選んだ理由はいくつかある。第一に、お前の名前はどの監視リストにも載っていない。我々の呼びかたで言うなら、まさに〝隠れ信奉者〝だ。つまり俺たちにとってお前は、キリスト教徒にとってのユニテリアンと同じようなものだということだな。ユニテリアンはわかるな？」

ファティマは西洋文化に詳しいほうだったが、ユニテリアン派のことは知らなかった。

「いいえ」

イブラヒムは言った。「穏健派と言っておけば充分だろう。それゆえ、お前は西洋の軍隊や保安機関の目に見えない。警戒されることなく国境を越え、ターゲットに接近することができる」

〝ターゲット〟？　ファティマは慄然とした。両手が震えた。

「お前にはイタリアのターゲットを割り当てる。お前は、攻撃の実行役を務めることになる」

ファティマは息をのんだ。イブラヒムが差し出したお茶には口をつけなかった。イブラヒムはいかにもうまそうにお茶を飲んだ。

「さて、お前が選ばれた二つ目の理由を話すとしようか。お前には、チュニジアとリビアに家族がいるな。女のきょうだいが三人、男のきょうだいが二人。その全員が、神を讃えよ、子に恵まれている。お前の母親も存命だ。家族がどこに住んでいるかは知っている。我々が与える任務を遂行すれば——攻撃を成功させれば、家族はこれからも無事だろう。だが、やらなければ、六歳のモハメドから母親まで——友人のスーニヤーの腕にすがって市場から帰宅する母親まで——家族の命はないと思え」

「いやよ、いやよ、いやよ……」

ファティマの動揺を顧みず、イブラヒムはささやくような声で続けた。「さて、残る理由はあと一つ——お前がかならずこの任務を引き受ける三つ目の理由を挙げよう。この仕事を無事に終えたら、お前に——お前の夫と娘にも——新しい身分と多額の金を与える。イギリスかオランダのパスポートを持って、世界のどこでも好きなところへ移住するがいい。さあ、どうする？」

答えは一つしかなかった。

「やります」ファティマは泣きながら言った。

イブラヒムはにやりとしてお茶を飲み干した。「お前と家族は難民を装ってイタリアへ渡る。今夜、俺とつきあいのある密航業者から連絡があるはずだ。イタリアに着いたら、手続きのために難民キャンプに収容される。そこでジャンニという者からの連絡を待て」

イブラヒムは立ち上がって出ていった。それ以上はひとことも話さなかった。

カポディキーノ難民一時収容センターに到着するなり、ジャンニから連絡があった。聞き取りやすいが氷のように静かな太い声で、言い訳は受け付けないと言った。病気になったり、爆弾の起爆に失敗したりしたら、家族は死ぬ。パンを盗んだために逮捕され、爆弾を起爆させられなかったら、家族は死ぬ。装置が故障して爆弾が起爆しなかったら、家族は死ぬ。起爆の瞬間に恐怖で動けなくなって……それ以上は言われなくても充分にわかった。

しかも、なんということか、血が凍るような恐ろしい偶然が起きて、頭のおかしなアメリカ人に夫が誘拐された！　それ自体も耐えがたいできごとなのに――ファティマはハーリドを心から愛している――捜査のために警察までやってきた。ジャンニから届いた爆薬や携帯電話、起爆装置が見つかってしまったら？　ハーリドが見つかるまでのあいだ、警察はファティマと娘を別のキャンプに移すだろうか。

だが、ハーリドは救出された。

それは、言うまでもなく喜ぶべきことだった。しかし、ファティマの心は二つに引き裂かれた。ハーリドを救うために、ラニアからアメリカの刑事、イタリアの警察まで、誰もが全力を尽くしてくれた。なかには自分の命を危険にさらした人もいた。見知らぬ男のために。招かれもせずこの国に押しかけてきた男のために。

もちろん、難民に憎悪を向ける人々はいる。だが、キャンプの外に集まっている抗議集団を別とすれば、ファティマはまだそういう人に会ったことがない。だって、さっき声をかけてきた女性だって、あんなに優しかった。

あなたの赤ちゃん！　この髪！　天使みたい。見て。このかわいらしい黒い巻き毛！

ほとんどのイタリア人は、亡命希望者の窮状に心の底から同情してくれている。

そう思うと、いまから二時間後に自分がするはずの行為がいっそう恥ずべきものに思えてくる。

それでも、やるしかない。

**理由はどうあれ、失敗すれば、お前の家族は死ぬ……**

絶対に失敗はしない。ターゲットが前方に見えてきた。実行まで、すでに二時間を切っていた。

海がすぐそこに見える場所に、誰も座っていないベンチが並んでいた。ファティマは海に面した一つに腰を下ろした。涙を誰にも見られたくない。

63

ナポリ王宮につながる手がかりは、おとりだった。ジャンニがトリポリのカフェに電話をかけたのは、警察の捜査がどこまで進んでいるか、電話を監視しているか、それを探るためだったに違いない。答えを手に入れたジャンニは、二度と電話を使わないだろう。

電話の線からジャンニの居場所を突き止めるチャンスは失われ、ファティマの居場所を示す物的証拠は何一つない。捜査チームは、爆破テロのターゲットはどこかという疑問にいやでも立ち返ることになった。憶測の域を出ない話だ。だが、ほかに手立てはない。

難民キャンプはナポリ空港に近いことから、ライムとスピロがまず検討したのは、ファティマのターゲットは飛行機か空港ターミナルではないかという仮説だった。

スピロが言った。「飛行機に爆弾を仕掛けるのは無理だろう。しかしフェンスに穴を開けてすり抜け、走って離陸直前の飛行機に接近し、滑走路で起爆する可能性はありそうだ」

マッケンジーが言った。「今回の計画は自爆テロではありません。携帯電話から遠隔操作で起爆できる爆弾よ。空港ではないと思うわ。ターゲットは鉄道駅かも。空港より警備が手薄ですから」

ロッシが旧国営鉄道（トレニタリア）の警備部門に電話をかけた。通話を終えて言った。「各駅に警備員を派遣するそうです。アメリカと同じく、イタリアでも過去に国内テロは起きています。たとえば、一九八〇年にはボローニャの鉄道駅で爆弾事件がありました。二十五キロ近い爆薬が待合室に仕掛けられたんです。八月の暑いさなかだったので、エアコンが効いた待合室に大勢の乗客がいました。その当時のイタリアには、エアコンがある建物はまだ少なかったんです。八十名を超える死者と二百名以上の負傷者が出ました」

スピロが言った。「ほかにも、ショッピングセンター、シティセンター、娯楽施設、博物館や美術館……」

ライムの目はナポリの地図に向けられていた。

ターゲット候補は無数にある。

シャーロット・マッケンジーの電話に着信があった。発信者を確かめたあと、応答する。

「え?」マッケンジーは目を細めた。「そう、それは見つけものね……暗号化してすぐに送ってもらえる? ありがとう」

ほかの三人の問うような視線に応えて、マッケンジーは言った。「突破口が見つかったわ。またフォートミードからの電話だったの。さっきファティマの電話番号を伝えたでしょう。即座にNOIと自動照合したそうよ。NOIというのは、要注意電話番号リストのこと。スーパーコンピューターを使った照合の結果、数日前の通話が抽出された。リビアとナポリのあいだの通話で、その二つの地名は少し前から要注意リストに登録されていたの。ボットは〝ターゲット〟というキーワードを聞いて、その通話を録音した。そして私から伝えられたファティマの番号を受け取ると同時に〝最重要〟のフラグを立てた。いま音声ファイルを送ってもらってる」マッケンジーは何度かタップして画面に目を走らせた。それからボタンを押して、全員から近いテーブルに携帯電話を置いた。

スピーカーから音が流れ始めた――電話の呼び出し音だ。

「もしもし?」女性の声だ。アラビア語のアクセントのある英語だった。ファティマだろう。

男のしわがれた声。こちらはイタリア語のアクセントがあった。おそらくジャンニだろう。「俺だ。いまカポディキーノか」

「はい、そうです」

「じきに小包が届く。そこに全部入っている。あとは実行するだけの状態だ。新しい携帯電話も入れた。いま使っている電話は持っていくな。処分しろ」

「わかりました、捨てます」ファティマの声は震えていた。

「お前の夫。誘拐されたろう。不審に思われるようなことをしゃべらなかっただろうな」

「話したくても話せません。何も知らないんですから」

「俺は……」そこでジャンニはいったん黙りこんだ。背景でにぎやかな音がしている。ジャンニ側で聞こえている音のようだ。「いまナポリにいる。ターゲットが見える。理想的だよ。いまは人が少ないがな」

またノイズが入った。スクーターのエンジン音。怒鳴り声。誰かを呼ぶ大きな声。ジャンニが何か続けたが、その声は騒音にかき消された。甲高い鳥の声と人の怒鳴り声。

「……いまはあまり人がいない。しかし月曜日には大勢が集まるだろう。見物人と記者連中も集まる。実行は一四〇〇時ちょうどだ。それ以前にはやるな」

ライムのとなりでスピロがささやいた。「いまから九十分後だぞ。まいった（クリスト）な」

「手順を言ってみろ」ジャンニが言った。

「ちゃんと覚えてますから」

「覚えているなら、言えるだろう」

「あなたから聞いた場所に行く。トイレに入る。西洋風の服を持っていって、それを着る。包みにテープで留めた携帯電話の電源を入れる。できるだけ大勢の人がいる場所にそれを置く。それから私は大きな出入口に移動する」

「アーチだ」

「そうでした。アーチ形の出入口に移動する。石壁の陰にいれば安全だから。そこから電話をかけて、起爆する」

「電話番号は覚えているな？」

「はい」

ライムとスピロ、ロッシは顔を見合わせた。頼む——ライムは念じた。その電話番号を言ってくれ！　ファティマでもジャンニでもいい、番号を口にしてくれれば、それを国家安全保障局に伝えられる。そして携帯電話システムをハッキングし、電源が入ると同時にその番号を不通にできる。

しかしジャンニはこう言っただけだった。「ならいい」

くそ——ライムは心中で毒づいた。スピロがつぶやく。「ちくしょう（マンナッジャ）」

「爆発が起きたら、お前は倒れる。石で顔にでも切り傷を作って、よろめきながら現場を離れる。〝よろめく〟はわかるな？」

「怪我がひどければひどいほど、周囲はお前を無関係の被害者だと考える。血を流せ。血だ。爆破直後は自爆テロだと思われるはずだ。誰もがお前は被害者の一人にすぎないと考えるだろう」

「はい」

「そろそろ切るぞ」

「家族は……」

「家族は、お前がやり遂げると信じている」

かちりと音がして電話が切れた。

ライムはつぶやいた。「ジャンニの電話の位置情報は？」

マッケンジーが答えた。「ありません。国家安全保障局のボットはＧＰＳの追跡はしていなかったから。通話を録音しただけです」

ライムはふたたびナポリの地図を見やった。

スピロが言った。「いまのやりとりに、ターゲットを特定するヒントはあったか。今日開催されるイベントの会場のようだった。十四時。マスコミが集まるようなイベントだ。いったい何だろう」

「午後に開かれるイベント。スポーツ？　新しい店のオープニング？　コンサート？」

「でも、月曜日ですよ」エルコレが言った。

ライムは言った。「石造りのアーチがある。アーチ形の出入口に隠れると言っていた。爆風から身を守るために」

　エルコレが鼻を鳴らす。「ナポリの四分の三が該当してしまいます」

　しばし沈黙が続いた。

　ライムはふたたび口を開いた。「ダンテ、いまの録音に何か手がかりがないかときみは尋ねたね。きみは会話そのものを指してそう言った。だが、会話以外の部分はどうだ？」

「背景の音ということか」

「そうだ」

「それはいい着眼点だ」スピロはマッケンジーに向き直った。「音声ファイルをここのアドレスに送ってもらえないか。もっといいスピーカーで聴いてみよう。細かい音が聞き取れるかもしれない」ロッシがマッケンジーにアドレスを伝えた。

　まもなくパソコンが着信音を鳴らした。ロッシがエルコレにうなずく。エルコレは受信箱をチェックして、MP3ファイルらしきものをダウンロードした。

　エルコレがいくつかキーを叩くと、録音された通話の再生が始まった。パソコンのスピーカーを通すと、会話はより明瞭になった。しかしどれほど耳を澄ましても、ジャンニとファティマの声以外の物音は、正体を推測できるほどはっきりは聞き取れない。

「お手上げだな」ロッシがつぶやいた。

「いや、そうともかぎらないぞ」ライムは言った。

## 64

〝コンポーザー〟ことステファン・マークは、とらえどころのない人物だった。いかにも内気そうな物腰。黒に近い色をした目はきらきらして、子供のそれのようだ。丸い顔は無邪気な印象を与える。

半面、大きな体はエンジンのように頑丈そうに見えた。おそらく遺伝なのだろう。トレーニングで作り上げた体つきではない。

警察官に付き添われて捜査司令室に現れたステファンの手首には手錠がかけられていた。ライムは言った。「はずしてやれ」

スピロは一瞬だけ思案顔をしたものの、同行してきた巡査にうなずき、イタリア語で指示をした。

手錠がはずされると、ステファンは奇妙な反応を見せた。ふつうなら手首をさすったりするところだろうが、ステファンはうつむき、目を閉じて、巡査のポケットにしまわれる手錠のスチールでできた小さな輪がぶつかり合う音に耳を澄ました。

逮捕された夜、シャーロット・マッケンジーの家で物音に聴き入ったときと同じように。

まるで音を記憶に刻みつけているかのように。その音を頭のどこかに大事にしまっておこうとしているように。

まもなく目を開けると、ティッシュをもらえないかと言った。ロッシが箱ごと差し出し、ステファンはそこから一枚取って顔や頭頂部の汗を拭った。マッケンジーから「座って、ステファン」と言われると、即座に座った。恐怖からではない。マッケンジーは自分の理性の一部であり、座るという判断を下したのは自分自身であるかのようだった。

言うまでもなく、マッケンジーは共犯者以上の存在だ。エウテルペ、彼のミューズ、〈ハーモニー〉への道のガイド役なのだ。

「いまから何をしたらいいか、この人たちが説明してくれるから聞いてちょうだい、ステファン。詳しいことはあとでちゃんと話すから。いまはこの人たちの言うとおりにして」

ステファンは大きくゆっくりうなずいた。

マッケンジーがライムに視線を向けた。ライムは言った。「録音された会話がある。それを聴いて、得られる情報を教えてもらえないだろうか、ステファン。ある人物の行方を捜していてね、背景で聞こえている音がその手がかりになるのではないかと期待している」

「誘拐犯からの電話?」

ライムは答えた。「いや違う。テロ攻撃を計画している人物の電話のやりとりだ」

ライムはマッケンジーを見やった。マッケンジーが言った。「そうなの。片方の人物の所在が知りたいのよ。私がミスをして、私たちは間違った人物をさらってしまったの。本来は別の人をさらうべきだった。彼女が計画を実行するのを阻止しなくてはならないのよ」

「彼女。そっか。僕はその人の夫を誘拐したけど、本当は奥さんのほうだったってことだね」ステファンは小さく微笑んだ。「僕の靴を盗んだ人だ」

「そうよ」

知的な若者らしい。いいぞ。

スピロが言った。「明かりを消したほうがいいかね?」

「いや、その必要はありません」

エルコレが音声ファイルを再生した。それがどんな可能性を秘めているかを意識して、ライムはこれまでより注意深く耳を澄ました。最初に再生したとき、あるいは二度目に再生したときはわからなかった音がいくつか聞き分けられた。

「もう一度」ステファンは有無を言わせぬ声で言った。遠慮は微塵も感じさせない。不思議なものだ。どれほど臆病に見えても、得意分野で力を発揮する場面になると、人は自信に満ちあふれる。

エルコレがまた頭から再生した。

「もう一度」

エルコレが従う。

「ペンと紙をください」ステファンが言った。

スピロが即座に差し出した。

「会話が邪魔をして、背景の音を聞き取るのは難しいだろうね」ロッシが言った。

それを聞いて、ステファンは困ったような顔をした。背景の音を聞き取るくらい、ステファンにしてみれば簡単なことなのだろう。

「音は言葉より優れてるんだ。音が伝えてくる意味のほうが信用できる。詩人のロバート・フロストは、意味を伝える音について考察した。すごくいいことを言ってると僕は思うんだよね。フロストは、となりの部屋で朗読されている詩の言葉は聞き取れないとしても、意味は聞き取れると言ったんだ。言葉にこめられた感情や意味は、音だけで伝わるんだよ」

頭のおかしい男の支離滅裂なたわごととは思えない。

ステファンは美しい文字でメモを取った。ベアトリーチェ・レンツァも脱帽するだろう。

書きながら、ステファンは話し始めた。「電話の人物は、港に近い場所にいる。船の汽笛合図が聞こえる。客船や商船。タグボートのディーゼルエンジン」

「トラックではなく？」ロッシが尋ねた。

「違うよ。トラックじゃない。このディーゼルエンジンの音は、波のない水面に反響してる。汽笛や船舶用大型ディーゼルエンジンの音は誰にでも聞こえるよね？」

ライムには聞き取れなかった。物音の沼に沈んでしまっている。

ステファンは手早く書き終え、メモをじっと見つめた。それから目を閉じた。ふたたびぱっと開くと、たったいま書いたものに大きくバツ印をつけ、初めから書き直した。

「再生をコントロールしたいな」ステファンは椅子ごとパソコンの前に移動した。エルコレが場所を譲った。

「ここと、ここのキーで――」

「知ってる」ステファンは無遠慮にエルコレをさえぎってキーを叩いた。音声ファイルを先頭に戻し、特定の箇所を再生してはメモを取った。それを十分ほど繰り返し、顔を上げた。

「近づいてくる車がみなシフトダウンして、そのあとエンジンの音が大きくなってる。つまり、電話で話している人物は丘の頂上付近にいる。丘の斜面はかなり急だ。ほとんどが自家用車で、小型だ。ディーゼルエンジンとガソリンエンジンの両方の音が聞こえる。一台はマフラーがそろそろ壊れそうだ。バンも交じってるかもしれない。でも、大型のトラックは一台も通らなかった」

また音声を再生しながら、何もない壁を見つめた。「鳥の声。二種類。一つはハト。

ハトはたくさんいる。ときどき一斉に飛び立つ音が聞こえる。一度目は、ローラーボードが通ったとき。男の子がよく乗ってるやつだね。あとは四歳か五歳くらいの複数の子供に追いかけられたとき。足音や笑い声から、四、五歳とわかる。ハトはいったん飛び立って、またすぐに戻ってる。車が通り過ぎても、どこかへ飛んでいったりはしていない。広場のような場所にいるからだ。路上じゃない」

ステファン以外の全員の目がナポリ地図を注視した。スピロがすでに赤いマーカーで波止場に丸印をつけていた。ステファンの発言を受けて、海に近い一帯の広場や急斜面になった場所にバツ印をつけた。

「鳥のもう一種類はカモメだ。ナポリはカモメだらけだけど、この場所にいるのはたぶん四羽だけだな。一羽は求愛の声を上げている。この一羽は少し遠い。ほかの三羽は電話の主に近い位置にいて、攻撃や警戒を意味する声を上げている。激しく喧嘩してる。この場所に巣を作るとは思えないから、食べ物を取り合ってるんだろう。それに、三羽しかいないってことは、小型のごみ容器の残飯を奪い合ってるんだと思う。たとえばレストランや民家の裏とかにあるような。海からは少し距離がありそうだ。海辺ならカモメはもっとたくさんいるだろうし、漁師がいたり、くず入れも多いだろうから、食べ物も豊富だ。ここまで激しく争わないだろうね」

ステファンはまた頭から再生して、途中で停止した。「近くに学校がある。アメリカで言う小学校だ。カトリック系か、私立の学校だと思う。生徒の大部分が革底の靴を履いてるから。ランニングシューズの足音は聞こえない。革靴を履いているということは、制服がある。ということは、私立の学校か、カトリック系の学校。学校だと思う根拠は、笑ったり、走り回ったり、遊んだりしていたのに、ある時点で急に声が聞こえなくなって、同じペースの足音だけが聞こえるからだ。教室に戻ったんだろう」ステファンは顔を上げ、自分を凝視している一同に向かって言った。「小学生だ。声の高さや足音の間隔でわかる。それはさっきも言ったね。わりと近くに建設現場がある。金属に細工してる音が聞こえるから。金属を切断する音、リベットを打つ音」

「ビルの骨組みか」ロッシが言った。

「ビルかどうかはわからない」ステファンが訂正する。「金属を使うものとしか。船ということもありうる」

「なるほど」

「あとは、言葉も無視できないな。アメリカ人の声は聞こえる？　男性がこう尋ねてるだろう――〝これはいくら？〟。ゆっくり大きな声で話してる。そうすれば通じやすいと思ってるのかな。尋ねてる相手は売店の主人だ。または、商店の窓越しに話してる。誰かが吐いてる音も聞こえる。別の誰かが怒った声で何か言ってる。となると、吐いた人物は酔っ払いだ。単に気分が悪くなって戻したんじゃない。病人なら同情されるだろうし、救急車のサイレンも聞こえてくるはずだ。酔っ払いが嘔吐してるということは、近くに酒場があるのかもしれないね。スクーターのエンジンがかかる音も繰り返し聞こえる。そのまましばらく聞こえてるけど、数分後にまた停止する。何台かは点火不良の音をさせてる。工具の音も聞こえる」

「修理工場か」エルコレが言った。

「そうだね」ステファンは続きにまた耳を澄ました。「教会の鐘」その部分を繰り返して聞く。「音階は、D、G、G、B、G、G」

スピロが訊いた。「音の高さもわかるのか」

「絶対音感があるから。音の高さはわかるよ。ただ、何を知らせる鐘かはわからない。調べてもらわないと」

ロッシが言った。「歌ってみることはできるかな」

ステファンはよく通るバリトンで即座に歌ってみせた。「僕の声は鐘の音より一オクターブ低いけどね」重要な情報を付け加えるように最後にそう言った。

エルコレがうなずいた。「それなら知ってます。アンジェラスの鐘だ。『メッツォジョルノのアヴェマリア』だったかな。正午の鐘です」

「カトリック教会か」ライムは言った。

「すぐ近くというわけじゃないけど、百メートル以内くらい。小学校と同じ敷地内にあるんじゃないかな」

ダンテ・スピロがここまでに絞りこんだ地域内の教会に印をつけた。

ステファンはまた音声ファイルを再生した。それから首を振った。「申し訳ないけど、わかるのはそのくらいです」

スピロが言った。「聞こえるのはそれだけか」

ステファンは笑った。「もっといろんな音が聞こえるよ。飛行機、砂利の音、すごく遠い銃声、ガラスが割れる音——窓ガラスじゃなくて、飲み物のグラスが割れる音だ……でも、どれも漠然としてる。場所を特定する役には立たない」

「大いに参考になったよ、ステファン」ライムは言った。

スピロは大きく息を吐いた。「セイ・ウナルティスタ。英語で言えば、きみは真の芸術家だ」

ステファンは笑った。内気な表情に戻っていた。

スピロは地図のほうに身を乗り出し、射るような黒い瞳でじっと見つめた。それから、一点に指を突き立てた。「ここ（エッコ）だ。ジャンニはここにいたと考えて間違いないだろう。エキア山だよ。ここからもそう遠くない。中心街にある大きな丘で、頂上からナポリ湾を見渡せる。車のギアの件も説明がつく。周囲は住宅街だが、登り口に商店街がある。スクーターの修理工場や、酔っ払いが嘔吐したバーはそこだろう。景色がいいから観光スポットにもなっている。つまり、食べ物や土産物の店があるはずだ。波止場が近いとは言いがたいが、この距離なら音は聞こえるだろう。丘のふもとに教会もある。サンタ・マリア・デッラ・カテナ教会だ」

「観光スポットか」ライムは訊いた。「うってつけのターゲットかもしれないな」

ロッシが言った。「有名スポットではありませんが、ダンテの言うように、民家やレストランが密集した地域です。カモメが残飯を巡って喧嘩していたというのもうなずける」

エルコレが言った。「そうだ、あそこなら、ファティマのターゲットになりそうな建物もありますよ。ニーノ・ビクシオ兵舎――軍事資料館です」

「あそこはまだ一般に開放しているんだったかな」スピロが言った。「しかし、閉鎖されているにしても、大勢の住民や旅行客がいる。それに国の建造物を爆破すれば、世界の注目が集まることは間違いない」

ロッシはすでに戦術チームに連絡している。

ライムはデジタル時計を確かめた――00：50。

テロ計画の実行まで、残り一時間十分。

アメリア・サックスは、エルコレの哀れなメガーヌをまたもや限界まで酷使していた。といっても、今回は高速で飛ばしたわけではない。不運な低速ギアは、エキア山の急坂をどうにか登っていこうと悪戦苦闘していた。

やっとのことで登頂を果たすと、先に到着していた治安作戦中央部隊(SCO)の隊員が二十数名見えた。国家警察と国家治安警察隊(カラビニエリ)の警察官も多数集まっていた。ナポリ自治体警察やイタリア軍の兵士も来ていた。

戦術チームの指揮官、雲突くような大男のミケランジェロが、焦れったそうな顔でパトロールカー二台を下がらせ、サックスが運転するメガーヌを手招きした。サックスが降りていくと笑みを見せ、二人はまた〝ダーティ・ハリエット／メイク・マイ・ディ〟のジョークを交わした。

サックスはヘッドセットを着け、赤い石造りの兵舎の手前にある広場にエルコレとともに向かった。西側の隅、真下の通りから立ち上がる絶壁の際に、観光客が集まるスポットがあった。ベスビオ火山を背景に似顔絵を描く画家、ジェラートやかき氷の売店。イタリア国旗やイタリアの形をした瓶入りのリモンチェッロ、ピノキオ人形、ピザの形の冷蔵庫用のマグネットといった土産物や、地図、冷たい飲み物を手押し車に並べて売っている商人もいた。

今日はよく晴れていて、気温もさほど高くないが、観光客はまばらにいるだけだ。ファティマとジャンニの電話のやりとりをステファンが分析する様子をライムから聞いていたせいか、サックスの耳にもステファンが指摘した音が聞こえた――ハト、近くのごみ容器をあさっているカモメ、たったいまサックスもしたように低速ギアに切り替えながら急坂を登ってくる車。それよりはるかにかすかではあるが、ほかの気配も伝わってきた。ベスビオ山が見える南の方角からはかなたの波止場に停泊している大型船の音が聞こえたし、スクーターの修理工場の音、ほかの売店や旅行客、カトリック学校の子供たちの声も聞こえた。

サックスとエルコレは捜索に加わった。エルコレは自分たちは売店と客を調べるとミケランジェロに伝えた。兵舎の捜索はSCOチームが担当することになっていた。

「シ、シ！」ミケランジェロは言い、部下を率いて兵舎に飛びこんでいった。どこかがっかりしたような顔をしていた。銃をぶっ放す相手がまだ一人も見つからなくて焦れているとでもいうように。陰気な赤茶色をした巨大な兵舎は、現在は一般開放されていない。しかし爆弾が仕掛けられていそうな小さな空間や物陰、戸口は無数にある。ここで爆弾が炸裂すれば、ダンテ・スピロが指摘していたように、数十名の死傷者が出るだろう。

エルコレとサックスは通り沿いの聞き込みを始めた。サックスはファティマの写真を見せ、エルコレは、この写真の女性を見かけませんでしたかと尋ねた。おそらく西洋風の服を着ていて、ヒジャブはかぶっていないと言い添えはしたものの、写真のファティマはヒジャブを着けているため、旅行者や売店の売り子は、テロ事件の容疑者だと察したのだろう、みな真剣な面持ちで写真に見入り、ファティマの顔を確実に記憶に刻みつけようとしていた。

だが、ファティマを見かけたという証言は得られなかった。

ふたりは曲がりくねった通りを何度も往復し、住宅の戸口で足を止め、すれ違う人々に声をかけた。警察とカラビニエリの人員は歩道際の駐車車両を調べた。棒がついた鏡を使って車の下側をのぞき、爆発物がないか確かめている者もいた。

残り時間は――？

サックスは携帯電話を確かめた――01：14。

爆破まで、あと四十六分。

二人は丘の頂上に戻った。ミケランジェロはカラビニエリの制服を着た人物と話をしていた。胸や肩のメダルや記章から察するに、カラビニエリの指揮官のようだ。たいそう高さのある制帽をかぶっている。

ミケランジェロはサックスに気づくと、顔をしかめ、ふわふわした赤い巻き毛に覆われたかぶりを振った。それからまた捜索に戻っていった。

サックスはライムに電話をかけた。

「何か見つかったか、サックス？」

「何も。でもね、何かがおかしい気がするの」

「おかしいというのは、そこがターゲットとは思えないという意味か」

「そう」サックスは広場を見回した。風が吹いて、丸めて捨てられた食品の包装紙やポリ袋、新聞や土埃が舞い上がった。「兵舎は閉鎖されてるし、人もほとんどいない」

一瞬の沈黙のあと、ライムがつぶやいた。「奇妙だな。今日はターゲットに人が集まるとジャンニは言っていた」

「あと四十分待ったところで、大勢が来るとは思えないわ、ライム。それに記者は一人もいない。取材する理由がないもの」

次の瞬間――「えい、くそ。しまったな」

サックスは脈が速まるのを感じた。ライムが腹を立てたときの声だったからだ。

エルコレの腕をつかむ。彼が立ち止まる。

ライムが言った。「私はミスを犯した」捜査司令室に残っている三人――シャーロット・マッケンジー、スピロ、ロッシ――と話しているくぐもった声が聞こえたが、何を言っているのかはわからなかった。

ライムが電話口に戻ってきた。「エキア山はターゲットではない。わかりきったことなのに、私はなぜ気づかなかったのか」

「ステファンの分析が間違ってたってこと？」

「いや、ステファンは正しい。ジャンニとファティマの会話を私がきちんと聞いていなかったせいだ。ジャンニは、ターゲットにいるとは言っていない。ターゲットが見えると言った。エキア山からターゲットを見下ろしていたのだろう」

サックスはそれをエルコレに伝えた。エルコレが眉根を寄せた。サックスはミケランジェロの視線をとらえて手招きした。ミケランジェロが来ると、エルコレが間違いを説明した。

ミケランジェロはうなずき、マイクに向かって指示を出した。

サックスは眼下の景色に目を凝らした。「ここから埠頭が見えるわ、ライム」

ライムはスピーカーフォンに切り替えており、サックスの言葉を聞いたスピロが言った。「しかし、サックス刑事、埠頭は警備が厳重だ。ファティマが近づけるとは思えない」

　エルコレが言った。「パルテノペ通りや遊歩道が見えます。いつもより混雑しているようです」

　そのとき、サックスの視線は、パルテノペ通りのすぐ前にあるごつごつした小島をとらえた。「あれは何？」

「卵城（カステル・デッローヴォ）です」エルコレが答える。「人気のある観光スポットですよ。ここからも見えますけど、レストランやカフェもたくさん集まってます」

　スピロの険しい声が聞こえた。「ターゲットはそれかもしれん。ジャンニは、起爆する前に石の壁に身を隠せとファティマに言っていた。卵城なら、身を隠せそうな奥まった空間が数十はある」

「あ、あれを見てください！」

　大型バスが二台、パルテノペ通りから卵城のある島に渡る橋の手前に停まったところだった。スーツや凝ったデザインの服を着た男女がぞろぞろと降りてくる。バスの側面にバナーが張られていた。

「何て書いてある？」サックスはエルコレに尋ねた。

「ファッション関係のイベントの宣伝みたいです。デザイナーの名前か、服のブランドの名前か」

「イベントなら、事前にプレスリリースが出てたでしょうね。ジャンニがそれを見ていれば、午後二時開始ということもわかったはず」

サックスは捜査指令部の面々に新たな発見を伝えた。

「それだ、それで間違いない！」ロッシが言った。

サックスはエルコレの腕を引いた。「行くわよ」それからヘッドセットに向けて言った。「卵城に急行するわ、ライム」

電話を切り、エルコレとともにメガーヌに急ぐ。エンジンをかけ、ギアを入れる。ミケランジェロと戦術チームも自分たちの車に小走りで戻っていった。

サックスは百八十度ターンをして車の向きを変えると、ジグザグの細道を猛スピードで下り、丘のふもとの大通りを目指した。コンクリートの道路に飛び出し、ハンドルを切って横滑りしながら、アクセルペダルをぐいと踏みこむ。すぐ先の交差点を突っ切ったところで、ミケランジェロがすぐ後ろから来ているかどうか確かめようと、バックミラーにちらりと目をやった。その瞬間、見えたのは、盛大に噴き上がった黄色とオレンジの炎だった。

「エルコレ。見て。真後ろ。何があった？」

エルコレは限界まで体をねじって振り返り、目を凝らした。「マンマミーア！　火事です。いま僕らが下ってきた坂道の下で、車が燃えてます。通りのど真ん中で」

「ジャンニね」

「僕らを見張ってたんだ！　ファティマの邪魔をされないように。決まってます。駐車車両のドアをこじ開けて、道の真ん中に押し出して、火をつけたんですよ」

「警察を阻止するためね。これでエキア山に閉じこめられたも同然だもの」

　エルコレは最新の展開を捜査司令室に連絡した。

　スピーカーからロッシの声が聞こえた。応援の警察官と消防隊をエキア山から卵城にかけての一帯に向かわせると言っている。

「私たちだけでなんとかするしかなさそうよ、エルコレ」

　これまではいつも助手席で不安そうにしていたエルコレは、ふいに前方の道路を指さして叫んだ。「ペル・ファヴォーレ、アメリア。もっとスピード出せませんか！」

## 65

　ゴール前で急旋回するホッケー選手のように、メガーヌは車体を横向きにすべらせてパルテノペ通りに飛び出し、ブレーキの音を響かせながら、ジェラートの売店、ネオングリーンのドレスを着たファッションモデル二人、ブガッティのクーペ――売価百万ドル越えの超高級車――をかすめて急停止した。

サックスとエルコレはメガーヌから飛び降り、本土と卵城（カステル・デッローヴォ）を結ぶ橋に向かって全速力で走った。

サックスは大声で言った。「忘れないで、ファティマは西洋風の服を着てる」

「シ」

「もう一つ。どこを狙うべきか、覚えてる？　見つけたら即座に動きを止めなくちゃ」

「上唇。シ。三発」

甲高いサイレン音が聞こえた――エキア山から下りる道をふさいでいる車を排除しに向かう消防隊だ。応援の警察車両が響かせるサイレンが続いた。サックスとエルコレに合流してファティマ・ジャブリルを捜すため、国家警察と国家治安警察隊（カラビニエリ）の車両が卵城に集まってこようとしている。

時刻は午後一時三十分。

卵城は理想的な標的だった。巨大な城が建つ島の左半分に商店やレストランが軒を連ね、その先には埠頭もある。よく晴れた今日は、大勢の旅行者や地元住民がたっぷりの陽射しやナポリ料理、ワインを目当てに集まっていた。空色にきらめくナポリ湾には、ヨットやモーターボートでクルージングを楽しむ人々もいる。さらに、ファッション業界の名士が百人以上詰めかけていた。高くそびえる卵城の陰にテントも設営されていた。

観光客も勘定に入れれば、島には軽く千人くらいいることになりそうだ。

携帯電話が鳴って、サックスはぎくりとした。爆弾かと思った。起爆に携帯電話を使うとわかっている。着信音にびくびくする理由はないと頭では理解できても、動揺は収まらなかった。

「ライム？」

「いまどこだ？」

「お城に渡る橋の上」

スピロの声が聞こえた。「ああ、見えたよ、サックス刑事。きみたちの姿を確認した。監視カメラの映像だ」

城の警備に当たっていた制服警官が二人、近づいてきた。ロッシかスピロから、サックスとエルコレが来ることを伝えられていたのだろう。金髪の女性と黒髪の男性が急ぎ足でやってきた。エルコレは二人のバッジと銃を確認した——その二つさえ確かめれば、間違いなく警察官であると納得できるかのように。

サックスは電話に向かって言った。「島にいる全員を退避させたほうがいいと思う、ライム？」

ロッシが代わって答えた。検討の結果、避難命令は出さずにおくことに決めた。城のある島から本土に渡るルートは、いまサックスとエルコレが渡っている橋のような細い道一本しかない。万が一パニックが起きれば死者が出かねない。海に飛びこんだり岩場に飛び降りたりして命を落とす者もいるだろう。「残り五分を切ったら、避難を開始するしかない。しかし避難させれば、確実に死者が出る。いまから島への入口を閉鎖する」

サックスとエルコレ、島の警備係の制服警官二名は、急ぎ足で橋を渡りきり、島の雑踏に飛びこんだ。四人は周囲に視線を巡らせた。島、そして数百隻のレジャーボートが波に揺られてのんびりと上下している埠頭。ほっそりとした体つきの黒髪の女を目で捜す。きっと一人きりでいるだろう。西洋風の服を着て、紙包みかハンドバッグかバックパックを持っている。だが、言うまでもなく、ここには、ほっそりとした体つきをして西洋の服を着た黒髪の女性が数えきれないほどいる。

人込みにじっと目を凝らす。

とても見つけられない……

電話からロッシの声が聞こえた。「消火が完了した。燃えた車を移動している。ミケランジェロのチームが十分から十五分で到着する」

起爆に間に合うかどうか、ぎりぎりのタイミング。

ロッシが続けた。「おとり捜査中の刑事から連絡が入った。偶然にもその島の埠頭で密輸事件の捜査をしていたらしい。すぐ近くにいるそうで、いまから合流する。きみとエルコレのことは伝えた。そろそろ来るだろう。ファティマの写真は持っている」

サックスはエルコレにおとり捜査官のことを伝えた。ちょうどそのとき、革ジャケットにスリムなジーンズという出で立ちの青年が二人の視線をとらえた。ジャケットの前を何気なく開いてバッジを見せる。そのかたわらに三十代の女性がいて、こちらに向かって軽くうなずいた。その二人と、制服警官二人とサックスとエルコレは、シーフードレストランの前で合流した。三方に分かれて捜索を続行しようということになった。

時刻は午後一時四十分。

サックスとエルコレは急ぎ足で西に向かった。卵城がナポリ湾に向けてもっともせり出しているあたりだ。ストリートミュージシャンの演奏に観光客が聴き入っている。ギターを爪弾き（つまびき）ながら、前世紀に流行ったイタリアのラブソングらしきものを歌っていた。抱擁しているカップル、じゃれ合ったりジョークを言い合ったりしているティーンエイジャー、ベビーカーを押した金髪の若い女性、散歩中らしい家族連れ。男性たちが先を歩き、妻と思しき女性たちが腕を組んでその後ろを行く。子供たちははしゃいで走り回り、サッカーボールを持った少年たちは、リフティングの技を見せびらかしている。

ファティマに似た女性はいない。西洋の服を着たところを想像しても、やはり似た人物は見当たらなかった。

爆弾を仕掛けるとしたら――？

ちょうどいい場所はいくらでもあった。いくつも設置されたくず入れ。レストランやバーのテーブルの下。売店の陰。地面から一段高くなったファッションショーのステージの近く。

たったいますぐ脇を通り過ぎた、大きな植木鉢のなかに隠されているのかもしれない。

C4爆薬、公にはRDX――リサーチ・デパートメント・エクスプローシブ――と呼ばれるプラスチック爆薬が衝撃波とともに放つ火炎の速度は、音速の二十四倍近く、秒速およそ八〇〇〇メートル。気化ガスと爆風が通過したあとには何一つ残らない。皮膚、内臓、骨は、文字どおり赤い霧となって消える。

サックスは、エルコレを左、ファッションショーが始まろうとしているステージの方角に行かせた。取材陣は、ひときわ美しい女性たち——美しい男性にも——カメラを向けてシャッターを切っていた。ヘッドセットからロッシの声が聞こえた。サックスを驚かせないようにだろう、低いささやくような声だった。「サックス刑事、ミケランジェロと戦術チームがまもなく島に到着する。そろそろ避難を開始しないと間に合わない。一時五十分になる」

二時まであと十分。

爆発まで、あと十分。

「できれば避難命令を出したくない。パニックが起きるのはわかりきっている。しかし、選択の余地がない。応援の警察官をいまから——」

「待って」サックスは言った。ふとこう思ったからだ——さっき見たベビーカーを押した女性……場違いではないか。すぐ近く、パルテノペ通りの西端には公園だってあるのに？　美しく整備された公園だ。散歩道が通り、ジェラートの売店や庭園、ベンチもある。ベビーカーを押して散策するのにぴったりだ。なのに、観光客だらけで、しかもごちゃごちゃと入り組んだ波止場に囲まれた卵城にわざわざ来たのはなぜ？　おかしい。

それに、あの女性はバックパックを肩にかけていた。爆弾を隠すのにちょうどいい。でも、あの金髪は？　そうか、小道具のベビーカーを買いにいくなら、そのついでにウィッグも買えばいい。

サックスは唐突に向きを変え、ベビーカーを押した女性を見かけた場所を見つめた。

「あと一分だけ待って」ヘッドセットに向かってささやく。「手がかりを見つけた」

「サックス刑事、もう時間がないぞ！」

ライムの断固とした声が聞こえた。「待て。サックスに任せろ」

「しかし——」

スピロが言った。「シ、マッシモ。もう少しだけ待とう」

サイレンの音が近づいてくる。人々が本土のほうを振り返った。笑顔が凍りつき、何の騒ぎかと眉を寄せ……そこに不安が忍びこむ。

サックスは南へ、ベビーカーを押した女性を最後に見かけた場所へと歩き続けた。数百年、もしかしたら一千年前からここにある石畳の小道を急ぎ足でたどる。顔を左右に向け、目を凝らす。

手をベレッタの握りのすぐそばに置く。

午後一時五十五分。

どこなの、ファティマ？　どこ？

次の瞬間、答えが見えた。卵城の南面の壁の向こう側、城の陰になった波止場のあたりからベビーカーを押した金髪の女性が現れた。ヨットが六隻ほど係留された桟橋の手前で立ち止まる。月明かりのように白い船体、きれいに巻いてデッキに置かれたロープ、陽光をまばゆく跳ね返す銀色の造りつけ備品。一隻には、モデルたちよりずっと年配だが美しい人々が乗っていた。肌は小麦色に焼け、髪はきちんとセットされている。一時代前の優雅なジェット族だ。

ここにはターゲットらしいターゲットがない。人はさほど多くなかった。しかし、ファティマを爆風から守る頑丈なアーチ形の出入口はある。

ファティマは――たしかにファティマだ、不安げに後ろを確かめたとき、顔がはっきりと見えた――ベビーカーを押してその出入口に向かっていた。ウィッグの鈍い金色とオリーブ色の肌はどうにもちぐはぐだった。バックパックはまだ肩にかけている。あれに爆弾を入れていたのだとしても、いまはもうないだろう。この島のどこか、もっと人が多いところにすでに仕掛けたに違いない。

サックスは銃を抜き、周囲から見えないよう脇の下に隠して小走りで近づいた。あと十メートルほどのところまで来たところでファティマがサックスに気づき、その場で凍りついた。

サックスは穏やかな声で、ゆっくりとわかりやすく語りかけた。「あなたはだまされたのよ、ファティマ。イブラヒムはあなたが思っているような人物ではない。あなたを利用してるだけ。イブラヒムは嘘をついてる」

ファティマは眉間に皺を寄せて首を振った。「違います。だまされてなんていない！」大きく見開かれた目は、涙で濡れていた。

サックスはまた少し近づいた。ファティマは後ろに下がりながら、ベビーカーが自分とサックスのあいだに来るよう向きを変えた。

「あなたを撃ちたくない。だから言うとおりにして。手を挙げて、私の話を聞いて。あなただってこんなことはしたくないでしょう？　理由もなく大勢の人を傷つけるようなことはしたくないはず。お願いだから言うとおりにして！」

ファティマの表情がこわばった。

サックスは続けた。「私はあなたのご主人を助けた。彼の命を助けた。覚えてるわよね？」

するとファティマはうつむいた。すぐにまた顔を上げて微笑んだ。「はい。はい、覚えています。もちろん。そのことにはお礼を言います。ありがとう」笑みが歪んで深い悲しみの表情に変わった。涙があふれて頬を伝った。次の瞬間、ファティマはベビーカーを押しやった。海のほうに。栈橋には欄干がない。車止めのブロックさえなかった。ベビーカーは傾きながら落ちていった。スローモーションのようにゆっくりと。六メートル下の海面に向かって。

毛布と黒い巻き毛がふわりと持ち上がるのが見えた。その直後、大きな水しぶきが上がった。ベビーカーはたちまち沈み始めた。

サックスは、しかし、ファティマが期待した反応をしなかった。ベビーカーには目もくれず、軽く腰を落として銃をかまえた。ファティマは携帯電話を取り出そうとしている。爆弾の起爆装置に接続された電話に発信するつもりだ。

「やめて、ファティマ、やめて！」

二人の頭上、十数メートルほどの高さから、甲高い悲鳴が聞こえた。城のてっぺんにいた旅行者が、ベビーカーが海に落ちるのを目撃したのだろう。

ファティマは携帯電話を取り出した。フリップ式の携帯電話だ。フリップを開き、キーパッドを見つめ、指で押そうとした。

アメリア・サックスは息を吸いこみ、呼吸を止めると、トリガーを引いた——三発。

## 66

「ノン・シアーモ・リウシーティ・ア・トロヴァーレ・ヌッラ」スキューバダイバーが報告した。

エルコレ・ベネッリが通訳した——彼らイタリア海軍ダイバーチームはそびえ立つ城の真下の海中を捜索したが、何も発見できなかった。

「捜索を続けてくれ」リンカーン・ライムは言った。ライムとエルコレ、サックス、スピロ、そしてロッシは、赤みを帯びて無表情にそそり立つ城の陰、ファティマがベビーカーを海に落とした地点に集まっていた。皮肉なもので、何世紀も前に造られた城の出入口の大部分がバリアフリーだ。

ダイバーはうなずき、後ろ向きに桟橋を歩いていき——足ひれを着けていた——向きを変え、脚をまっすぐにそろえて海に飛びこんだ。ナポリ湾の海面に五つか六つ、泡がはじけている。真下に捜索チームが潜っているのだ。

左手から、女性の悲鳴のような声が聞こえた。六十歳くらいの肉付きのよい女性がサックスを指さし、激しい非難の言葉を浴びせかけた。

エルコレが通訳しようとしたが、ライムはさえぎった。「すぐ目の前で赤ん坊が溺れかけているのに、サックスはテロ攻撃の阻止(イン・ザ・ボールパーク)を優先して助けようとしなかったと怒っているのだろう。どうだ、的を射ているかね」

「野球場(ボールパーク)？」エルコレが眉をひそめた。

「当たっているかという意味だ」

「ええ、まあ、だいたいそんなところです、ライム警部。ただしあの女性は、犯罪者を止めることを優先したことについては何も言っていません。ひとことで言えば、あなたのパートナーを〝赤ん坊殺し〟呼ばわりしています」

ライムは低く笑った。「真相を話してやってくれ。それで黙るかどうかはわからんが」

エルコレが年配の女性に事情を説明した。かなり短く要約した説明——ベビーカーに乗っていたのは赤ん坊ではなく人形だった——ではあったが。

サックスは、ベビーカーに乗っているのはファティマとハーリドの娘ムナではないことを初めから知っていた。カポディキーノ難民一時収容センターに行ったとき、ファティマは姿を消したあとだったが、隣人に預けられてテントとテントのあいだの空き地にいるムナの姿を見ていたのだ。さらに、テント内に残されていた空き箱の一つは、印刷された絵から推測するに、大きな赤ん坊くらいのサイズの黒髪の人形が入っていたものだった。そのあと、ベビーカーにその人形が載せられているのをちらりと見ていた。

うまい小道具だ。ライムも感嘆するしかなかった。

興奮していた女性は黙りこみ、向きを変えて立ち去った。

ダンテ・スピロがやってきた。「電話は見つかったか」

「まだです」ロッシが答えた。「ダイバー五名が捜索中ですが、見つかっていません」

海軍のダイバーが海中で捜索しているものはそれだ。ファティマの新しい携帯電話のSIMカードを回収できれば、ジャンニの電話番号や、ローマの議会で審議中の移民受け入れ緩和法案をつぶすためにジャンニやイブラヒムを雇ったイタリア国内の移民排斥派の名前が判明するかもしれない。

しかしナポリ湾の海流には、捜査に協力する気がないようだった。

国家治安警察隊（カラビニエリ）の爆発物処理班は、ファティマ・ジャブリルの供述に基づいて爆破装置を発見し、撤去した。爆破装置は、ファッションショーの受付に近い場所、石の壁に囲まれた小さな空間の奥に仕掛けられていた。テロリストの観点から言えば、なんとも非効率な位置だった。頑丈な壁が爆風を受け止め、死傷者はほとんど出ないだろう。捜索犬が投入されて、ほかには爆破装置がないことが確認された。またファティマのバックパックを調べたところ、武器はなく、出てきたのは包帯や消毒薬などの医療用品ばかりだった。難民キャンプの身分証は、ファティマが看護師／介護士であることを示していた。

ファティマはすぐ近く――城のなかで救急隊の治療を受けていた。軽傷ですんだ。指の骨折が二箇所と真っ黒な痣一つだけだ。九ミリ弾は、携帯電話を粉砕したものの、出血するような傷は一つとして残さなかった。

サックスは、殺すために発砲したのではなかった。

劇的なやりかたで携帯電話を取り上げられたあと、ファティマは感情的になって泣き叫んだ。任務を完遂できなかったから、リビアにいる家族がイブラヒムに殺されると泣いた。

しかしサックスは、その心配はないと言って落ち着かせた。これはファティマが考えているような計画ではない。イブラヒムとジャンニはテロリストではなく、テロ攻撃を偽装するために金で雇われた傭兵だ。そう説明したうえで、ファティマを安心させるために――そしてファティマの協力を取りつけるために――スピロ検事が、リビア国内にいるイタリアの工作員に家族の警護をさせるだろうと約束した。

ファティマは即座に同意し、ジャンニについて知るかぎりのことを供述した。さほどの情報量ではなかったが、小麦色の肌をした無愛想な男で、いやな臭いのする煙草を吸っていたこと、髭はなく、豊かな巻き毛をしていたこと、体つきは運動選手のようにたくましかったことを話した。また、旅行することが多く、時間はあまり自由にならないようだったという。電話で話したときはたいがい旅先にいて、移動中のことも多かった。

ロッシの電話が鳴った。「シ、もしもし？」

よい知らせなのか、それとも悪い知らせなのか、やりとりからは判然としなかった。やがてロッシは胸ポケットからペンを取ってキャップを前歯ではさんではずし、手帳に何か書きつけた。

電話を切ったあと、みなのほうに向き直って言った。「ベアトリーチェからでした。起爆用の携帯電話から指紋を一つ検出したそうです。データベースと照合したところ、一致する登録データが見つかった。アルバニア人です――合法的にイタリアに在住しているアルバニア人」

「合法的に？」ライムは言った。「なのに指紋が登録されているのはなぜだ？」

「ミラノのマルペンサ空港に勤務するのに、身辺調査が必要だったから。燃料トラックや、飛行機を地上で動かす大型車両の整備士だそうです。空港職員はみな指紋を登録しています。アルバニアの犯罪組織とつながりがあるのではないかな。空港の職員なら、やろうと思えば税関を通らずに違法薬物を持ちこむこともできますから。どうやら爆薬も持ちこめるようですね」

サックスは目を細めて海を見つめていた。真剣なまなざしだった。狩りのモードに入っているときの目。そういうサックスを見ると、ライムはいつも嬉しくなる。

ライムは尋ねた。「サックス? 景色が気に入ったか」

サックスがつぶやくように言う。「マルペンサは、ミラノにあるもう一つの空港よね」

「そうだ」スピロがうなずく。

サックスが続ける。「ベアトリーチェは、ミラノの倉庫で採取した微細証拠から、重機の潤滑油が検出されたと言ってなかった? ジェット燃料もあった気がする」

「検出されていたな。しかし、ミラノの倉庫とコンポーザーは無関係のようだったから、それきり調べていないが」

サックスはスピロに向き直った。「イタリアでは、全市民が身分証を携帯してるんでしたね?」

「そうだ。法で定められている」

「顔写真付き?」

「顔写真付きだ」

「名前さえわかれば、その顔写真を検索できる?」

「あまりにありふれた名前でなければ可能だよ。平凡な名前であっても、正確な住所か、せめて居住している町がわかれば」

「そこまでありふれた名前ではないわ。検索した顔写真を私の携帯電話に送ってもらえますか。転送して見てもらいたい相手がいるの」

「わかった、手配しよう。顔写真を見せたいという人物は誰かね」

「〝秘密情報提供者〟ってフレーズ、わかります？」

「ほう、きみにも情報屋がいるというわけか」スピロは携帯電話を取り出した。

## 67

アメリア・サックスは、バリアフリー仕様のバンの後部座席にリンカーン・ライムと並んで座っていた。バンはナポリの高級住宅街の一つ、キアイア通りに駐まっていた。そこからはちょうど、ファティマが城にいるわけについてサックスに疑問を抱かせた原因の一つになった美しい公園が見下ろせた。母親が一人で子供を連れて散歩にいくなら、卵城ではなく、この公園のほうがはるかにふさわしいだろう。

ダンテ・スピロも同乗していた。イヤフォンを耳に入れ、ミケランジェロが指揮を執って展開中の戦術作戦の進捗に耳を澄ましている。

ダーティ・ハリエット。

ウィンドウの向こうにはナポリ湾の絶景が広がっている。右手に卵城。見た目はしごく穏やかなベスビオ火山は左手に見えていた。

せっかくの景色なのに、サックスは反対側のウィンドウから、ナポリ湾と比べるとかなり平凡な景色を見つめていた。そちら側には、古いが住み心地のよさそうな石造りの建物がある。壁は黄色に塗られていた。ペンシオーネ――こぢんまりとした朝食付きのホテルだ。なかなか高級感がある。おそらく宿泊代はかなり高額だろう。

「ここにいるのは確かなのね？」サックスは尋ねた。今回のテロ計画を立案した張本人、イブラヒムとジャンニを雇った人物のことだ。世論を移民排斥にかたむけ、移民や難民の苦境を救えるかもしれない法案の通過を阻止せんというそれだけの理由から、数十人の罪のない市民の殺害を企てた人物。

ナショナリズムという偽りの旗を翻して。

スピロは首を軽くかしげて警察無線のやりとりを有線のイヤフォンで聞いていたが、やがて言った。「シ、シ」それからサックスとライムに言った。「確かにここにいる」苦笑を浮かべた。「偵察の結果、武装はしていないという報告が上がっている」

「何を根拠に？　視認できたのか？」ライムが強い調子で訊いた。

ライムはこう考えているのだろうとサックスにはわかった。今回の謀略の黒幕の――スピロが使いそうな表現を借りるなら――アジトにサックスが踏みこむ前に、黒幕が銃を持っているか否か、確証を手に入れろ。

　サックス自身はそこまで心配していない。ベレッタがある。信頼の置ける銃だ。イタリアの食べ物、車、ファッション、そして銃。どれもすばらしい。世界最高だ。

　スピロが答えた。「ミケランジェロの話では、武装していないと断言していいだろうと偵察チームが報告してきている。ただし、そう断言できる状況はさほど長く続きそうにない。動くならいまのうちだ」

　サックスはライムをちらりと見た。ライムは言った。「避けうるかぎり銃をぶっ放すなと全員に徹底するんだ、サックス。重要な証拠物件だぞ。悪玉のボスだ」

　サックスとダンテ・スピロはバンを降りた。

　急ぎ足でペンシオーネの玄関前に向かう。ミケランジェロ率いるＳＣＯ隊員が四名、待機していた。大男のミケランジェロと違い、四人はさほど体格に恵まれていないが、装備のせいで大きく見えた。防弾ベスト、破壊(ブリーチング)ツール、ブーツ、ヘルメット。戦術チームが信頼して採用するＨ＆Ｋのサブマシンガンのストラップを肩からはずし、いつでも発砲できる状態でかまえている。

　スピロの合図を受けて、ＳＣＯ隊員がペンシオーネの玄関からなかに入り、可能なかぎり静かに階段を上って二階に向かった。

　廊下は薄暗く、むっとして暑かった。客室にはエアコンがあるのだろうが、廊下にはない。イタリアの古い風景を描いた絵画がところどころに飾られていた。ほとんどは、煙をたなびかせた火山が背景にそびえるナポリの風景だ。しかし一枚だけ、噴火中のベスビオ火山を描いたものがあった。トーガをまとった市民が恐怖に逃げ惑っている。一匹だけいる小型犬は笑っているような顔をしていた。どの絵画も壁の上でかたむいていた。

いったん停止し、外のバンにいる偵察チームからの最終報告を受けたあと、ミケランジェロがハンドシグナルで二手に分かれろと隊員に指示した。一人が腰を落とし、のぞき穴の下を通ってドアの反対側に行き、向きを変えた。それ以外の隊員はドアの手前側に残った。サックスとスピロは三メートルほど手前で立ち止まった。あの音は何だろう――サックスは内心でいぶかった。

ぎし、ぎし、ぎし……

ステファンなら、きっと即座に言い当てるだろう。

次に聞こえたのは、うめき声だった。

ああ、そうか。カップルがセックスをしているのだ。

室内の人物は武装していないと偵察チームが音だけで判断した根拠はそれだ。そばに銃を置いているかもしれないが、二人のうち一方でも銃を隠して身につけているとは考えにくい。

ミケランジェロのイヤフォンに何か報告が届いた。首をかしげたのを見て、サックスにもそうわかった。ミケランジェロはこちらに戻ってきて、イタリア語でスピロに何か言った。スピロがサックスに英語で伝えた。「別働隊がもう一人のターゲットの背後で位置に着いた。この通りの少し先に駐めた車のなかにいる。我々の突入と同時に向こうも動く」

室内の行為の気配が少しずつ激しくなっていく。うめき声が頻繁に聞こえ始めた。ミケランジェロがスピロに何かささやき、スピロがふたたびサックスに通訳した。「あともう少し待つべきかどうかと言っている。その、ほら、せめて……」

サックスは小声で答えた。「待つことはないわ」

ミケランジェロがにやりとし、隊員たちのところに戻った。ドアを指さしたあと、手で空（くう）を切るようなしぐさをした。聖体を授ける聖職者のような手つきだった。

瞬時に全員が動いた。一人は破壊槌を持ち上げ、ドアノブのそばに叩きつけた。薄っぺらな木のドアはその一撃であっけなく破れた。その隊員は後退して破壊槌を床に下ろし、肩にかけていたマシンガンのストラップをはずした。そのときにはもう、ほかの隊員が室内に飛びこみ、マシンガンの銃口をすばやく左右に向けていた。サックスは入口へと急いだ。スピロが後に続く。

古風な趣のある客室の真ん中に置かれたベッドで、せいぜい十八歳か十九歳にしか見えない黒髪のイタリア人女性が金切り声を上げ、シーツや毛布を必死に引っ張って裸体を隠そうとしていた。ベッドで一緒にいた男と奪い合いになっている。どうやら女性に軍配が上がりそうな状勢だった。

なかなか笑える光景だった。

「さあ（アッローラ）！」スピロの声が轟いた。「もういい！　シーツを離せ！　床に立って両手を挙げろ。ほら、こっちを向いて立て」続けて女性に向かってイタリア語を発した。同じ指示を繰り返したようだった。

少年っぽさを残した顔を真っ赤に染め、髪を乱して、マイク・ヒル——先日、サックスをミラノに送り届けたプライベートジェットを所有するアメリカ人実業家——は、スピロの指示に従った。ミケランジェロの銃にちらりと視線をやり、次にサックスを見て、これ見よがしの状態にある股間を隠すより、手を挙げておいたほうが身のためだと判断したらしい。一緒にいた女性も同じようにした。

ＳＣＯ隊員の一人が二人の衣類を調べた。「武器はありません（ネッスン・アルマ）」

スピロはうなずき、ＳＣＯ隊員がカップルに衣類を渡した。

服を着ながら、ヒルが吐き捨てるように言った。「弁護士を呼んでくれ。いますぐ。少なくとも英語が話せる弁護士にしてくれよ」

## 68

容疑者はそろって刑務所にいる。
ナポリ刑務所（イル・カルチェレ・ディ・ナポリ）。

マイケル・ヒルは監房で〝凄腕〟弁護士が来るのを待っている。ヒルに言わせれば、自分を逮捕した者たちに刑法の何たるかをよくよく教えてくれるはずだ。

ライムとサックスは国家警察ナポリ本部（クエストゥーラ）の捜査司令室にいる。捜査司令室にはさまざまな方面から最新情報が次々と届いていた。

マイク・ヒルの妻が刑務所に到着したとき、ペンシオーネでヒルといた娼婦がちょうど釈放されるところだった。十代の少女は厳重注意を受けた。スピロによれば「ヒルの配偶者の表情は、私の見たところ、レース中に起きたクラッシュを観客席で目撃したファンのそれに似ていた。青ざめてはいるが、その陰に歓喜が隠されているとでも言おうか。思うに、離婚の慰謝料は目の玉が飛び出る（インプレッシオナンテ）額になるだろう」

〝ジャンニ〟は、マイク・ヒルの運転手、ルイージ・プロコピオではないかというサックスの推理が的中し、マイク・ヒルの逮捕からまもなく、プロコピオも逮捕された。

プロコピオが容疑者リストのトップに浮上したきっかけは、少し前、ファティマの逮捕後に、ナポリ湾をじっと見つめていたサックスの脳裏に蘇った記憶の数々だった。

ベアトリーチェの分析により、ミラノの倉庫で採取された微細証拠から火山灰土が検出されていた。つまり、ナポリにいた何者かがつい最近、その倉庫に行ったことになる。ほかにも、屋外で使用する重機に使う潤滑剤が見つかっている。爆薬を調達したアルバニア人は、マルペンサ空港でそういった機器を扱うメカニックとして働いている。そのアルバニア人はおそらく、ナポリから来た人物と倉庫で会い、爆薬を渡したのだろう。マルペンサとナポリの両方につながりのある人物は誰か。マイク・ヒルだ。ヒルは空港からミラノに向かう道路は渋滞しやすいと知っていた。つまり以前にも空港に行ったことがあるのだ。プライベートジェット専用の滑走路なら、税関や警備の目の届かないところで爆薬の受け渡しが可能だ。

　ヒル自身が爆薬の取引に関わってはいないだろうし、アルバニアの密輸業者に代金を支払うといったこともしていないだろう。しかし、運転手は別だ。ルイージは喫煙者で、髭を生やしておらず、黒い髪を長めに伸ばし、浅黒い肌をしている。しかも、ファティマの供述にあるとおり、職業柄、車であちこちに移動していることが多い。

　マイク・ヒルが総領事のマスグレーヴに電話をかけ、自分が所有するプライベートジェットが北に向かうことを話し、よければサックスをミラノに送り届けようと申し出たのは果たして偶然だったのか。むろん違う。ヒルとジャンニ、そしてイブラヒムは、ライムとサックスがナポリに来ていることを知っていただろうし、おそらく電話かホテルの部屋に盗聴器を仕掛けていて、ミラノに手がかりが見つかったことも知っていただろう。捜査の進捗を気にしていたヒルは、すぐに総領事に連絡し、自分の飛行機がいつでも離陸できる状態で待機していることを伝えた……捜査員の行動を監視するために。

確信があったわけではない。それでも、掘り下げてみる価値のある仮説であることは間違いない。

　そこでサックスは、ルイージの顔写真を〝秘密の情報源〟アルベルト・アッレグロ・プロンティ——ミラノで知り合ったホームレス、すでに存在しない共産党のドン・キホーテたる男——に送った。プロンティは、エルコレの通訳を介して、自分を倉庫から追い出した男はルイージ・プロコピオと同一人物だと証言した。

　エルコレはプロンティの返事を聞いて微笑んだ。そしてサックスに言った。「アルベルトはこう言ってます。〝俺の猫を蹴った野郎は刑務所に行くってことだな〟」エルコレは電話に向き直って言った。「シ、かならず（チェルタメンテ）」

　ミケランジェロ指揮下の別働隊はペンシオーネ裏の駐車場で、ルイージを取り押さえた。ルイージはそこに車を駐め、煙草を吸い、携帯メールを打ちながら、ボスと地元のコールガールとの情事が終わるのを待っていた。

　ダンテ・スピロはプロコピオの逮捕をとりわけ喜んだ。テロ事件をでっち上げ、その罪を難民に押しつけるというヒルの策略に加担していたからというだけでなく、ンドランゲタの国外メンバーの一人だからだ。スピロの説明によると、〝ナポリ遊撃隊〟のダニエラ・カントンは組織犯罪を専門にしており、数日前、ンドランゲタの工作員がナポリで暗躍しているという情報をつかんでいたのだという。だが、それきり続報はなかった。振り返れば、その情報の出どころは明らかだ。

　マイク・ヒルの関与が判明したことにより、事件の焦点は一変した。偽のテロ計画の首謀者は、イタリア人政治家や、ヌオーヴォ・ナツィオナリズモのような右派政党のメンバーではなく、アメリカ人だったのだから。

マイク・ヒルの動機は、捜査チームが推測したとおりのものだった——ただし、テロ事件を起こしてイタリアの移民政策の転換を阻むためではない。キャンディの袋に毒入りの粒がまぎれているように、移民にテロリストがまぎれているという〝証拠〟を示し、アメリカ国内の世論を揺さぶって、移民受け入れ条件を緩和する法案に反対する勢力を議会内で拡大することだ。

ヒルはたまたまナポリに来ていたのではない。今回の計画を自ら指揮して成功に導くためだった。首謀者はヒル一人なのかという問題はまだ残っている。携帯電話の履歴を調べたところ、テキサス州選出の上院議員ハーバート・ステーションとメールをやりとりしていたことが判明した。ステーションは移民受け入れ条件の緩和に断固反対の立場を取る国家主義者だ。メールの内容はたわいないものだった——たわいなさすぎるとサックスは考えた。「この議員は絶対にクロよ」サックスは言った。「メールは暗号に決まってる。だって、国外にいるときにふつう、テキサス州オースティンで一番おいしいポテトサラダはどこの店か、なんてメールを送る？　朝の三時に、テキサス大学とアーカンソー大学の次の対戦はいつか、なんてメールはしないでしょ？」

時間——と物的証拠——がいつか真実を明らかにするだろう。

スピロが部屋に入ってきた。片手に葉巻を、もう一方には執筆中のルイス・ラムーアばりの西部小説を持っていた。

「我らが友人たちのことだがね」スピロは言った。シャーロット・マッケンジーとステファン・マークのことだ。

ジャンニとマイク・ヒルを逮捕したいま、コンポーザー事件は起訴を待つだけとなっていた。マッケンジー——と陰の政府機関ＡＩＳ——がマイク・ヒルに手玉に取られていたとしても、それは関係ない。誘拐は犯罪だ。

虚偽を申し立てて他人を罪に陥れる行為も。

**アマンダ・ノックスの事件を見ればわかるとおり……**

マッケンジーとステファンも留置場のそれぞれの監房にいる。

マッシモ・ロッシが現れた。「やあ、おそろいで。アメリカではみなさん（ヨオール）と言うんでしょう」

「私は言わんな」ライムは言った（y'allは主にアメリカ南部で使われる）。

ロッシは続けた。「ファティマの取り調べをしました。いまは下の留置房にいます。ファティマについては容疑が複雑ですね。テロ行為と殺人未遂の容疑がかけられている。しかもそのいずれについても明らかに有罪です。しかし、情状酌量の余地はいくらでもありそうだ。死傷者を出さずにすむ場所を選んで爆弾を仕掛けているし、難民キャンプの診療所で無償奉仕していたのも、万が一、爆発で怪我人が出た場合に備えて包帯や何かの医療用品を手に入れるためだった。バックパックに入っていましたよね。それにシニョール・ヒルやルイージ・プロコピオの捜査に協力し、イブラヒム、またの名をハッサン——本名はあいかわらずわかりませんが——に関する情報も提供している。アリ・マジークやマレク・ダディと同様、リビアに残してきた家族を殺すぞとイブラヒムに脅されて、今回の犯行に同意している。ファティマとマジークの裁判では、そういった事情が重要な意味を持ちそうです」

ロッシはライムのほうを向いた。「念のために説明を加えておくと、イタリアの司法制度は——何と言うのかな？（コメ・シ・ディーチェ）——全体論的なアプローチが採用されています。裁判官や陪審は、さまざまな事柄を考慮に入れます——量刑の判断に際してだけでなく、そもそも有罪無罪を判断する時点から」ロッシはさらに続けた。「一つ残っていた問題も解決しましたよ。ガリー・ソームズは釈放され、ナターリア・ガレッリはフリーダ・Sに対する暴行罪で正式に起訴されました」指先で口髭をなでる。「いやはや、ナターリアには驚きましたよ。正式に起訴されると知らされて最初に発した質問は、刑務所内ではどのブランドの基礎化粧品が販売されているのか、化粧台と鏡のある監房に入れてもらえないか、でしたから」

エルコレ・ベネッリが入口に現れた。ライムはその顔を一目見て、トラブルが発生したらしいと察した。

「あの」

ロッシとスピロが同時に振り返ったが、エルコレが意図した相手はロッシだった。

「シ、エルコレ？」

「たったいま……妙なことがわかりました。その、やっかいなことです」

「何だ？」

「警部のご指示のとおり、証拠物件を保管室に預けにいきました。ファティマとマイク・ヒル、卵城の事件に関して、科学警察やサックス刑事と僕が集めた証拠物件を全部まとめて──Ｃ４爆薬だけは軍の爆発物処理施設にありますけど。保管室で、ステファン・マークとシャーロット・マッケンジーの事件の証拠と一緒に保管してくれるように頼んだんです」

「適切な判断だな」ロッシが言った。「全部の事件が関連しているわけだから」

「ところが、保管室の管理官は、ステファンやシャーロットの事件の記録はないと言うんです。証拠物件を預かった記録がないと」

「記録がない？」ロッシが訊き返す。「だが、きみは預けたんだろう？」

「はい、ロッシ警部。預けました。ご指示のとおりに。バス停、難民キャンプ、送水路や地下貯水槽、肥料製造施設近くの農家、ナポリの廃工場……全部の現場の分です！何もかも！この司令室から保管庫にまっすぐ持っていきました。管理官は二度調べてくれました。僕が頼んだので、三度目も」エルコレはいまにも泣きそうな目をロッシから、スピロに移し、最後にライムをじっと見つめた。「コンポーザー事件の証拠が──一つ残らず消えました」

# 69

マッシモ・ロッシはファイバーボードのテーブルに置かれた内線電話にまっすぐ歩み寄り、三桁の番号を押して電話をかけた。まもなくうつむいて言った。「ロッシだ(ソーノ・ロッシ)。コンポーザー事件(イル・カーソ・デル・コンポジトーレ)のことだが? ステファン・マーク・エ・シャーロット・マッケンジー。何があった(クアル・エ・イル・プロブレーマ)?」

相手の返答に聴き入るロッシの顔は、しだいに曇っていった。やがてエルコレのほうを向いた。「受領証はあるか(アイ・ラ・リチェヴータ)?」

エルコレは英語で言った。「受領証? 証拠物件のですか?」

「シ。保管室に預けたことを証明する書類だ」

エルコレの顔が真っ赤に染まった。「いまの分はもらいましたけど。いま預けた証拠物件の分です。でも、前回は——いいえ、証拠物件保管室の受付デスクに置いてきました。奥に人がいました。誰だかわかりませんが。その人に声をかけて、ここに証拠物件を置きますと言って、書類に記入して——帰ってきました」

ロッシがエルコレを見つめてささやいた。「受領証はないのか(ネッスーナ・リチェヴータ)?」

「その……ないです。申し訳ありません。知りませんでした」

　ロッシは目を閉じた。

　科学捜査官であるライムにとって、警察官が証拠物件をいいかげんに扱うことほど重い罪はない。紛失するなどもってのほかだ。

　ロッシはいっそう険しい表情で電話の相手に何か言った。相手の返答にじっと耳を澄ます。「グラツィエ。チャオ、チャオ」受話器を置き、床の一点を見つめる。とても信じられないといった顔をしていた。「ない」つぶやくように言う。「消えた」

　ライムは鋭い調子で言った。「なぜだ」

「わかりません。こんなことは初めてです」

　サックスが訊く。「監視カメラは？」

「証拠保管室内にはありません。関係者しか出入りしませんから。監視の必要がない」

　スピロはいぶかしげな顔をした。「シャーロット・マッケンジーか？」

　ロッシは少し考えてから言った。「エルコレ、きみは私の指示を受けてすぐに証拠を預けにいったんだな」

「はい、まっすぐ行きました、ロッシ警部」

「そのときにはシャーロットは留置場にいた。ステファンも。あの二人には無理でしょう。シャーロットの作戦に関わっていたほかの人物——ほかにもいるとして——が盗んだのかもしれませんね。クエストゥーラから何か盗む……カモッラでもさすがにそんな大それたことはしない。しかし、アメリカの諜報組織なら……？」そう言って肩をすくめた。

ライムは言った。「証拠なしではどうにもならんぞ。取り返さなくては」証拠物件がなければ、マッケンジーとステファンの裁判を証言と自白だけで進めるしかなくなる。マッケンジーは代替諜報(オルタナティヴ・インテリジェンス)サービスやナポリでの作戦について話した内容をすべて否定するに決まっている。ステファンにしても、〝ミューズ〟に反論しようなど考えもしないだろう。

エルコレがしどろもどろになりながら言った。「ロッシ警部……申し訳ありません。僕は……」その声は弱々しく消え、重い沈黙だけが残った。

ロッシは窓の外をじっと見つめていた。やがて振り返って言った。「エルコレ、言いにくいことだが、これは大問題だ。深刻な問題だよ。私の責任だ。経験が浅いことを知っていながらきみに指示したのは私なのだから」

エルコレは細長い顔を真っ赤にして唇を噛んでいた。警部自身に責任があると穏やかに認められるより、容赦ない言葉でなじられたほうがエルコレとしては気楽だったろう。

「きみは今日をもって森林警備隊に戻るのが一番だろうと思う。今回のことはローマの国家警察本部に報告しておく。それを受けて調査があるだろう。きみも事情聴取を受けることになる」

いまこの瞬間のエルコレは、三十歳という実際の年齢よりずっと幼く見えた。一つうなずき、床に目を落とす。今回のことはエルコレ一人の責任ではないだろう。しかし、ロッシが証拠物件について〝預け入れの手続きを頼む〟と言ったことをライムは覚えている。証拠物件の管理者が代わるのだから、書類上の手続きが発生すると解釈するのが自然だ。

この捜査が転機となって、国家警察入局への道が開けるのでは──エルコレがそう期待していたことは、ライムも知っていた。

このできごと一つで、その希望はおそらくついえた。

スピロが言った。「エルコレ。マイク・ヒルとジャンニに関する証拠。その分の受領証は？」

差し出された受領証をスピロは受け取った。

エルコレは全員の顔を順に見つめた。「みなさんとご一緒できて光栄でした。たくさんのことを学びました」

内心でこう付け足しているのが聞こえるようだった──でも、僕の努力が足りなかったようです。

サックスはエルコレを抱き締めた。エルコレはライムと握手を交わし、最後にもう一度だけ証拠物件一覧表を見やってから、出ていった。

ロッシはその後ろ姿を目で追った。「残念だ。優秀な若者なのに。自分の頭で考えて動くことができる。私がもっと目を配ってやるべきだった。しかし、誰もが刑事に向いているわけではない。森林警備隊にこそ活躍の場がありそうだ。きっと性に合っているのだろうし」

森のおまわり……

ロッシはつぶやくように続けた。「マンマミーア。証拠物件（ラ・プローヴァ）が……」スピロに向き直る。「この件はどうなるでしょうね、ダンテ？」

スピロは一瞬、ロッシを見つめてから言った。「証拠がなくてはシニョリーナ・マッケンジーとステファンを起訴できない。釈放するしかないだろう」

ロッシはライムに向き直った。「マイク・ヒルとプロコピオは起訴できます。少なくともヒルの引き渡しを求めるおつもりでしょうな。アメリカで裁判にかけるために。しかし、それを認めるわけにはいかない。ローマの本部は——私も——ヒルと共犯者をイタリアの法廷で裁くつもりです。あなたには申し訳ないが、リンカーン。ほかにやりようがない。オオカミおっぱい村の弁護士を雇いますか？」

友情で結ばれた者たちは、この瞬間、ふたたび敵同士に戻った。

「ほかに選択肢がないな、ダンテ」

スピロは悲しげな表情をし、葉巻を鼻先に持ち上げて香りを確かめた。「知っていたかね。かの有名なローマ帝国第二代皇帝ティベリウスは、いま我々がいるここからほど近い場所に贅沢な別荘をかまえていた。おそらく代々皇帝の誰より剣闘士試合を好んだ」

「ほう、そうなのか」

「ティベリウス帝は、試合開始を宣言するにあたり、剣闘士と観客に向けてこんな意味合いのことを言ったそうだ――〝犯罪者をめぐる闘いをいざ始めよ〟」

## 70

「私たちを信じないのね」

シャーロット・マッケンジーは国家警察ナポリ本部前でリンカーン・ライムとアメリア・サックスに言った。ステファンもマッケンジーの隣にいた。

FBIローマ支局の捜査官二名が黒いSUVのかたわらに控えている。男性と女性で、いずれもこの暑さのなかでは苦痛でしかなさそうなダークスーツを着こんでいた。ナポリは熱波に包まれている。まるでベスビオ火山が目を覚まして吐き出した熱気がカンパニア州全土を覆い尽くしているとでもいうようだ。

ライムも汗みずくになっていたが、快いものであれ不快なものであれ、大部分の刺激を感じない。ときおりこめかみがこそばゆくなったが、つねにすぐそばに張りついているトムがすかさず汗の粒を拭っていた。

そしてしつこいほど繰り返した。「そろそろ日陰に入りましょう」トムは脅すような声で言う。極端な暑さ寒さはライムの体に悪影響を及ぼす。

「わかった、わかった、わかった」

サックスがシャーロット・マッケンジーに訊き返した。「あなたたちを信じる？」

「信じないね」ライムはぶっきらぼうに答えた。証拠は何一つないとはいえ、ライムは、ＡＩＳの工作チームが国家警察（クエストゥーラ）ナポリ本部の証拠物件保管室に忍びこみ、証拠物件を盗み出して処分したのだろうと考えていた。「しかし、私たちが決定したことではない。きみの帰国便の手配をしたのはワシントンだ。政府専用機でローマに飛び、そこからワシントンＤＣに飛ぶ。空港でＦＢＩ捜査官が出迎える。ステファンはそのまま病院に向かう。きみは……所属先の謎めいた機関の本部に戻る」

「ダレス国際空港の駐車場で降ろしてもらうのでかまわないのに」

「きみの今後の住まいがどこになるかは、連邦検事局とニューヨーク地方検事局しだいだ」

とはいえ、マッケンジーがロバート・エリス誘拐事件で起訴されることはないだろう。そもそもあれは事件でも何でもないのだから。

ステファンは喧噪にあふれたナポリの街を眺めている。心は完全にどこか別の場所に漂っていて、ときおり首を上下に振ったり、唇をかすかに動かしたりしていた。ステファンの耳にはどんな音が聞こえているのだろう。それは、たとえばアートの愛好家が絵画をうっとりと見つめるようなものなのだろうか。もしそうだとしたら、その目が見ているのは、絵の具をまき散らしたようなジャクソン・ポロックの抽象画なのか、それとも隅々まで計算が行き届いたモネの風景画か。

ある人にとっての子守歌が、別人の耳には金切り声（スクリーム）でしかないこともある。

〝ナポリ遊撃隊〟のパトロールカーがすぐ前に停まり、制服警官がトランクを開けてスーツケースやバックパックを下ろした。マッケンジーとステファンの所持品だ――マッケンジーが借りていた家、肥料製造工場そばの農家にあったものだろう。

「僕のパソコンは？」ステファンが訊いた。

制服警官がまずまずの英語で答えた。「証拠の保管室から盗まれたなかに含まれていました。行方不明です」

ライムはマッケンジーの目の表情を観察した。自分たちの有罪を裏づける証拠が盗まれたことに関していっさいの反応を示さなかった。

ステファンが顔をしかめた。「音声ファイル。イタリアで集めた音。あきらめろってこと？」

マッケンジーがステファンの腕にそっと手を置いた。「全部バックアップを取ってあるでしょう、ステファン。忘れた？」

「リリーのバックアップはないよ。墓地で録（と）った音。こつ、こつ、こつ……」

「そうね、残念ね」マッケンジーは言った。

制服警官が言った。「では、さようなら（アリヴェデルチ）」親しみさえ感じさせる声だった。それから車に戻って走り去った。

　意識がいまこの場に引き戻されたらしく、ステファンはライムに歩み寄った。「あなたのことを考えてたよ、警部。ゆうべ」

「ほう？」

　ステファンは微笑んだ。純粋な好奇心が顔に表れていた。「体に障害がある分——歩けなくなった分、音がよく聞こえるようになったと思う？　相殺されるみたいな感じで」

　ライムは答えた。「そのことなら、私も考えたことがあるよ。それを証明する実験が行なわれたという話は聞いたことがないが、ここだけの話、たしかに聴覚が鋭くなったように思う。自宅のタウンハウスに客が来ると、足音だけで誰なのかすぐにわかる。過去に聞いたことのある足音ならね。聞いたことがなくても、足音の間隔から、どの程度の身長かはわかる」

「足音の間隔か、そうだね。それはとても重要だ。あとは靴底の素材、その人物の体重も推測できる」

「そこまでは私には無理だな」ライムは言った。

「練習あるのみだよ」ステファンは内気な笑みを見せた。それからＳＵＶに乗りこみ、シートの奥へ体をずらした。

続いて乗りこもうとしたマッケンジーがふとライムのほうを振り返った。「私たちは善いことをしているの。人の命を救っているのよ。しかも人道的なやりかたで」

ライムには何の意味も持たない発言だった。

だから何も答えなかった。ドアが閉まり、ＳＵＶは静かに走り出した。シャーロット・マッケンジーは劇場型スパイ活動の世界に帰り、ステファンは新しい病院に行く。

そこで天球の音楽にハーモニーを見いだすことができるようにとライムは願った。

それから、トムやサックスに言った。「おっと、真向かいを見てみろ。我らがコ、、、ヒ、ーショップだ。それは何を意味する？　グラッパの時間だ」

71

その日の午後六時、リンカーン・ライムは宿泊先のグランド・オテル・ディ・ナポリのスイートルームにいた。

携帯電話が鳴った。少し迷ってから、応答した。

ダンテ・スピロからだった。剣闘士試合について——犯罪者引き渡しの申し立てについて、一時間後に集まって話し合おうという提案だった。

ライムは同意した。スピロが集合場所の番地を告げた。

トムがバンを用意し、ナビを起動した。まもなく三人を乗せた車はナポリ郊外の田園地帯を快調に飛ばしていた。偶然にもその道筋は、不規則な形に広がるカポディキーノ難民一時収容センター前を通った。夕暮れ時に見ると、中世の大きな村のような雰囲気を漂わせている。ナポリがまだ独立した王国だった十四世紀のまま、いまも存在しているかのように（王国うんぬんは、森林警備隊員でありツアーガイドでもあるエルコレ・ベネッリが、歴史愛好家らしく目を輝かせて披露した郷土史の断章だ）。いにしえの時代との唯一の違いは、おそらく、いまちらちらとまたたいている光は、煙をたなびかせながら揺らめく炎ではなく、年々小型化していく掌サイズの画面だということだろう。難民たちは携帯電話を使い、友人や家族、仕事が増えすぎて疲労しきった弁護士、あるいは世界にメールを送り、電話をかけている。いや、チュニジアやリビア……ひょっとしたらイタリアのサッカー中継を見ているのかもしれない。

スピロが今夜の話し合いの場に指定したのは、ホテルの会議室ではなかった。スピロが所有する別宅でもない。郊外の素朴なレストランだった。古い建物ではあるが、車椅子でも出入りしやすい設備が整っていた。オーナーとその妻は、いずれも四十代と見え、ずんぐりした体つきと底抜けに明るい人柄をしていて、アメリカの有名人をもてなすことができて光栄だと言った。映画俳優やプロスポーツ選手のような〝Aリスト〟ではなく、たかだか〝Bリスト〟の有名人だが、夫妻の喜びようは変わらなかった。

ライムが登場する本のイタリア語版を、夫のほうがおずおずと差し出した。〝ボーン・コレクター事件〟と呼ばれる連続殺人事件の顚末を描いたものだ。

あの誇張に誇張を重ねたつまらん本に？

「ライム」サックスが耳もとで叱りつけるようにささやいた。ライムの表情に気づいたのだろう。

「喜んで」ライムは熱をこめて応じると、世に言うサインというものをした。手術で動かせるようになった手が綴る文字は、事故前、生まれついたままの手が書いたそれよりよほど流麗だった。

スピロ、サックスとライムはさっそくテーブルについた。そばに大きな石造りの暖炉があるが、火は入っていない。三人のうち一人だけ料理ができるトムは、オーナー夫妻に誘われて厨房を見学した。厨房はバリアフリーではなかった。

ウェイトレスが挨拶に来た。若くはつらつとした女性で、漆黒の髪は流れ落ちる水のように艶やかだ。スピロがワインを選ぶ。スピロとライムには、豊かな味わいのあるタウラージの赤ワイン。白ワインを好むサックスには、グレコ・ディ・トゥーフォ。

ワインが運ばれてくると、スピロがいくぶん不吉な声で乾杯の音頭を取った。「真実に。そして、真実を掘り起こす職業に」

三人はワインを味わった。うまい。この赤ワインの名前を覚えて帰るようトムに伝えなくては。

スピロは葉巻に火をつけた。法律違反ではあるが、ダンテ・スピロに文句をいう者はいない。「さて、今夜の会合の段取りを説明しておこうか。まずは犯罪人引き渡しの件に決着をつけよう。それでもまだ友人でいられそうなら、そのあと食事を楽しむ。もうじき私の妻も来ることになっている。もう一人のゲストも。料理は、きっと楽しんでもらえることと思うよ。このレストランは独特でね。魚介を除く食材をすべて自分たちで栽培している。魚介についても、オーナーの息子たちが釣ってきたものだ。完全な自給自足というわけだよ。ワインも、所有しているぶどう園のぶどうを使っている。一皿目はサラミとプロシュートだ。二皿目は、パッケリというショートパスタを頼んである。デュラム粉で作る。強力粉だ。これがうまい」

「カンパニア州産のモッツァレラチーズが最高においしいのと同じね」サックスは皮肉がまじった、しかし心からの笑みをスピロに向けた。

「よく言ってくれた、サックス刑事。ここのモッツァレラチーズが最高にうまいようにだ。イタリア一うまい。パスタに合わせるソースは、むろんラグーだよ。その次はスズキのグリル。オイルとローズマリーとレモンだけでグリルした料理だ。付け合わせはズッキーニのフライ。ビネガーとミントを添える。最後に、インカップッチャータのサラダ。地元産レタスでね、これがまた天にも昇るほどうまい。ドルチェは、もちろん、スフォリアテッレ。ナポリ発祥の貝殻の形をしたペストリーだ」

「私はデザートは遠慮する」ライムは言った。「その代わりに、できればグラッパをもらいたい」

「グラッパはぜひとも味わってもらわなくてはな。〝できれば〟ではなく。しかもここの店のグラッパはすばらしくうまい。ディスティッラートも試してみようか。ワインのブランデーのような酒だ。この店には私の気に入っている銘柄、カポヴィッラがある。北部のヴェネト州産。とびきり上等のディスティッラートだ。だが、それは食事をゆっくり楽しんだあと、落ち着いてからだ」

スピロが合図をし、ウェイトレスがワインのおかわりを注いだ。

サックスは警戒の目をスピロに向けた。

スピロが笑った。「いやいや、きみたちを酔ってやろうという魂胆ではないよ」

「〝酔わせてやる〟ね」サックスが英語の間違いを直した。

スピロが言った。「おっと、執筆中の西部小説でも間違った言い回しを使ってしまった。直しておかないとな」その場で携帯電話を使ってメモを取った。電話をしまい、テーブルの上に両手を平らに置いた。「さて、どうやら私たちは、ふたたび敵味方に分かれてしまったようだ」

ライムが言った。「法的な問題の交渉に関して、私に発言権はない。一民間人にすぎないからね。捜査顧問だ。私のサックスは警察官だ。ニューヨークのしかるべき機関を説得するのはサックスだ。もちろん、FBIローマ支局にも言い分はあるだろう。アメリカの連邦検事局にも」

「なるほど、法曹界の錚々（そうそう）たる顔ぶれが私の相手というわけだな。まずは私の立場を説明させてくれ」スピロは黒い目を細め、射るような視線を二人に向けた。

　ライムはサックスを横目で見た。サックスがうなずく。ライムは言った。「この勝負は、きみに譲る」

　スピロが目をしばたたく。初めて会って以来、スピロの驚いた顔は、まだほんの数度しか見たことがない。

「こちらの立場を説明するなら――マイク・ヒルのアメリカ合衆国への引き渡しを要求しないよう勧告する予定でいる」

　サックスが肩をすくめた。「マイク・ヒルは差し上げますってこと」

　スピロは葉巻を大きく吸い、天井に向けて煙を吐き出した。黙っている。表情に変化はなかった。

　ライムは言った。「法的な観点から言えば、マイク・ヒルはたしかにアメリカの法を犯した。しかし誘拐事件の被害者はアメリカ市民ではない。それに、そう、マイク・ヒルはアメリカの諜報機関を欺（あざむ）いたが、きみも知ってのとおり、ＡＩＳはそもそも存在しない。シャーロット・マッケンジーが供述したことはすべて仮定の話だ。その件で起訴するのはまず不可能だろう」

　サックスが続ける。「アメリカの司法省が絶対に引き渡しを要求しないとは言い切れない。でも私は、要求すべきではないという勧告をするつもりでいます」

スピロが言った。「きみの発言は、アメリカで相当の重みを持つのだろうね、サックス刑事」

そのとおりだ。

「そういうことなら（アッローラ）。ありがとう、ライム警部、サックス刑事。マイク・ヒルという男の行為は、唾棄（だき）すべきものだ。ふさわしい裁きを受けさせたい」スピロはにやりとした。

「陳腐なせりふ（クリシェ）だったな」

「まあな。しかし、決まり文句（クリシェ）というものは、使いこんで体になじんだ靴やセーターのようなものだ。必要に応じて出してくると、なかなかいい仕事をする」ライムはスピロを見てワイングラスを掲げた。それからまじめな顔に戻って言った。「しかしダンテ、この件は一筋縄ではいかないだろうね。今回のテロ計画についてヒルとジャンニ——プロコピオか——を起訴したところで、証人がいない。被害者の記憶は混乱している。シャーロットとステファンはイタリア国内にいない。引き渡しは要求しないほうがいいと考えたのは、要求すれば話がなおもややこしくなるだけだからだ。こうなったらいっそ——」

「爆薬の密輸に限定して起訴するのが得策だろう」スピロがさえぎった。

「そうだ」

「そうするしかないだろうと私も考えていた。空港のアルバニア人整備士の証言は得られる。Ｃ４爆薬もある。ファティマ・ジャブリルも、計画のその側面については証言できる。ヒルと共犯者にはふさわしい量刑が言い渡されるだろう」ワイングラスを軽くかたむける。「ふさわしい裁きが下るわけだ。それでよしとすべき場合もある。それで充分という場合もある」

その方針は、コンポーザーの今後の運命とも一致する。〝匿名の情報筋〟（シャーロット・マッケンジーやAISの同僚）の話として、連続殺人犯はイタリアから出国し、それきり行方知れずになったとの報道がまもなくなされることだろう。同じ情報筋はさらに、イタリア警察の捜査に追い詰められたコンポーザーは、逮捕は時間の問題と察していたはずだと述べる。イタリアからの逃走先として、たとえば、ロンドン、スペイン、ブラジルなどが挙げられる。もしかしたらアメリカに帰国したかもしれない。

トムが袋を抱えてダイニングエリアに戻ってきた。「パスタ、チーズ、スパイスをいただきました。シェフがどうしてもとおっしゃるので」そう説明しながらテーブルにつき、白ワインを頼んだ。ライムの頼みで、赤白両方のボトルの写真も撮った。

そのとき、レストランの戸口に人影が現れた。意外なことに、エルコレ・ベネッリが入ってきた。

ひととおり挨拶が交わされた。

「来たな、ハ、ー、キ、ュ、リ、ー、ズ」スピロが〝ヘルクレス〟を英語読みして言った。「十二の仕事を命じられた男」

「どうも、スピロ検事」

スピロは座るよう身ぶりで伝え、ウェイトレスの視線をとらえた。

エルコレはテーブルについて赤ワインのグラスを受け取った。「スピロ検事、僕のミスについて、あらためて謝罪させてください。もちろん……何らかの処罰（コンセグエンツァ）があるだろうと覚悟しています」

「影響（コンセグエンツァ）か。そうだな、影響はあるぞ。証拠がない以上、アメリカ人スパイとお仲間の頭のおかしなミュージシャンを起訴することはできない。しかし、今夜はきみを叱り飛ばしたくて来てもらったわけではない。もちろん、必要なときは迷わず叱責する。だが、今回の状況でその必要はない。来てもらった理由を説明しよう。その前に一つ、はっきり言わせてくれ。事件捜査の世界で成功を目指すなら、子馬のように怯えて――色のついていない真実……で合っているか？」スピロはライムとサックスを見た。

サックスが言った。「ありのままの真実」

「シ。それだ。子馬のように怯えてありのままの真実から目をそらしてはならない。ありのままの真実とは、こうだ。きみは何一つ間違ったことをしていない。預け入れる手続きがたとえ適切だったとしても、ステファン・マークとシャーロット・マッケンジーに関する証拠物件はやはり消えていただろうからな」

「まさか！　プロクラトーレ、それは本当（エ・ヴェーロ）ですか？」

「ああ、残念ながら本当のことだ」

「だけど、どうして？」

「きみに、そしてこちらのアメリカからきた客人に、こんなことを言わなくてはならないのは残念だが、証拠を持ち出して処分させたのはマッシモ・ロッシだからだ」

エルコレの顔に、絵に描いたような驚愕の表情が浮かんだ。「え（ケ・コーザ）？　いや、そんなはずはありません」

ライムとサックスも驚いて顔を見合わせた。

「いや、それが真相だ。ロッシは――」

「だってロッシ警部は捜査の指揮を執ってたわけだし、国家警察でも――」

「おい、森林警備隊」スピロは身を乗り出し、顎を引いてエルコレをにらみつけた。

「あ、あ、すみません（ミ・ペルドーニ）！　申し訳ありません」エルコレは口をつぐんだ。

「この数日で、きみは警察捜査について多くのことを学んだな」スピロは元どおりくつろいだ姿勢を取った。「科学捜査、戦術作戦、ボディランゲージ、取り調べ……」

エルコレはにやりと笑ってサックスを見ると、小声でささやいた。「カーチェイスも」

それからスピロに向き直った。スピロはまたエルコレをにらみつけていた。話を邪魔したからだ。「ミ・ペルドーニ。先を続けてください、スピロ検事」

「だが、エルコレ、きみはこの職業に欠かせない重要な技能をまだ身につけていない。警察組織内での政治だ。これは重要な技能だろう、ライム警部？」

「指紋が個人に固有のものであるのと同じくらい確かなことだね」

スピロが言った。「イタリアは、ほかのEU諸国のどれよりも人口当たりの警察官数が多い。警察組織の数でも同じことが言えるな。つまり、理屈の上では、イタリアでは……英語ではどう表現するのかな、組織内で自分の力を〝利用する（ゲーム）〟人数も多いと言いたいのだが」

ライムは言った。「〝ゲーム〟は本来は名詞だ。動詞として使うのは認めたくないな。とはいえ、動詞として使う人々が増えていることは認めざるをえない。事実上、正しい誤用として定着している」

スピロは笑った。「そうか（アッローラ）、しかし、私の言いたいことはわかるね。きみもわかるだろう、エルコレ」

「はい、よくわかります、スピロ検事」

「我々の同僚、シニョール・ロッシは自分の立場を利用した。むろん、彼はひじょうに有能な捜査官であり、公務員ではあるが、それだけではない。政治活動にも積極的だ」

「それはどういう意味でしょう、スピロ検事」

「一般には知られていないが、ロッシ警部はＮＮの党員なのだよ」

ライムは記憶をたどった――新国家主義党（ヌオーヴォ・ナツィオナリズモ）だ。難民受け入れに反対の立場を取っている右派政党。難民を力で排除しようとしている政党……そして、捜査チームが初め、偽のテロ攻撃をでっち上げた首謀者として疑った集団。

「ロッシは、カンパニア州の政府高官、アンドレア・マルコスと緊密な関係にある。マルコスもＮＮの党員だ。ロッシは警察官として信頼を得ているが、実はその立場を利用してＮＮの目標を推し進めている。私個人は憂（うれ）うべき目標だと思っているよ。いや違う、唾棄すべきだな。難民は、たしかに負担になっている。なかには要注意人物もいるから、警戒を怠ってはならない。しかしイタリアは、もともと多くの民族が集まってできている国だ。エトルリア人、ドイツ人、アルバニア人、シレジア人、ギリシャ人、オスマントルコ人、北アフリカ人、スラヴ人、チロル人。驚くなかれ、フランス人までいる！北部イタリア人に南部イタリア人、シチリア人、サルディーニャ人。アメリカ合衆国は、おそらく地球最大の人種のるつぼだろうが、イタリアも同じようにさまざまな人種や民族が集まっている国だ。心を持った国でもある。機能不全に陥った国家の狂気から命懸けで逃れて来た人々の窮状に同情する心を持った国家だ。

　ロッシ警部は――連続誘拐犯は難民をターゲットにしているのかもしれないと気づいた瞬間から――犯人は正しいことをしていると考えた。マッシモは刑事としての仕事はきちんとこなしたが、感情の上では亡命希望者に罰を与えたいと思った。犯行が成功すれば、イタリアはリビアと変わらず危険だという噂が伝わり、人々がイタリアを目指すのを考え直すのではないかと期待した」

「〝生き埋めの危機（ザ・ベリアル・アワー）〟ね」サックスが言った。

　全員の視線がサックスに集まった。サックスは、カポディキーノ難民一時収容センターのラニア・タッソが話していた、講演か何かのタイトルだと説明した。イタリアの政治家が作ったフレーズで、市民は押し寄せる移民の波に窒息しかけているという認識を指す。

スピロが言った。「ああ、聞いたことがあるな。〝生き埋めの危機〟。マッシモ・ロッシも同じ危機意識を抱いていたのだろうね」

エルコレがスピロに言った。「ロッシ警部は、何としてもアリ・マジーク事件の捜査権を得ようとしましたよね。バス停留所の現場で、国家治安警察隊(カラビニエリ)をだましてまで捜査権を手放すまいとした。捜査を邪魔するためだったんですね。もし、スピロ検事、あなたが担当していなければ、ロッシ警部の思いどおりになっていたのかもしれない」

スピロはうなずいてエルコレの意見を認めた。それから付け加えた。「それに、アメリカから来た我々の友人たちの力添えがなかったら、な」スピロはワインを口に含み、じっくりと味わった。「さて、エルコレ。いまの話よりさらに衝撃的な話をしなくてはならない。マッシモ・ロッシがきみを捜査チームに誘った理由はただ一つ、スケープゴートに仕立てるためだ」

「そうなんですか(ラファット)?」

「そうだ。初めからそのつもりでいた。捜査を足踏みさせるか、頓挫させるか、どちらかにしたいが、自分でやるわけにはいかない。かといって、秘蔵っ子に責任を押しつけることもできない。あの若い警部補だ。名前は何だったか」

「シルヴィオ・デカーロ」

「それだ。大事な部下に責任を押しつけることもできない。シルヴィオは国家警察での将来を約束された有望な人材だ。そこでマッシモは、きみに、森林警備隊の一巡査であるきみに捜査の失敗の責任を押しつけようと考えた。きみに証拠を保管室に預けさせておいて、手の者に盗み出させ、その上できみの責任だと非難したわけだ」

エルコレはワインをがぶりと飲んだ。「おかげで、大事件の捜査を中止に追いこんだ人間として、僕の名前が正式な記録に書きこまれたってわけか。ふつうの事件を扱う組織に移れたらって思ってたのに、その目もなくなりました。森林警備隊でのキャリアだってあやういかもしれない」

「なあ、エルコレ。少し落ち着きたまえ。いいか、よく考えてみよう。ロッシがきみに押しつけたのは、失敗の責任だ。犯罪の濡れ衣を着せたわけではない。一方で、ロッシ自身は罪を犯している。証拠の隠滅はりっぱな犯罪だ。ロッシとしては、この件をこれ以上探られたくないはずだ」

「そうか、考えてみればそうですね」

「つまり、国家警察でのきみの将来は絶たれたということになる」

エルコレはワインを飲み干してグラスを置いた。「ありがとうございました、スピロ検事。ご親切に、捜査がぶち壊しになった責任が僕にはなかったことを教えてくださって。それに、とても言いにくいことだっただろうに、僕の今後のキャリアについてもはっきり言ってくださって」エルコレはため息をついた。「じゃあ、おやすみなさい(ブオナ・ノッテ)。家に帰ります。ハトたちが待っていますから」そう言って手を差し出した。

スピロはその手を無視してつぶやいた。「ハトだと？　それは何かの冗談か？」

「いいえ、冗談のつもりではありません。すみません、つい――」

「話はこれで終わりだと私は言ったか？」

「あ……いえ。そうでした……」エルコレは口ごもりながら、また椅子に腰を下ろした。

「いいから少し黙って私の話を最後まで聞きたまえ。今夜きみを呼び出した理由を説明するから。アメリカの友人と食事を楽しむという以外にも、理由があるのだよ」

「知りませんでした。食事に招待してもらってたとは」

スピロが厳めしい声で言った。「わざわざカンパニア州最高のレストランの一つに呼び出しておいて、食事前に追い返すわけがないだろう」

「たしかに。ご親切にありがとうございます、スピロ検事」

「ともかく。私が言いたいことはこうだ。私なりに調べてみたところ、森林警備隊から――とくにきみのように年齢の高い森林警備隊員が――カラビニエリの研修プログラムに編入した実績は、過去に一つもないようだ。しかし、組織内の政治には、マイナスの側面もあれば、プラスの側面もある。貸しのある人物に相談して、きみのカラビニエリへの異動を認めてもらったよ。入隊訓練の開始は来月だ」

「カラビニエリ？」エルコレがかすれた声でつぶやいた。

「いまそう言ったろう？　ちゃんと聞こえていただろうに。きみはずっとそれを――カラビニエリ入隊を目標にしていると聞いた」

エルコレは息もできないといった風だった。「マンマミーア！　プロクラトーレ・スピロ。お礼のしようもありません。グラツィエ・タンテ！」エルコレは両手でスピロの手を握り締めた。その手に口づけするのではないか——ライムは一瞬、そんなことを思った。

「もういい！」スピロはそう言ってから続けた。「一月あれば、森林警備隊で抱えている仕事に片をつけられるだろう。きみの上官の話では、たいそう悪辣な産地偽装トリュフ販売業者を逮捕しようとしたところだったのに、イル・コンポジトーレが現れたおかげで棚上げになっているそうではないか。きっとその捜査も終わらせたいだろう」

「はい」エルコレはふいに険しい目をして答えた。

「もう一つ。カラビニエリの規則は変更されている。きみも知っているかもしれないが、これまでは出身地から遠く離れた隊に配属されるという決まりがあった。私事に振り回されることなく、持てる力のすべてを任務に注ぎこむためだ。しかし、その規則が変わってね。というわけで、科学警察のベアトリーチェ・レンツァは、できたばかりのボーイフレンドがカンパニア州を離れてしまうという心配をせずにすむ。きみはナポリ周辺の隊に配属される」

「ベアトリーチェ？　いや、プロクラトーレ、そんな……あのですね、この前、仕事帰りに、カステッロ・ラウンジで一杯飲んだのは事実です」エルコレの頬は燃えるような色に染まっていた。「ええ、彼女の家に泊まりました。明日、ハトのレースを見に来る約束もしてます。だけど、彼女との関係に未来があるかと言われると、それはまだわかりません。おそろしく面倒くさい女性ですから。とても知的だし、独特の魅力を持った人ではありますが」

ほかの四人は、エルコレのとりとめのない言い訳——と真っ赤に染まった顔——をにやにやしながら眺めた。

「でも、ダニエラじゃなかったの？」サックスが言った。「ダニエラに恋しちゃってるとばかり思ってた」

「ダニエラ？　ええ、すごい美人ですよね。捜査員としても優秀だし。だけど、どう説明したらいいのかな」エルコレはサックスを見つめた。「あなたは自動車が好きだから、こう言えばわかってもらえるかもしれない——僕らのあいだではギアが嚙み合わないんです。これってわけのわからない説明ですか？」

「いいえ、完璧に理解できたわ」サックスは答えた。

つまり、ライムも読み違えていたわけだ。エルコレの心に火をつけたのは、面倒くさい女性のほう、ベアトリーチェだったのだ。リンカーン・ライムにしても、嚙み合わないギアと難物のどちらを選ぶと言われたら、迷わず後者と答えるだろう。前者がどれほど美しい自動車であろうと。

レストランの扉が開いて、長身の女性——ファッションモデルのような体形と姿勢の持ち主だった——が入ってきて、テーブルを囲んだ五人に微笑んだ。紺色のスーツを着て、アタッシェケースを下げている。黒っぽい髪は、軽快なポニーテールに結ってあった。スピロが立ち上がった。「ああ！　妻が来た（エッコ・ミア・モーリエ）。紹介する——妻のチェチーリアだ」

女性が座るのを待って、スピロは食事を始めてくれとウェイトレスに合図した。

第八部

# トンボとガーゴイル

九月二十八日　火曜日

# 72

「おっと。いやな予感がします」

トムは前を向いたままライムとサックスに言った。バリアフリー仕様のバンのフロントガラス越しに先を注視している。バンはナポリ国際空港のプライベートジェットの発着エリアに設けられた警備ゲートまでもう少しというところに来ていた。

ライムが首を限界まで左にひねって前方を見ると――車椅子は進行方向に対して九十度横向きに固定されていた――黒いＳＵＶが前に割りこんでバンの行く手を邪魔しようとしていた。

その向こうのゲート前に、制服の警備員――イタリアの警察官だ――が大儀そうな顔で立っているが、ＳＵＶにもバンにもまるで注意を払っていない。自分たちには関係のないことだと思っているのだろう。

サックスがため息をついた。「誰？　マッシモ・ロッシ？」

「なぜそう思う？」

トムが考えうる答えを一つ口にした。「ロッシとマイク・ヒルは、こちこちの保守思想を共有してるわけですよね。ある意味、同志ってことじゃないですか？」

ふむ。それなりに筋の通った理屈だ。

サックスはうなずいた。「ありうる話だわ。ただ、ダンテが言ってたとおりよね。ロッシは今回の事件を可能なかぎり世間から隠しておこうとするんじゃない？　それにあんな高級ＳＵＶ、国家警察の予算で買えるとは思えない」

ニューヨーク市警の予算ではまず買えないだろう。

しかし、荒れた海を行く小舟のように荒れたアスファルトの上を乗り越えていく不吉なＳＵＶのナンバープレートを見ると、アメリカの外交官車両だった。

とすると、ライムたちがイタリアの刑務所に放りこまれるおそれはまずなさそうだ。

しかし、アメリカの刑務所という可能性は？

前方の金網のゲートの向こうに、弁護士から貸与されたプライベートジェットが見えている。三人をこの国から連れ出すための準備は万端だ。タラップを下ろして待つ飛行機は、物理的な距離で言えば、すぐそこにあった。〝命懸けで走って……〟という決まり文句がライムの心に浮かんだ。だが、車椅子ではそれさえできない。たとえできたとしても、問題を先送りするだけで、帰国後にアメリカの当局による逮捕からは逃れられない。

しかたがない。ここは停まる以外の選択肢はなさそうだ。ライムは観念して、車を停めるようトムに伝えた。

トムが慎重にブレーキをかける。ブレーキが軋む音が三度鳴った。

三十秒後、ＳＵＶの助手席側のドアが開いて、意外な人物が降りてきた。小柄な男だ。顔は透けるように青白い。灰色のスーツの下のシャツに汗染みができていた。男は親しげな笑みをこちらに向け、人差し指を立てて〝ちょっと待ってください〟と伝えてきた。携帯電話を耳に当てている。ライムはサックスを見やった。サックスも眉根を寄せていた。それから思い出したように言った。「ダリル・マルブリー。領事館の」

「ああ。それだ」

広報を担当する地域連絡調整官。

「ドアを開けてくれ」ライムは言った。

トムがボタンを押す。ブレーキと似た音がきいと響いて、ライムのすぐ隣のドアがスライドした。

「スロープも下ろします？」トムが尋ねた。

「いや、それはいい。ここで待とう。向こうが来ればいい」

マルブリーは通話を終えて電話をしまった。バンに向かって歩いてくる。どうぞと言われるまでもなく乗りこんできて、ライムの真向かいのシートに座った。

「やあどうも」マルブリーは親しげな声で三人にそう声をかけた。アメリカ南部風の鼻にかかったようなアクセントがかすかに感じ取れた。

サックスが訊く。「今日はさぞ忙しいでしょうね」

マルブリーは微笑んだ。「コンポーザーがイタリアから出国したらしいという報道が出た瞬間から、取材依頼が殺到していましてね。それこそ土砂降りの雨みたいに」

ライムが言った。「その記事を書いたのはきみだろう。きみはシャーロット・マッケンジーの同僚の一人だ」

「同僚というよりボスです。私はAISの長官を務めています」

なるほど、ニューヨーク出身の俳優というのはこの男か。個性の強い脇役を演じさせたら好評を博しそうだ。主役を食ってしまうかもしれない。

ライムは尋ねた。「きみの業界に、見た目どおりの人間というのは一人でも存在するのかね」

マルブリーはまた笑い声を上げ、汗を拭った。

「一つ質問がある」ライムは言った。

「一つだけですか?」

「いまのところはな。イブラヒムとは何者だ?」

マルブリーは渋面を作った。「ああ、彼の件ですね。イブラヒム。またの名をハッサン。トリポリにいるという、うちの〝信頼の置ける〟情報屋。イブラヒムの実の名はアブデル・ラーマン・サキーズリ。フリーランサー——傭兵です。ISISの仕事もすれば、ウガンダの〝神の抵抗軍〟の仕事だって引き受けます。モサドから依頼があればそれもやるでしょう。もっとも金払いのいい相手に忠誠を尽くす男です。悲しいことに、マイク・ヒルはうちよりも金を持っていた。そこでイブラヒムは、うちの組織を裏切ることにしたわけです」

「その男はいまどこにいる？」

マルブリーは顔をしかめた。芝居がかった大げさな表情だった。「難しい質問だな。イブラヒムは地上から消えてしまったようで」

ライムは鋭い声で言った。「さすが、アメリカ国民の安全を人道的なやりかたで守る紳士的な組織だね」

「うちじゃありませんよ。最後に確認された情報では、イブラヒムは魅惑的な美女二人と一緒でした。その二人は、偶然にも、イタリアの対諜報機関の職員だという噂ですがね。ところで、ライム警部――」

「リンカーンでけっこう。我々を勾留するつもりなら、せめてファーストネームで呼んでくれ」

「勾留？」マルブリーは本当に困惑している様子だった。「うちがあなたを勾留？　どうして？」

「マイク・ヒルを無条件でダンテ・スピロに引き渡したから」

「ああ、その件ですか。ヒルはイタリアで五年から十年、じっと我慢の歳月を過ごすことになるでしょう。アメリカに引き渡されたとしても、テロ行為で起訴するのは無理だとあなたもご存じだったはずだ。我々は存在しないわけですからね。ダンテなら、イタリア、アメリカ両国が納得できる正義をもたらしてくれるでしょう。実に賢い判断です。訴因を爆薬の密輸容疑だけに絞るというのは。あなたのアドバイスもあったんでしょうね」

ライムの表情はこうとぼけていた——〝何の話だかさっぱりわからんね〟。

マルブリーが先を続けた。「ヒルのお仲間のテキサスの上院議員」

サックスが尋ねた。「知ってたの？」

マルブリーは引き攣った笑みを見せただけだった。「ワシントンからきついお叱りがいくでしょうね。内密に。みなさん(ヨォール)ならわかっていただけると思いますが、昨日の夜、ふとこんなことを考えましたよ。マイク・ヒルに比べたら、ステファン・マークのほうがよほど気が確かだろうとね。興味を惹かれる人物でもある。正直な話、いつか一杯飲みながらじっくり話をしてみたいくらいですよ。さてと、みなさん疑問に思っていらっしゃるでしょうね、私はいったい何の用があってここにいるのか」

バンの車内はそもそも暑かったが、ますます暑くなり始めていた。太陽がまともに照りつけて、それでなくてもやる気のなさそうなエアコンの気力をそいでいる。マルブリーはまた額の汗を拭った。「一つ話をしましょうか。何年も前、ＣＩＡの技術部門がトンボを模した飛行物体を作ろうとしたことがありました。いまはラングレー本部の資料室に展示されています。なかなかの代物ですよ。りっぱな芸術作品です。初期の小型ビデオカメラ、音声システム、当時は革命的な技術だった飛行システムを搭載していました。ところがです。まるきり役立たずだったんですね。ちょっと向かい風が吹いただけで、コントロール不能になってふらふら飛んでいってしまう。でも数年後、そのトンボの開発を後押しした画期的アイデアがドローンとなって結実するわけです。あきらめずに前を向いて進むこと。人生とはそういうものです。

ＡＩＳは、言ってみればトンボ開発の初期段階です。コンポーザー・プロジェクトは、成功裏に終わるはずだった。ところが、たった一つ、想定外の要素があった」

「向かい風だな」

「そのとおり！　その向かい風とは、あなたとサックス刑事です。お世辞で言うわけではありませんが、音楽好きの誘拐犯やら何やら、我々が練り上げたシナリオに裏があることを見抜く頭脳を持った人はあまりいないでしょうね」

あまり？──ライムは心のなかで不満げにつぶやいた。

「シャーロットの家に踏みこんだとき、何を手がかりとして見抜いたか、説明してくれましたね」マルブリーは大きな笑みを浮かべた。「そうです、我々も聞いていたんですよ」

ライムは先を促すように首をかしげた。

「感服しましたよ、リンカーン、アメリア。そして、あなたの話を聞いていて──どうやって計画を見抜いたか──一つアイデアが浮かびました」

「いつか脱皮してドローンになる可能性を持った、きみのトンボというわけだな」

「おお、いいですね、その表現。いや、それはともかく——情報（インテリジェンス）をひたすら収集するこの業界にはまず、ＨＵＭＩＮＴ——人間（ヒューマン）から集まる情報、社会にまぎれている工作員からの情報があります。ほかに、衛星やコンピューターシステムのハッキング、盗聴、カメラを使った偵察なども。信号（シグナル）や電子（エレクトロン）の形をした情報ですね。これらはＳＩＧＩＮＴ、ＥＬＩＮＴと呼びます。でも、リンカーン、あなたに我々のトンボを撃ち落とされて初めて、未開拓の情報源があることに気づきました……物的証拠です。科学捜査の対象となるような証拠」

「ほう？」

「我々にも科学捜査チームはあります。実際には、ＦＢＩや軍やそのほかの機関のチームを借りるわけですがね。しかし分析するのは通常、事後です。作戦が失敗したあとなんですよ。指紋、爆風解析、筆跡。科学捜査を……」

〝積極活用〟などと今風の言葉遣いをしないでくれよ——ライムは念じた。

「……積極活用できていません。あなたの証拠分析を見ていると、まるで証拠があなたに語りかけているようだ」

サックスは笑った。ほがらかでよく響く笑い声だった。「ライム、これってたぶん、私たちを雇いたいって話よ」

マルブリーの青白い顔に浮かんだ表情を見れば、そのとおりなのだとわかった。「念のため強調しておくと、我々は〝代替（オルタナティヴ）〟諜報機関、従来なかった手法で情報を集める機関です。科学捜査チームがスパイ活動の指揮を執る。これ以上に新しい手法がありますか。あなたはニューヨーク市警の顧問ですよね。同じように我々の顧問も務めるというのはいかがです？　あなたは今回、ついに国境を越えた捜査をしましたよね。ここで――イタリアで仕事をしたじゃないですか。プライベートジェットなら、うちにもあります。公用機ですから、酒は積んでいませんが。でも、自分の飲みものを持ちこんでも誰も文句は言いません。禁止する規則はありませんからね。少なくとも、守る意義のある規則のどれにも違反していません」

　マルブリーは子供のように目を輝かせた。「そう考えて、また閃きました。スパイとして理想的な肩書きの持ち主ではないか！　伝説の科学捜査官とその助手。しかも大学教授でもある。ええ、認めます、あなたの経歴を調べさせてもらったんですよ、リンカーン。ちょっと想像してみてください――ヨーロッパで発生した難しい事件の捜査で地元警察に協力するあなた。連続殺人鬼、カルト集団のリーダー、マネーロンダリングの帝王。シンガポールの警察機関で、最新の科学捜査手法について講演するあなたでもいい。そういった表向きの仕事のあいまに、ナターシャ・イヴァノビッチは本来耳にしてはならない会話を盗聴した悪い子なのかどうか、パク・ジュンは本来持っていてはならない核爆弾の小さな起爆スイッチを買いに出かけたのかどうか、調べるわけですよ」

　マルブリーはサックスに視線を向けた。「あなたはニューヨーク市警の職員ですから、少々厄介ですね。しかし解決できない問題ではない。ニューヨーク市警も海外に連絡事務所を置いていますし。休暇を取るという手もある。話し合いによっていかようにもできるでしょう」

ライムの上半身に感覚があったら、胸がざわつくのを感じていただろう。脈拍が上昇したのはわかった。こめかみに感じるリズムが変化したからだ。愛国心ゆえではない。愛国心は感傷に分類される項目の一つ、ライムがばっさりと切り捨てているものの一つだ。違う。いま胸をざわつかせているのは、まったく新しい挑戦への期待だ。

ふと頭に浮かんだことがそのまま口に出た――「ＥＶＩＤＩＮＴ」。

「証拠（エヴィデンス）から集めた情報（インテリジェンス）」マルブリーが下唇を突き出してうなずいた。「いいですね」

「しかし、喜ぶのはまだ早いぞ」ライムは言った。「取引がまとまったわけではない」

マルブリーがうなずく。「ええ、わかっていますよ。ただ、戯れに、一つ例を挙げてご意見をうかがってみたいな。あくまでも例ですよ」その言葉は自然に発せられたものと聞こえたが、ライムは、あらかじめ念入りに練り上げておいたせりふなのだろうと思った。釣り人が、なかなか食いついてくれないすばしこいバスを今度こそ釣り上げてやろうと、フライを入念に糸に結びつけるように。

「聞こう」

「ハーグの国際刑事裁判所に関わりを持つ人物の暗殺計画が進行しているという情報があります。実行はいますぐではなく、来月とされています。プラハとの関連情報もあります。しかし残念ながら、いま手もとに集まっているのはほとんどがSIGINT――電話やメールを傍受して得た情報で、バイアグラのCMのナレーションなみに言葉遣いがぼんやりしています。これまでに入手できた暗殺計画に関連する物的証拠は、一つだけです」

　ライムは片方の眉を上げた。

「ガーゴイルの頭です」

「ガーゴイルの彫像の頭の部分だけということか」

「ええ、そういう土産物のようですね。ガーゴイルの頭を土産物として売っている観光地がどこなのかわかりませんが。灰色で、材質はプラスチック。ガーゴイルの雰囲気は出ています」

「それが証拠だというのは、どうして？」サックスが尋ねた。

「この世界では、いまでも秘密の受け渡し場所（デッドドロップ）を使っていまして。あらかじめ決めておいた公の場に、情報提供者がメッセージを残すわけです。ふつうは――」

　サックスがさえぎった。「映画の『ボーン』シリーズを見たわ」

「私は見ていない」ライムは言った。「しかし、まあ、想像はできる」

「プラハの有名な天文時計前の広場に悪党どものデッドドロップがあるという情報が入りました。で、そこの監視を始めたわけです」

「二十四時間態勢（ラウンド・ザ・クロック）で？」サックスが小さく微笑んで言った。ライムは、ジョークを解したしるしにうなずいた。

　マルブリーも微笑んで続けた。「ええ、うちでも同じジョークが出回りましたよ。話を戻すと、監視二日目、帽子をかぶってサングラスをかけた男が、デッドドロップとされる窓の前を通り過ぎざまにガーゴイルの頭を置いた。何か意味があるはずです。ゴーサインではないかと我々は考えています。まだ詳細を検討している段階です」

「そのあとに誰かが来て、そのガーゴイルに何かしたということは？」

「子供のグループ、ティーンエイジャーのグループが気づいて、盗んでいきました。しかし、我々がすぐに介入して、取り返しました」マルブリーは肩をすくめた。「よかったら現物をお見せしますよ。あなたなら、手がかりを見つけられるかもしれない」

「いつの話だね？」

「一週間ほど前」

　ライムは鼻を鳴らした。「遅い。手遅れだよ。重要な証拠はとうに失われているだろう」

「手を触れたのは、置いていった情報屋と、くすねた少年だけです。内部からメモや暗号は見つかりませんでした。ガーゴイルが置かれたことそのものがメッセージなんでしょう。事前に取り決めてあった会合のゴーサインとか。それで、もしあなたに見ていただければ――」

「無駄だ」

「ポリ袋に入れて保管してあります。うちの者は手袋をはめて扱いました。デッドドロップ――窓枠です――には誰も手を触れていません。その後もずっと監視していますが」

「デッドドロップは犯行現場ではない。そこは無関係だよ。現場は別にあるはずだ。きみたちが迅速に行動していたら重要な手がかりを入手できたであろう現場は、そことは別にある」

「ガーゴイルを購入した場所ですか」

「そんなわけがないだろう」ライムはぼそりと言った。「それに、購入したものではない。盗んだのだよ。周辺に監視カメラが一つもない露店を探して、そこから盗んだ。微細証拠ができるかぎり移動しないよう、手袋をはめて。重要な現場は、メッセージの受け手が座ってビールやコーヒーを飲んでいた場所だよ」

マルブリーの表情が凍りついた。「もう少し説明していただけますか」

「私がスパイで、プラハのような街で作戦を進めようと考えているなら、最初にやるのは、キツネを見分けることだ。つまり、きみたちを」

「実を言うと、私たちとは別の機関なんですけどね。我々は協力しただけで」

「いいさ。誰だってかまわん。ガーゴイルそれ自体には何の意味もない。監視チームをあぶり出すという目的があった以外は」

マルブリーは額に皺を寄せて首をかしげた。

ライムは続けた。「ガーゴイルは目立つ。間違いなく注意を引くだろう。だから、きみのチームは監視場所から動かず、その前を通りかかってガーゴイルに関心を示した人物を動画撮影していた。ところがガーゴイルがかっさらわれた瞬間、監視チームは腰を浮かせて少年グループの追跡に移った。立ち上がった時点で、悪党どもは正体に気づいただろうね。もしかしたら、尾行もしたかもしれない。自宅に盗聴器を仕掛け、電話を傍受した。売値たかだか一ユーロかそこら——チェコ共和国の通貨でいくらになるのか知らんが——のプラスチックのおもちゃ一つで、きみたちの一チーム全員の身元が暴かれたというわけだ。きみたちが正体をさらすのを敵が待っていたテーブルと椅子があれば、膨大な情報を手に入れられていただろう。証拠が多くをきみたちに語っていただろうな。しかし、テーブルや椅子はとっくに拭き掃除され、ナプキンは洗濯され、伝票は廃棄され、現金は銀行に預け入れられ、敷石は磨かれ——その広場はきっと石畳だろう——監視カメラの録画ファイルは上書きされている」

一瞬、マルブリーは身動きを完全に止めた。それからささやくように言った。「くそ」サックスが言った。「チームのメンバーに危険を知らせるべきです」

ライムとサックスはまた目を見交わした。それからライムはマルブリーに言った。「きみの申し出について検討させてもらう。また連絡するよ」

「ええ、お願いします」マルブリーは二人と握手を交わし、トムに「では」と声をかけ、バンを降りたあと、すぐに携帯電話を取り出した。

トムがギアシフトをDレンジに入れ、車は走り出した。ドライブスルー方式のパスポート検査窓口と税関の窓口に書類を提出し、返されたものを受け取る。バンは滑走路へと進んだ。

ふと、ライムは笑った。「チェコ共和国か」

トムが言った。「プラハには二度行ったことがありますよ。すっかりチェスネチュカのファンになりました。ニンニクのスープです。ああ、フルーツのダンプリングもおいしかった。あれは最高です」

「地元の酒はどんなものがある？」ライムは訊いた。

「スリヴォヴィッツ。ものすごく強いです。最低でも百プルーフ——アルコール度数五十度ですから」

「ほほう」ライムはいたく興味を惹かれた。

バンは飛行機のそばに停まり、トムがスロープを下ろす複雑な手順に取りかかった。サックスは先に降りてパソコンバッグを肩にかけた。「スパイになるつもりなの、ライム？　ほんとに？」

「もしかしたら、な」

ライムは、飛行前点検を終えようとしている副操縦士を目で追った。

飛行機はすみずみまで万全の準備が整っているようだ。

たくましい体つきの若い副操縦士——スーツに白いシャツにネクタイ——が三人に近

づいてきて言った。「いつでも離陸できます。飛行時間は一時間半の予定です」

サックスが眉をひそめた。「ニューヨークまで？」

副操縦士は額に皺を寄せてライムを見た。ライムは言った。「アメリカに帰るのはもう少し先になる。その前にミラノで友人たちと落ち合う」

「友人？」サックスはトムを見やった。トムは、これから二度目の飛行前点検を始めようとしているかのように飛行機を観察していた。明らかにサックスの視線を避けている。といっても、口もとには笑みが浮かんでいた。

「ロン・セリットー。ああ、それと、ロナルド・プラスキーも」後者は、ライム・チームの一員であるニューヨーク市警の巡査だ。

「どういうこと、ライム？」サックスがゆっくりと訊く。「ミラノで何があるの？」

ライムは眉間に皺を寄せてトムを見た。「何と言ったっけな」

「ディキアラツィオーネ・ジュラータ」

「何それ、最高においしい前菜の名前？」

「ふん。そうではないよ。婚姻要件具備証明書だ。ミラノの総領事の前で宣誓して作成しなくてはならない」

「何のために？」

「決まっているだろう。それがなくては結婚できないからだ。エルコレとトムがすべて手配してくれた。宣誓がすんだら、車でコモ湖へ行く。そこの町長が式を執り行う。式場を借りなくてはならん――それも手配してくれた。そこまで大がかりな式が必要とは思えないが、まあ、そういうものらしい。ロンとロナルドが証人を務める」

「コモ湖でハネムーン。すてきだわ、ライム」サックスは微笑んだ。

ライムはトムに視線を投げた。「説得に降参してね」

サックスが尋ねた。「でも、グリーンランドはいいの？」

「結婚一周年記念に行くとするかな」ライムは車椅子を操作して、暖機を始めた流線型の機体のキャビンへ上るスロープに向けて進めた。


（了）

文庫版特別収録短編

# 誓い

イタリアのコモ湖に突き出した半島の町ベッラージョは、激動の歴史を歩んできた。ユリウス・カエサルという名の権力志向のローマ執政官がシチリア系ギリシャ人を多く含む数千の入植者を南から送りこみ、町の名と、国の北端に位置するこの地域の風景を永遠に変えた。

四年次のラテン語の授業で苦しめられた覚えが誰にでもある叙情詩『アエネーイス』で有名なウェルギリウスは、この町で暮らしながら執筆にいそしんだ。小プリニウスも同様だ。

また、ローマ帝国時代を通じて戦火にさらされ続けた地域でもある。兵士たちは蛮族から国を防衛し、ゲルマニア侵攻の準備を整えた。紀元九年、数千、数万のローマ軍団がベッラージョを経由して進軍した。兵士はみなローマ帝国の偉大さと無敵さに酔いしれていたが、その自信はトイトブルク森の戦いであっけなく、そして非情に削がれることになった。

現在のベッラージョは、世界情勢に及ぼす影響こそいくらか小さくなったとはいえ、ある一つの領域ではほかを寄せつけない。ここはヨーロッパ最高の結婚スポットなのだ。これについてはリンカーン・ライムとアメリア・サックスが保証する。

いま、二人の一方は座り、もう一方は立っていた。そこは美しい町役場（コムーネ）で、二人の前にはベッラージョ町長その人がいる。周辺の丘陵地帯で咲いていた青いリンドウや白い薔薇がこぼれんばかりに生けられた花瓶が飾られていた。

ふだんは着るものにあまりかまわない二人だが、今日は特別だ。サックスは襟ぐりと裾にレース飾りがあしらわれた、体の線にぴたりと沿うデザインの紺色のオフショルダードレス。ライムは、ダークグレーのスーツに白いシャツ。黒いシルクのネクタイは科学捜査講座の生徒一同から贈られたもので、抽象柄に見える刺繍は、よく見れば射撃残渣のガスクロマトグラフ分析のチャートだった。

二人の後ろで招待客が見守っている。ライムの介護士のトム・レストン。何年も前、ライムのニューヨーク市警時代の同僚だったロン・セリットーと、ガールフレンドのレイチェル。青年パトロール警官のロナルド・プラスキー（とうに新入り（ルーキー）は卒業したのに、〝ルーキー〟のニックネームはいまだ健在だ）。サックスの母親ローズ。ライムがもっとも頼りにしている鑑識技術者メル・クーパーと、北欧系の美貌のガールフレンド。そしてもう一人、パム・ウィロビーも参列していた。かつて国内テロ集団（首領はあろうことかパムの母親だった）からサックスが救い出した少女で、いまは実の妹も同然の存在だ。

人当たりがよくてダンディな町長は茶目っ気たっぷりに目をきらめかせ、参列者に向かってスピーチの最中だった。その言葉を、頭をきれいに剃り上げ、片耳にしゃれたフープピアスをした、四十歳くらいのすらりと背の高い目鼻立ちの整った男性が英語に訳している。新郎新婦はイタリアの法律で定められた婚姻手続をすべて踏んだと報告してから、町長はふいにいかめしい口調を装うと、〝結婚の公示〟――町役場の壁に結婚の予告を貼り出し、二週間以内に異議を申し出る者がなければ手続を進められる――については、新郎新婦がアメリカ市民であることを理由に省略したと付け加えた(ライムはこの公示の目的を疑問に思った。もっといい条件を提示するチャンスを元カレや元カノに与えるためか？　それとも、決闘の申し込みか。よくある偽装結婚を防ぐため？　法で定められた婚姻障害事由を懸念するより、そういった異議のほうがよほど興味深く思えた)。

町長は次に民事婚の手続に進み、そのバリトンの声が由緒ある町役場に朗々と響いた。ライムとサックスは、誓いの言葉を自分たちで書き起こそうかとも考えた。ライムは、ミランダ権利の告知(黙秘権など被逮捕者の権利を伝える準定型文)をアレンジして自分の誓いの言葉としようと思いついたが、理屈の上ではなかなか悪くないにしても、末永く支え合うという誓約に「黙秘する権利」だの「弁護士の立ち会いを求める権利」だのが出てくるのはどうなのかと気づいて断念した。

それに、ライムとサックスは二人とも、仕事の上でも個人的にも、〝オッカムの剃刀〟

——「単純が一番」とする理論——の信奉者だ。

というわけで、町長の問いかけに、二人はもっともポピュラーかつ確実な言葉で答えた。「誓います」

式のあとのパーティは、湖畔に立つ荘厳なヴィッラ・フランチェスコで開かれた。

食事がふるまわれたバルコニーは暖房されていた。九月ではあったが、切り立った山々に見下ろされたイタリア北端は冷涼で、松葉の香りをさせた空気は湿り気を含んでいて冷たい。メイン料理は広大な湖で獲れたばかりの魚とベッラージョ名物〝トック〟だった。後者は心臓が止まりそうなほど濃厚なポレンタ（トウモロコシの粉を火にかけて湯や出汁で練り上げた料理）で、調理した大鍋ごとテーブルに運ばれて供される。食後の空（から）になった鍋でスパイスの効いたホットワイン〝ラゲッル〟を作る伝統にライムは感心した。できあがるころにはアルコールが完全に飛んでしまっているが、ライムは次善策を見つけていた——飲む前にグラッパを一振りすればいい。

食後はバルコニーから小さな宴会場に移った。トムが用意したミックステープの音楽が勢力の弱いサイクロンのごとく宴会場内に吹き荒れた。酒がふんだんにふるまわれ、ローズ・サックスと娘に誘われて、招待客はちっぽけなダンスフロアに繰り出した。

ライムは愉快な気分でその光景を眺めた。少し前の事件であやうく命を落としかけたセリットーの動きは控えめだった。サックスは踊る気満々ではあったが、しばらく前に関節痛の手術を受けたばかりとあって、やはり激しい動きは避けている。レイチェルはなかなかのダンサーで、ときおり衛星のようにセリットーの周囲を回りながら、パムと振りを合わせて踊っていた。しかしダンスフロアの主役は何といってもクーパーと、金髪で長身のガールフレンドだった。二人は社交ダンスの競技会に出場する腕前なのだ。しかし、これ見よがしに派手な踊りを披露したりはしなかった。ダフトパンク（誰だそれはとライムは胸の内でつぶやいた）でフォックストロットはさすがに踊れない。それでも、達人の技を鑑賞するのはどんな分野であれ楽しい。

ライム自身はもちろん、全曲を座ったままやり過ごした。

たとえ動ける体だったとしてもダンスフロアには出ていなかっただろう。

夜は更け、コモ湖のつややかな水面に映っていた黄色や白や青のライトはいつしか消えた。

ライムは乾杯など望んでいなかったが、パーティがお開きになる直前にローズ・サックスが進み出てシャンパンのグラスを取り、静まり返った会場に向けてこう言ったときには、つい微笑まずにはいられなかった。「ほんの一言だけ挨拶をさせてくださいな。本当に一言だけですから。アメリア、リンカーン。ようやくこの日が来たわね、待ちくたびれたわよ」

一同が乾杯し、ローズはまた椅子に腰を下ろした。

まさにオッカムの剃刀だな。ライムはローズにウィンクをした。

今回のハネムーンは、いってみれば逆パターンだった。障害を持つライムにとって旅行は難儀だ。そこで挙式後の数日、ライムとサックスはベッラージョに残り、招待客は全員いったん町を離れ、モンテビアンコ（モンブランのイタリア語名）の麓（ふもと）にある、冬はスキーリゾートとして、夏は避暑地として人気の町クールマイユールに出かけることになっていた。〝全員〟とはいっても、むろんトムは残る。トムがいてこそのライムだ。

そんなわけで翌朝、サックスはホテルの円形の車寄せに下り、そこで待機していたメルセデスベンツ・スプリンターに招待客一行を乗せて見送った。部屋にとどまったライムは、壮大な山脈や宝石のようにきらめく湖岸線、何キロも先まで続く藍色の湖面を一瞥した。

だがすぐにパソコンに向き直った。画面には『応用科学捜査』誌に寄稿予定の原稿が表示されている。

風景などより、やはりこっちだ。

二十分後、顔を上げたライムは、二つのことに気づいた。一つ、時刻はまだ正午前で、グラッパには早い（というのはライム本人ではなく、酒瓶の守護者たるトムの意見だ）。そしてもう一つ、サックスがまだ戻ってきていない。ただし不思議に思っただけで、心配はしなかった。ニューヨーク市警のベテラン刑事であり、後ろポケットにいつも飛び出しナイフを入れている女が、保護が必要なほどの危険にさらされることはまずない。

それにここは、何といっても、ベッラージョだ。

ライムは記事の口述筆記に戻った。自分に腹が立った。非制限用法の関係代名詞〝which〟の前にコンマを打つのをうっかり忘れているのを見つけたからだ。

十分後、サックスが部屋に帰ってきた。その顔を一目見て、何か話したいことがあるらしいとライムは察した。

といっても、困った問題が発生したわけではなさそうだ。それどころか、サックスの目は生き生きと輝いている。コーヒーを二人分注ぎ、バルコニーの端で読書中のトムをちらりとうかがったあと、ライムのカップに少量のブランディを垂らした。

ふむ。何か頼みごとか？

サックスはライムにカップを渡して隣に腰を下ろした。「私立探偵（プライベート・アイ）っぽい仕事に興味はある、ライム？」

「なぜだ？」

その質問にサックスはすぐには答えなかった。

「サム・スペード。フィリップ・マーロウ」

「誰だって？」

「エルキュール・ポアロ」

「ああ、その名前なら聞いたことがあるぞ。しかし、私は捜査顧問だ。私立探偵と似たようなものではないか」

「あなたは市警の捜査顧問でしょ。そうじゃなくて、民間(プライベート)の立場で捜査する探偵。一般市民(マン)からの依頼で。女性(ウーマン)でもいいけど」

一瞬の間(ま)を置いてライムは言った。「ふむ、調べてみなくてはいかんな」

「ポアロのこと？」

「そうじゃない。プライベート・アイの〝アイ〟は目(アイ)のことなのかどうか。たとえば〝盗み見る〟というような意味で。それとも、大文字のI、捜査官(インヴェスティゲーター)の頭文字なのか。まあいい、本題は何だ、サックス？」

「いまみんなを見送ってから部屋に戻ってこようとしたとき、ロビーで女性に呼び止められたの。あなたも会った人だと思う。このホテルにご夫婦で泊まってるの。きれいな人よ。ブロンドのショートヘアで、背の高さはふつう、三十代なかば。アメリカ人」

その条件に当てはまる宿泊客は何十人もいそうだ。このホテルは大きい。「呼び止められて――？」

「昨日のパーティで私たちを見かけたらしくて、いろいろ質問されたの。あなたのことを誰かから聞いたみたいね。それで、相談に乗ってもらえないかって」

「私立探偵っぽい仕事というのはそれか」

「そう」

「こうしてその話を私に聞かせているということは、きみは乗り気なわけだ」

サックスは言った。「せっかくのハネムーンよね、それはわかってる。でも、観光地なんてどこも一緒。でしょ？」

ライムは外の景色に冷めた視線を投げてうなずいた。ふつうの人なら、イタリアで一番美しい風景だと言うだろう。しかしライムのその視線は、「同感だな、サックス」と表明していた。「で、まずは何を？」

ちょうどそのとき、ドアをノックする音が響いた。

「さっそく依頼人が来たみたいよ」

「夫のことが心配で」

クレア・ダニングはバルコニーに座っていた。彼女も景色にはあまり興味がないようだ。

すでに相談内容を聞いていたサックスが促す。「さっきの話、リンカーンにも聞かせて」

スポーツ選手のように無駄のない体つきをしたクレアは、夫のリチャードはカリフォルニア州サンタクララに本社があるＪＤＺシステムズという医療機器メーカーに勤めているのだと話した。リチャードとクレア、ＪＤＺシステムズの社員三人は、ここから四十分ほどの距離にあるコモ市の大学病院に、会社の主力商品である検査機を納品・設置するために来ている。クレア自身はインテリア用品のネットショップを経営していて、働く場所を選ばない。そのためリチャードの出張に同行することも多く、やはり同行するリチャードのアシスタントともすっかり親しい友人になっている。ほかの社員は大学病院に近い質素なホテルに宿泊しているが、リチャードとクレアは数日後の結婚記念日のお祝いにと、イタリア滞在中の二週間、このホテルのスイートルームに滞在していた。

「奥様にさっきお話ししたんですけど、このところ夫の行動がなんとなく怪しくて。ふだんは大らかで、隠しごとなんてしない人です。なのに……」クレアは暗い表情をし、声を詰まらせた。「つい先日は、ヨーロッパ支社の営業部長のチャーリーと会うと言って、何時間か外出しました。でもあとでわかったの。チャーリーはその日、ローマにいたんです。チャーリーと会ってないなんて、そのあとも夫はひとことも話しませんでした。ほかにも何度か外出したことがあって、コモの大学病院に行っているはずだったのに、電話をかけたら病院には行っていませんでした。

メールが届いたのを隠したこともありました。バーのソファー席に座っていたら、携帯のバイブレーションが伝わってきました。音は鳴りませんでしたけど、夫の携帯でした。夫はすぐには確かめずにいたんですが、少ししたら立ち上がって、トイレに行ってくると。でも——ここの中央廊下、見たことあります？」

ライムはうなずいた。「壁が鏡張りになっている」

「そうそう。私から見えているとは思わなかったようです。夫はトイレには行きませんでした。廊下に出て、メールを読んで、返信しました。それから席に戻ってきたんですけど、そのあとは気もそぞろな様子でした」

クレアは身を乗り出した。「結婚記念日だからといってコモ湖まで妻を連れてきたのに、わざわざそこで浮気をするなんて考えられないでしょう？　心配なのはほかのことなの。ＪＤＺシステムズの製品は、医学の世界ではいま注目の検査機なんです。一般的な検査のほとんどを、従来の機械の半分から十分の一くらいの時間で完了できるから。もっと速い場合もあるみたいです。ものの数秒で結果が出るとかで」

クレアはバッグから商品カタログを取り出した。表紙には、複雑な形をしたステンレスのつや消し仕上げの検査機と、それを取り巻く政治的に正しい人種バランス――白人、黒人、アジア系――の医療従事者が写っていた。ライムは動かせるほうの手、右手でページをめくり、その検査機で可能な検査項目を眺めた。

・全血球計算（ＣＢＣ）
・網赤血球数
・血液塗抹標本
・赤血球沈降速度
・モトルスキー検査
・フィブリン分解産物
・凝固蛋白質値

・血小板機能
・出血時間
・血小板凝集
・凝固性亢進検査
・プロテインC
・プロテインS
・活性化プロテインCレジスタンス
・変異型プロトロンビン
・抗トロンビン3レベル
・血液凝固因子Xa
・循環抗凝血素
・ヘモグロビン電気泳動
・ハインツ小体

項目はまだまだ並んでいた。そのリストはライムには無意味だったが、明らかに読み取れる事実が一つある——これだけの検査を過去最速でこなせる機器の登場は、きわめて大きな進歩に違いない。

「私が心配なのは……」クレアはまばたきをして涙をこらえた。「夫が何年か前にJD

Zシステムズに入社したときに言っていたことです。これからは用心しなくてはならないって。過去にコンピューターや暖房器具、家電のメーカーを渡り歩いていたんですけど、医療機器メーカーはそれとは比べものにならないって言っていました。開発にかかる金額が桁違いだから。企業秘密を盗もうとして狙っているライバル会社の産業スパイがたくさんいて、うちの車や家に押し入ったりするようなこともあるかもしれないと言われたんです」クレアは信じられないといった風に小声で言った。「社員を買収して、秘密を渡させるとか、製造設備を壊させるとか。脅迫したり、暴力で脅したりもするかもしれない。私が心配なのはそれなの。外出したのは、誰かと会って情報を渡したとか、指示を受けたとか、そういうことだったらどうしようと。

彼のアシスタントのシャロンとはすっかりお友達になって、昨日も一緒にホテルのエステに行きました。ほかにお客さんがいなかったから、シャロンにそのあたりのことを訊いてみました。そうしたら、少し前の展示会で夫がライバル企業の社員と話しているのを見たそうです。会社を裏切るなんてありえないと思うとは言ってましたけど。でも、このところ夫の態度がふだんと違っているのは確かだそうです。人を避けているみたいだって」クレアは一つ大きく息を吸いこんだ。「無理なお願いですよね、それはわかっています。でも……」

サックスが言った。「警察には相談できない。ご主人が本当に会社の情報を誰かに渡していたら、刑務所に行くことになってしまうから」

「そうです。どういうことなのか、それさえわかれば主人と話ができます。会社を辞めるしかないなら、説得して辞めてもらうわ。当面の生活費は何とかなりますから。夫はすごく優秀な人なんです。次の仕事もすぐに見つかると思うの。ただ、もし法律に触れるようなことをしていて、逮捕されたら……主人を雇ってくれる会社なんてきっともう見つからないわ」クレアはもう一度ライムをちらりと見たあと、ついに泣き出した。

サックスがそばに行ってクレアの肩に腕を回した。

「ごめんなさい。ごめんなさいね」クレアは首を左右に振った。

「いいの、気にしないで」サックスが言った。

ライムは目の前のドラマに関心を失った。首をひねり、バルコニーの向こうに広がる雄大な景色に顔を向けたが、まぶたは閉じられ、何も見ていなかった。サックスが何か言った。どう思うかと訊いたのだろう。だが、ライムの耳には届いていなかった。

しばらくしてライムは目を開けた。「ご主人だがね。謎めいた外出の際、自分の車で出かけたのか」

「ええ、ミラノでレンタルした車で出かけました」

「ご主人はいまどこに？」

「ロビーに。シャロンを待っているはずです。少なくともさっきまでは」

「ご主人は私が誰だか知っているのかな」

「いいえ。覚えているとしても、昨日結婚式を挙げた……」言っては失礼かと思ったのだろう、クレアは口をつぐんだ。

「昨日結婚式を挙げた車椅子の男だということくらい、かな」

クレアは顔を赤らめてうなずいた。

「事件のニュースをよく読むほうかね。私の名前や写真がそういう記事に出ることがある」

弱々しい笑み。「いいえ。夫は科学者です。読むのは医療関係のニュースレターとブログくらい」

「それなら、一か八かやってみるしかなさそうだな。よし、こうしよう。いまから私が行ってご主人と話をする」

サックスが愉快そうに微笑む。「事情聴取？　あなたが？　人の心の動きから手がかりを得ようなんて言い出す日が来ようとは、夢にも思わなかったわよ」

ライムはうなり声を漏らした。「そうではない。私がご主人を引き止めておこうと言っているだけだ。その隙にきみたちにスパイごっこをしてもらう」

ライムは車椅子を操り、ホテルのロビーを横切って出口に向かおうとしていた男女に後ろから近づいた。「ちょっといいだろうか」

二人が振り返った。リチャード・ダニングは、陽気で気まぐれな歴史学の教授といった風貌をしていた。見てくれにかまわないタイプと思しき美男で、目は鋭く、人なつこい笑顔の持ち主だ。車椅子を見ても何の反応も示さず、うなずいて言った。「こんにちは」

「私のことは知らないかと思うが、そこのラウンジで奥さんと会ってね」

アシスタント——名前はたしかシャロンだ——が言った。「リチャード、覚えてない？　昨日、結婚式を挙げた男性だわ」シャロンは生産技術者とはとうてい思えない外見をしていた。地味なスーツを着てハリー・ポッター眼鏡をかけているが、長い髪が一方の目を隠すように垂れ、エキゾチックな香水とプロが施したかと思うようなメイクは映画スターを連想させた。

「ああ、あの。ええ、覚えていますよ」

「リンクと呼んでくれ」ライムは言った。〝リンク〟という短縮形で自己紹介したのは初めてだった。手を差し出し、リチャードと握手を交わした。

リチャードが言った。「こちらはシャロン・ハンドラー」

シャロンがライムの手を握る。

「引き止めてしまって申し訳ない。クレアと私の妻のおしゃべりを聞いていたら、あなたは医療機器メーカーに勤めていらっしゃると」

ライムは二人の背後に視線をずらし、駐車場の様子を確かめた。サックスとクレアが一台の車のドアを開け、急いで乗りこもうとしていた。

リチャードが言った。「ええ、そのとおりです。コモ市の病院で設置（インストール）があってこちらに」

〝インストール〟は名詞ではないぞ——ライムは腹のなかでつぶやいた。動詞だ。しかし口に出してはこう言った。「クレアから、あなたが関わっているというプロジェクトの話を聞いてね。専門的なことはわからなかったが、ずいぶんと——そう、革新的な技術のようだ」

リチャードはうなずいた。「ええ、そのつもりです」

シャロンが三十歳のアシスタントらしい熱のこもった調子で言った。「今年だけで二十一台も納品したんですよ。来年は四十台になりそう」

「それはおめでとう」

駐車場を見る。リチャードの車のドアはまだ開いたままだ。ライムはそう何度も見るなと自分に言い聞かせた。「見てのとおり、私は四肢麻痺で」

「C6損傷ですか」シャロンが聞く。

「C4」

「本当に？　運動機能が良好ですよね」

「何度か手術を受けたんだ。エクササイズもしている。話を戻すと、クレアに訊いてみたんだ。お宅の会社では脊髄損傷関連の研究もしているのかどうか」

リチャードは首を振った。「あいにく、うちではやっていないんですよ」一瞬躊躇してから続けた。「医療ビジネスは……そう、ビジネスなんですよね。お話しするまでもなくご存じかとは思いますが。きっとあなたはそこらの医者より医学にお詳しいでしょうし。うちみたいな会社——大企業とは呼べない規模の会社で研究開発できる治療法や機器は、患者さんの多い分野に関するものだけなんです。脊髄損傷は、糖尿病ほど多くない」肩をすくめた。「会社がもっと大きくなったら、もしかしたら取り組めるかもしれませんが」

「奥さんは、あらゆる種類の検査ができる機器の話をしていた」

「ええ、たいがいの検査を一台でこなせます」

ライムは言った。「物理学の統一場理論のようなものかな」

シャロンは笑い、リチャードをちらりと見て言った。「おもしろいわ。広告のコピーにできそう」

「どうぞどうぞ。著作権料は請求しないよ」ライムはシャロンの背後をすばやく盗み見た。クレアとサックスが車のドアを閉め、ホテルの建物に戻ってこようとしていた。ライムは胸をなで下ろした。世間話のネタはもう尽きた。「ありがとう。邪魔をして申し訳なかったね」

シャロンがロビーを見回した。「クレアはもう来るって言ってました？　コモで一緒にお昼を食べられると思って楽しみにしているんですけど」

おとり捜査官たるもの、任務の遂行にどうしても必要でないかぎり、自分から情報を明かしてはならない。ライムは言った。「いや、このあとの予定はとくに聞いていないな」

「ほんの少しだけ」ライムはウェイターに言った。

グラッパを注文しているところだった。量の制限は——ありがたいことに——黙殺された。ウェイターが英語を聞き取れなかったおかげだ。

サックスはコカ・コーラを飲んでいる。〝氷を入れて（コン・ギアッチョ）、レモンはなしで（センツァ・リモーネ）〟と注文すればいいとすでに学んでいた。イタリア人は、ぬるいコカ・コーラにレモンを入れて飲むのが好きらしい。サックスはそれが苦手だ。

「で、どうだった」ライムは尋ねた。

「クレアは刑事としては落第」

「臆病なのか」

「メキシコトビマメ並みって言いたいところだけど……実際に見たことがないからやめておく（ガの幼虫に寄生された種子がぴくぴくと動き回る）。だけど、そうね、やたらにびくびくしちゃうたち。それでもナビの目的地の履歴を見て、クレアが怪しいと思った分をメモしてきた。リチャードは車でコモ市に出かけたはずなのに、実は正反対の方角に行ってたのよ。いまから実際に行って調べてみるわ」

サックスはホテルのビジネスセンターでクレアが印刷した写真をライムに見せた。コピー用紙に印刷されていたが、画質は悪くない。そこに写ったリチャードはクレアの肩を抱いている。ほかにJDZシステムズの社員が三人並び、背後にコモ湖が見えていた。「シャロンにチャーリー、ティム」SNSに上げられるような写真ではなかった。クレアの目は閉じているし、チャーリーはくしゃみが出かけているような顔をしている。シャロンは、直射日光がまぶしいのか、横を向いて眉を寄せていた。ティムはむっつり顔で写真を撮っている人物の背後を見つめている。しかしリチャードはカメラのレンズをまっすぐ見ていた。この写真を持って聞いて回れば、彼を見たことのある人ならすぐにわかるだろう。

ライムは言った。「イタリア語で訊くしかないぞ。大丈夫か」

「ダメに決まってる（チェルタメンテ・ノ）」サックスは笑った。「だけど、即興でなんとかするのも私立探偵の腕のうち。でしょ？」

「ポアロ流か」ライムは言った。

リチャード・ダニングの秘密の目的地の一つ目は、ベッラージョから車で二十分ほど行ったところ、マグレーリオという町のそばにある小さな商店街だった。

古い店と新しい店がごちゃごちゃに並んでいた。ビストロとバーが二軒ずつ、昔ながらの食料品店と埃っぽい金物店が一軒ずつ、しゃれた服とランジェリーを売っているブティックが一軒（ファッションの都ミラノはそう遠くない）、ペット用品店が一軒。

リチャードが行ったとすれば、ビストロかバーだろう。そこで秘密の会合を持ったのかもしれない。サックスは一軒ずつ順に回り、バッジを見せ、知るかぎりのイタリア語を駆使して、この男性（クエスト・ウオモ）を見なかったかと尋ねた。ニューヨーク市警の金バッジは法的には何の意味も持たないが、たいがいのイタリア人は権威に敬意を払うようだった。それに何より陰謀めいた話が大好きらしい。アメリカ人の女性刑事――それもすらりと背が高くて美人ときている！――が、曰（いわ）くありげな男のことを訊いて回っている……もちろん（シ・シ）！　協力しますよ！

しかし、協力してくれても、役には立たなかった。

リチャード・ダニングの写真を見るなり、みな一様に首を振り、表現こそ違えど全員が〝知らない〟と答えた。

次の目的地は、ベッラージョの南東の方角へさらに十五分ほど走ったところにある大きな食料品店だった。ハムやパスタ、チーズ、ワインなどが並んでいる。レストランとバーが併設されていた。リチャードが来たとしたらやはりそちらだろう。しかし店員は誰一人リチャードを覚えていなかった。イタリアのどの町でも見かける、煙草と新聞を販売するタバッケリアもあった。プリペイド携帯と電話カードも販売している。スパイと接触するには理想的な場所だ。

だが、やはり誰もリチャードを見ていなかった。

レンタルしたトヨタの小型車に戻った。排気量は小さいが、マニュアルシフトだった。

サックスは、制限速度というものがないらしい国（ただし自殺志願のヤギやウシはぞろぞろ出てくる国）の、曲がりくねった山道をかっ飛ばすというささやかな楽しみを満喫した。

私立探偵アメリア・サックスの三番目の目的地は、最初の二つとは趣が違っていた。そこは人口五万人ほどの町レッコの郊外にあった。番地を頼りに着いた先は小さな倉庫会社で、周囲も似たような小規模事業所ばかりだ。一つしかない窓は暗く、建物は無人のようだった。それでも事務室のドアをノックしてみた。案の定、誰も出てこなかった。

建物の奥に回ると、裏口があった。施錠されていない。なかに入って明かりをつけた。薄汚れた倉庫には、たくさんの木箱や開封された段ボール箱、荷造り資材、パレットにくくりつけられた車のパーツがあった。棚には箱や缶が積まれていた。潤滑油、洗剤、工具、いかにも小さな会社にありそうな細々としたもの。サックスは事務室の入口に行き、ブラインドの隙間から室内をのぞいた。倉庫とは違い、事務室には監視カメラが設置されていた。何年も前からオフにされたままだろうという気がしたが、あえて危険を冒すことはない。

倉庫の真ん中まで戻り、携帯で電話をかけた。

「ライム？」

「何かわかったか」

「最初の二カ所ではとくに何も。いまは倉庫に来てる。裏口が開いてたの」

「サックス、これで刑務所に行くことになるとしたら割に合わないぞ」

「大丈夫、お手洗い(バンニョ)を探して迷いこんだだけだから」

「リチャードはそこで誰かと会ったと思うんだな」

「その可能性はありそうよ。人気(ひとけ)がない場所だし。人っ子一人いないの」

「なかに何がある？」

「箱。どこの倉庫にもありそうなもの。あとはネズミ」

「ネズミ？」

「死んだネズミ」すぐそこにネズミの死骸が六つ転がっていた。

ライムの声に危惧(きぐ)の念がまじった。「なぜ死んでいるんだ、サックス。吸いこんではいけないもの、触ってはいけないものがあったりはしないだろうな。ネズミは危険の兆候かもしれない。死骸はどんな様子だ？」

サックスは腰をかがめて一匹を観察した。「死因は出血多量って感じだけど、外傷は見当たらない。死ぬ前にずいぶん暴れたみたいよ」

「無機ヒ素中毒のようだな。アメリカの駆除業者はもう無機ヒ素を使っていないが、イタリアはどうなのか。私にはわからん」

「何か甘いにおいがする。強烈なにおい」

毒物のなかには、不釣り合いによい香りのするものがある。シアン化物はアーモンドに似たにおいがし、人生の最後の数分を恍惚として過ごせるが、最終的には悶え苦しみながら死ぬことになる。

ライムが言った。「ヒ素は無臭だ。とすると、そのにおいは何か別のものということになる。そこは燻蒸（くんじょう）のために無人になっているという可能性もあるぞ。私なら急いで外に出るよ、サックス」

サックスは忠告に従って外に出てドアを閉めた。「リチャードがここに来たのには何かちゃんとした理由があるのかも。クレアに訊いてみてもらえない？　倉庫の名前は、マガッツィーノ・アルネッロ」

「訊いてみよう」

電話を切り、サックスは無人の敷地を見回した。風が強く、肌寒く、どことなく不気味だった。陽射しは明るいのに、倉庫はあいかわらず人を拒絶するような空気を発している。つい先日、ライムとともにナポリで解決した事件では、サックスは九ミリのベレッタをウェストバンドにはさんで持ち歩いていた。銃の重みが与えてくれる安心感が恋しくなった。

五分後、携帯電話が振動して、サックスは飛び上がった。

「ライム？」

「行き止まり（デッド・エンド）だ――そこで死んでいるネズミには悪いがね。部屋に置きっぱなしになっているリチャードの書類をクレアにひととおり見てもらった。ティムが出した問い合わせの手紙の控えがあった。ティムというのは、ＪＤＺシステムズの社員の一人だ。そこの経営者に、倉庫のセキュリティを問い合わせる手紙だった。どういう返事があったのかわからないが、リチャードにはその倉庫に行く理由があったようだな」

「となると、ここまでの三カ所は全部シロよ、ライム。怪しい目的地はあと一つ。番地からすると、レッコの中心街。あと一時間くらいでそっちに戻れると思う」

電話を切り、サックスは駐車場を囲んでいる芝生に入り、足を地面にこすりつけて靴底の汚れを落としてから車に戻った。シアン化物をくっつけたままうろうろするのはあまりよい考えとは思えない。

二十分後、ナビの女声の丁寧な案内に従い、レッコ中心街の屋内駐車場に車を乗り入れた。一九六〇年代くらいの建築スタイルの、質素だが清潔そうなホテルに付属する駐車場だった。

フロントデスクに歩み寄り、笑みと市警のバッジを見せた。次にリチャードの写真を差し出した。「すみません（ペル・ファヴォーレ）、この男性に見覚えはありませんか」

フロント係は微笑んだ。サックスの笑みとは別の種類の笑みだった。「イタリアの警察の人じゃないね」

「違います。アメリカの警察官です」

「そうね、そこまでは推理できましたよ。私は質問したわけじゃありません。あなたとのこの会話を豊かにさせていただければ、私のすてきなふるさと、レッコは、イタリアにあります。アメリカにあるんじゃない。だから、イタリアの警察の人を呼んでこないかぎり、私はあなたのお手伝いをできません」フロント係はそう英語で言うと向きを変え、急ぎではなさそうなコピー用紙の発注作業に戻った。

サックスはロビーを見回し、小さなバーを見つけてそこに入った。口ひげを生やした痩せ型のバーテンダーが慇懃（いんぎん）に小さな会釈をした。サックスはバッジを見せて権威を装う戦略を捨て、別のアプローチを試みた。

「ああ、はい」バーテンダーは四十ユーロの現金をポケットに収めて答えた。「この男性なら覚えてますよ。ええ。二日前、いや、三日前だったかな、いらしたのは」

「このバーかロビーで誰かと会っていましたか」

「いいえ、二人だけだったと思います」

「二人？」

「そう、そうです。この男性と奥さんですよ」

サックスは眉をひそめた。車のナビを調べたとき、この番地をクレアも見ている。倉庫に覚えがないのはともかく、レッコのホテルに泊まったのなら、さすがに覚えているだろう。

ただし……

まさか。それではあまりに気の毒だ。サックスは自分の勘が間違っていることを心の底から願った。

写真をもう一度見せた。「奥さんというのは、この人ですか」

「シ。すごい美人ですよね」

バーテンダーが指さしたのは、クレアではなく、シャロン・ハンドラーだった。

しかし、自分たちの会社や大学病院の幹部とここで会ったという可能性もある。サックスは尋ねた。「奥さんだというのは確かですか。職場の同僚が一杯やりに寄ったというのではなくて」

「そこまではわかりませんが、ここを出たあと、あの廊下を歩いていきました」バーテンダーはガラスのドア越しにロビーの奥を指さした。「あの廊下の先にあるのは、ホテルの部屋だけです」

「で」ベッラージョに戻ったサックスがライムに説明する。「レッコのあと、最初の二つの目的地にもう一度行ってみたの。一度目は聞き込みしなかった店があったから。ランジェリーのお店と、ワインのお店。写真を見せて訊いてみた。店員は二人を覚えてたわ。とくにシャロンのほうを」

そうだろうとライムは思った。シャロンの美貌は印象が強い。

「ランジェリーのお店では、リチャードが彼女にナイトガウンを買ってる。店のオーナーによると、〝うちに置いているなかで一番セクシーなナイトガウン〟。ワインのお店では、ワインを一本買った。リチャードは、とても特別で、とてもロマンチックな銘柄なんだと話していたそうよ」

「産業スパイではなさそうだな」ライムは言った。「浮気だ」

**結婚記念日だからといってコモ湖まで妻を連れてきたのに、わざわざそこで浮気をするなんて考えられないでしょう？**

どうやら、わざわざそこで浮気をする配偶者がいないわけではないらしい。

サックスは信じられないといった風に首を振った。「クレアはこう話してたのよ。結婚記念日に誓いを新たにするつもりでこのホテルを選んだんだって。なのに、ライム、ひどい話じゃない？　でも、それより問題は、クレアに伝えるかどうか」

私たちは自ら選んで私立探偵ごっこをやってみることにしたのだから、とライムは思った。よい知らせであろうと悪い知らせであろうと、依頼人に正直に報告する。それがこのゲームのルールだろう。「話すしかないだろうな」

「やっぱりそうよね」サックスは溜め息をつき、ポケットから取り出した携帯電話の画面を見つめた。「クレアの番号、知ってる？」

ライムは自分の携帯を確かめようとしたが、そのとき、別の可能性が思考に割りこんできた。

まさか。さすがにそれは……

いや、ありえないことだろうか？

「えい、くそ！」ライムは大きな声で言った。

サックスとトムが驚いて同時に目をしばたたいた。「リンカーン？」トムが訊く。「具合でも――」

ライムはトムに向かって吠えた。「エルコレ・ベネッリに電話だ。急げ」

「ナポリの？」

ライムはうなった。「いまどこにいるかなど私の知ったことではない。シンガポールにいるのかもしれないし、シカゴかもしれない。だが、携帯電話は持っているだろう。電話だ。急げ！」

トムは溜め息をついて自分の携帯を手に取った。

「どういうことなの、ライム」サックスが訊いた。

「真相は不倫よりよほど深刻な問題かもしれないぞ、サックス」

電話の相手がつかまったらしい。トムが電話をスピーカーモードに切り替え、ライムの前に置いた。

「カピターノ・ライム！」

背が高く、手足がひょろ長く、いつでもやる気に満ち、頰を赤らめてばかりいるカンパニア州森林警備隊員の姿がライムの頭に浮かんだ。先日、ライムとサックスがカンパニア州で事件を追ったとき、手伝ってくれたのがエルコレ・ベネッリだった。「エルコレ。協力を頼みたい」

「ええ、ええ、何でも言ってください。結婚式はいかがでしたか。ぜひ写真を送ってくださいよ――」

「エルコレ、時間がない！　ベッラージョの警察に知り合いはいるか」

沈黙。

「どうなんだ？　いるのか、いないのか」

「ああ、カピターノ・ライム。その気が短いところ、早くも恋しいですよ！　知り合いは、すみません、ベッラージョの警察にはいません。でも、その近くに一人います。国家警察の人で──」

「よし、そいつに頼んでくれ」ライムは大きな声でさえぎった。「ＳＴＤＰ－06検出キットがほしい。大至急。このホテルに届けさせろ。ヴィッラ・フランチェスコだ」

「ええ、ホテルは知ってますよ。結婚式ならそのホテルがいいって、僕が推薦したんじゃないですか。覚えてませんか。ええ、すぐ知り合いに連絡しますよ、カピターノ・ライム。だけど、すみません、そのＳＴＤＰ－06って何ですか」

「毒物の検出キットだ」

「マンマミーア！」

ライムは電話を切った。

サックスが言った。「あなたはこう考えてるんだろうって私がいま思ってるとおりのことを考えてる？」

「不倫関係のカップルが一組。夫は妻を殺そうとしている。夫はとある施設に仕事で行き、そこであるものを目にして──強力な殺鼠剤(さっそざい)だ──それを盗む」

「科学警察は最初に検査するはずよ」

「そう簡単には気づかれない。シアン化物で中毒死した場合、自然死と区別がつきにくい。それに、クレアが話していただろう。リチャードとクレア、シャロンの三人はしじゅう一緒に旅行している。ここのような小さな町、地元警察や監察医が経験豊かとは思いがたい町に宿泊する機会をじっと待っていたのかもしれない。あるいは、事故を装うという手もある。ホテルの厨房(ちゅうぼう)に毒物をまぎれこませておくとかな。それがたまたまクレアの食事に入ってしまったと見せかける」

二十分後、フロントから電話があり、ライムに会いたいという警察官が来ていると告げた。

「よし、部屋に通してくれ」

イタリア最大の警察組織である国家警察の青い制服にほっそりとした体を包んだ警察官は、ライムを前に感激している様子だった。「みんな知っていますよ、サー。イル・コンポジトーレの事件！　ナポリの！　すばらしい！　事件の記事は全部読みました。しかも、私の友人(ミオ・アミーコ)が……エルコレ・ベネッリがお手伝いしたとか。エルコレから電話でその話を聞いて……」制服警官はサックスに大きなビニール袋を渡した。「……私までとてもうれしくなりました。本当に」

「ええ、ありがとう」サックスは言った。

ライムは礼を言う代わりにうなずき、気もそぞろの——それに、そう、気短な——視線を制服警官のほうに投げた。

「あのう、このキットはいったい何に——？」

　サックスが答えた。「ライムが論文を執筆中で、そのリサーチに」

「ああ、なるほど。とても優れたものを書いていらっしゃるから。あなたの本、持っています。英語で読んでいるんです。英語は得意じゃありませんが、少しわかりますから。今度の論文もかならず読みます。いまから楽しみ——」

「悪いが、時間がないのでね」ライムは出口に顎をしゃくった。

　サックスが見送りに出て言った。「サイン入りの本を送ります」

「うれしいな（モルトベーネ）！　ありがとう（グラッツィエ）！」

「どういたしまして（プレーゴ）」サックスは閉じたドアに向かって叫んだ。

　ビニール袋からキットを取り出す。ＳＴＤＰ－06の使い方は簡単だ。毒物の混入が疑われる食べ物や飲み物のサンプルを検知カードに載せるだけでいい。毒物を検出すると、小窓にカラーバンドが現われる。だいたいの場合、結果は即座にわかる。

　ただし、いうまでもなく、検査にはサンプルが必要だ。

　ライムは言った。「ダニング夫妻の部屋を捜索するしかないな」

「どうやって？」

「即死を狙うなら、経口で摂取させるしかない。薬のカプセル。あとは食べ物か飲み物」

サックスは内線の受話器を持ち上げた。「いま部屋にいるかどうかフロントに訊いてみる。外出中なら、何か口実を考えるか、袖の下を渡して、部屋に入れてもらう」

フロントデスクに電話をかけ、夫妻の部屋にサプライズで贈り物を届けたいと、もっともらしい話をした。

相手が答えているあいだ、サックスは無表情に耳を澄ました。

「グラツィエ」

「どうだった、サックス」

「フロント係によると、いまは邪魔しないほうがいいんじゃないかって。今夜は結婚記念日を祝って、部屋でロマンチックなディナーを楽しんでいるそうなの。どうしたらい い、ライム? だって、いまごろ彼女に毒を盛ってるかもしれないってことよ」

ヨーロッパの火災報知器は——少なくともイタリアのものは——気合いが違う。

その音は、急速潜航中の潜水艦の警笛に似ている（のではないかとライムは想像した）。ヴィッラ・フランチェスコのすべての廊下がその音に占拠され、ライムたちが宿泊中の階の、監視カメラの死角にある非常警報バーをトムが引いた数秒後には、不安顔の宿泊客が廊下に首を突き出した。その全員が両手で耳を覆っていた。

警報が鳴り出したとき、サックスはダニング夫妻のスイートルームのそばで、入口に背を向けて待機していた。二人が部屋から出るやドアに飛びつき、ドアとドア枠のあいだに爪先を割りこませた。二人が廊下の角を曲がって見えなくなるのを待ってから、室内に忍びこんだ。

夫妻は二人とも料理に手をつけていた。クレアがテーブルのどちら側に座っていたかは一目瞭然だった。ワイングラスに口紅の跡がある。しかし、ラテックスの手袋をはめたサックスは、すべての皿からサンプルを採取した。そのあとバスルームの棚を手早く調べたが、毒物を混入できそうな処方薬も市販薬も見当たらなかった。飲み物のボトルにも細工の痕跡はなかった。

五分後には自分のスイートルームに戻った。ちょうど室内スピーカーから、いまのは誤報でしたというアナウンスがイタリア語、英語、ドイツ語、フランス語で流れた。サックスはテーブルの前に立ち、ＳＴＤＰ－06の上にかがみこんで、大急ぎで検査をした。ダニング夫妻はそろそろ自室に戻り、ディナーを再開するだろう。

検査は短時間で終わり、数分後には答えが出ていた。

料理にも飲み物にも毒物は混入していない。シアン化物に限らず、いかなる毒物も検出されなかった。

自分の仮説が誤りと証明され、ライムは顔をしかめた。「いいだろう。殺人を疑うのは行きすぎていたようだ」

「用心に越したことはないと言うでしょう」

ライムはこれにも顔をしかめた。決まり文句（クリーシェ）は大嫌いだ。

サックスが言った。「でも、レッコのホテルの件をクレアに話さずにおくわけにはいかないわ」

地球上でもっともセンチメンタルではない人間であるライムは言った。「明日まで待つか。せめて今夜は存分に楽しませてやろう。夫婦の最後のロマンチックな食事だ」

サックスは少し考えてから答えた。「それもそうね」

翌朝、ライムとサックスはロビー脇のバルコニーに座っていた。そこにクレア・ダニングがやってきて、二人に挨拶をしてから腰を下ろした。

ライムはサックスに視線を向けた。悪い知らせはサックスから伝えることになっていた。

「最初に断っておくと、産業スパイや恐喝の証拠は一つも見つからなかったの。ただ……」サックスはそこで間を置いた。

クレアが片手を上げた。「わかってる、わかってる。ゆうべ、電話しようかと思ったんだけど、だいぶ遅くなってしまったから。それに、朝になればこうして会えるとわかっていたし」

ライムはどういうことかと問うような視線をクレアに向けた。

「リチャードが何をしていたか、わかったんです。車でこそこそ、どこに出かけていたか」

そう話すクレアの朗らかな表情を見て、ライムとサックスは困惑の視線を交わした。

クレアが続けた。「結婚記念日の準備だったの」

サックスはしばし言葉を失った。「どういうこと？」

「彼、買い物に行ってたのよ。最高にすてきなプレゼントを用意してくれていた。ナビの履歴にあった行き先の一つは……」クレアは頰を赤らめた。「ランジェリーのお店。とってもセクシーなナイトガウンを買ってくれたの。もちろん、男性だから――どんなものを買えばいいか自分ではわからなかったから、シャロンに一緒に行ってもらったんですって。選ぶのを手伝ってもらったそうよ。しかも、その近くのお店で、ナパで結婚式を挙げたとき乾杯したのと同じ銘柄のワインを見つけてくれたの！　カリフォルニア産だから、イタリアではまず売っていないのに。私に隠れてやりとりしていたメールは、たぶんその件だったんだと思う。それに――見て」

クレアは自分の携帯をこちらに向けた。額に入った刺繡作品の写真だった。一輪の花と、その上でホバリングするハミングバード。「シャロンの元ガールフレンドが刺繡作家だそうなの。リチャードがその人に注文した作品。フィレンツェからわざわざ電車で届けに来てくれたそうよ。何日か前にシャロンとリチャードがレッコに行って受け取ったんですって」

「その人が滞在しているホテルに？」

「そう。ナビの履歴にあった目的地の一つはきっとそれだと思うの」

「ガールフレンドって言った？」サックスが訊く。「シャロンの元ガールフレンドって」

「そうよ。シャロンは同性愛者だから」

ふむ。リンカーン・ライムは思った。犯罪捜査では、しばしば見逃されがちな誤解や行き違いが重要な構成要素の一つであることは珍しくない。

行き違いといえば……

「お騒がせしてごめんなさい。お二人に無駄足を踏ませてしまったわ」クレアが言った。「でも、ありがとう」それから二人の背後を見やった。「ああ、来た来た。リチャードの共犯者。アメリア、シャロンにはもう会った？」

「いいえ」

長身の女性が来てライムに会釈をした。クレアがシャロンをサックスに紹介した。シャロンは笑みを浮かべてサックスを見つめた——美貌の女を称賛の目で観察するもう一人の美貌の女。それから二人は頬を寄せる挨拶を交わした。シャロンはクレアと並んで座り、抱擁を交わした。

「いまちょうどアメリアとリンカーンに話してたところなの。あなたのお友達の刺繍の話。とてもすてきだから」

「ナイトガウンは？ 気に入ってもらえた？」

「もちろん！」クレアの頬が赤くなった。

「あれを着たあなた、きっとすてきだったでしょうね」

クレアは立ち入った質問には答えず、ロビーに視線をめぐらせた。「リチャードと朝食の約束をしてたのよね、シャロン？」

「そうよ」

「まだレストランにいた？　あなたたちがコモに出発する前に、リチャードと一緒にコーヒーくらいは飲みたいわ」

「いいえ、部屋に帰ったわ」

クレアはメールを送った。まもなく着信音が鳴って、クレアは画面に目を走らせた。顔を曇らせる。「あら。気分が悪いらしいわ。ベッドで少し休みたいって」

そのときだった。ライムはあることに気づいて好奇心をそそられた。

何気なくサックスのほうを見ると、サックスは鼻の穴をかすかにひくつかせ、首をかしげて、額に皺を寄せていたのだ。視線が微妙に泳いでいる。記憶をたどっているかのよう、何かを思い出しかけているかのようだった。

においの記憶か。

ふいに、殴られたような衝撃とともに、ライムはその意味を察した。サックスにささやいた。「倉庫だな、サックス」

**何か甘いにおいがする。強烈なにおい……**

「そう」サックスが答えた。

サックスがレッコ郊外の小さな倉庫で嗅いだにおいは、シャロンの香水の残り香だ。

ライムは通りかかったウェイターのほうを向いて大声を出した。「救急車を呼んでくれ。医者を呼べ！」

「お客様、お加減でも？」

「私ではない！」ライムは噛みつくように言った。「ダニング夫妻のスイートルームだ！　急げ！　大至急だ！」

痩せた若者は一瞬ためらったが、すぐにフロントデスクへと走った。

「リンカーン」クレアが叫ぶ。「どうしたの？」

見破られたことをシャロンが察した。急いで立ち上がろうとしたが、サックスがすばやく動いてシャロンを椅子に押し戻し、ハンドバッグを奪い取った。

シャロンの暗い目が怒りに燃えた。「ちょっと、何する気？」

「アメリア！」クレアが息をのんだ。「ねえ、どういうことなの？」

サックスはハンドバッグの中身をテーブルに空けた。女性のバッグにかならず入っている品物のほかに、ビニールの小袋が二つあった。一方には丸めたビニール手袋が一組。もう一方には灰色がかった青い粉がわずかに残っていた。

ライムには一目でわかった。無機ヒ素だ。

シャロンがまた立ち上がろうとしたが、サックスがそちらに顔を近づけ、低い声で言った。「動かないで」

武器を持っていないときでも、アメリア・サックスは侮りがたい威圧感を備えている。

逆らわないほうが身のためだ。

リチャード・ダニングは重体に陥らずにすんだ。朝食のテーブルで、リチャードが目をそらした隙にシャロンがスモーク・サーモンに振りかけた毒物は、間違いなく致死量を超えていたが、容態が悪化する前に救急隊が駆けつけて治療を始めたおかげで、深刻なダメージを免れた。リチャードはレッコの病院に搬送された。そこで彼の血液は、ライバル会社の検査機器によって分析されているだろう。クレアとほかの二人の社員、チャーリーとティムが病室で付き添っている。

シャロン・ハンドラーはホテルのあるベッラージョにとどまっていた——ガリバルディ通りのベッラージョ警察の留置場だ。偶然にも警察署は、ライムとサックスが式を挙げた町役場のすぐ隣に位置していた。

ライムは自室に戻り、バルコニーに座って風景を眺めながら、危機一髪のドラマを思い返していた。これが正式な犯罪捜査だったら、サックスは関係者の発言や行動をもっと注意深く検討していただろうし、ライムは証拠物件をもっと厳密に調べていたはずだ。そう考えると、ライムの心はいくらか慰められた。たとえば、三角関係にもっと早く気づき、シャロン・ハンドラーがリチャードまたはクレアに関心を持っていることに目を留めていただろう。三人はそろって出張旅行に出ることが多く、シャロンと〝すっかりお友達〞になったとクレアから聞いていたのだから。しかも、クレアがサックスに渡した写真で、シャロンが顔をしかめていた件もある。あれは太陽がまぶしかったせいではなく、二人の愛情深い抱擁を見て怒りを感じたせいだろう。シャロンは夫妻の一方に恋心を抱いていたのだから。

それにいま思えば、シャロンはベッラージョから少し離れた宿に滞在していたのに、頻繁にこのホテルに来ていたのも奇妙だった。

彼女がリチャードではなくクレアに惹かれていることも、もっと早く気づけたはずだ。最初にロビーで会ったとき、昼食にクレアも来てくれればいいのにと言っていた――クレアの夫と関係を持っていたのであれば、そんなことを言うとは考えにくいが、クレアに恋をしていたとすれば不自然ではない。それに二人でエステに行った件もある。誘ったのはきっとシャロンだろう。アメリア・サックスを値踏みするような目で見ていたことも、ヒントになっていたはずだ。

三角関係の可能性に気づいていれば――三角関係は、悲劇の原因としていつの世も引っ張りだこだ――ライムは三人の靴底や指紋のサンプルを集め、もっと念入りに倉庫を調べていただろう。シャロンが倉庫に行ったのは間違いない。納品する機器が列車で到着したとき、点検に立ち会ったはずだからだ。おそらくそのとき、ネズミの死体と殺鼠剤の無機ヒ素に目を留めたのだろう。もしライムとサックスが倉庫を念入りに捜索していたら、裏口のドアに繊維や指紋が見つかっていたはずだ。シャロンはテープを貼ってドアがきちんと閉まらないようにしておいたか、錠前をこじ開けるかしてあとで倉庫に忍びこみ、無機ヒ素を盗んだのだろう。

シャロンの衣服、靴、車、宿泊していたホテルの部屋からサンプルを採取していたら、ヒ素を容易に検出できたはずだ。

しかし、とライムは思い直した。心理プロファイルと被疑者の供述の分析と十種類の科学捜査分析が、あるいは、偶然に嗅いだ香水の記憶が、結果的に被害を未然に防いだのなら、事件解決後に〝もし〟を考えてもしかたがない。

結局、重要なのは結果だ。犯罪の捜査においても。人生においても。

地元警察は、ナポリで〝コンポジトーレ〟事件の解決に一役買ったアメリカ人刑事の捜査支援を歓迎し、証拠集めの大半をライムに任せた。シャロンのホテルの部屋と車を調べたところ、どちらからも微量の無機ヒ素が検出された。隠し撮りしたクレアの写真——一部はヌードだった——も数十枚あった。ほかに、JDZシステムズのライバル会社を装った偽のメールも発見された。リチャード・ダニングが金と引き換えに企業秘密を渡すのを拒んだことに怒りを表明し、この件は口外するべからずと脅す内容だった。リチャード殺害の動機と見せかけるために用意していたのだろう（一緒にエステに行ったとき企業スパイの話題をクレアのほうから持ち出したわけで、クレアはそうと気づかぬままこのトリックをシャロンに提案してしまったことになる）。

この件を担当することになる検事（プロクラトーレ）にとっては願ってもない証拠がもう一つあった。シャロンの日記だ。クレアへの恋心を託したポエムや、リチャードという邪魔者さえいなくなれば、クレアはかならず自分を愛してくれるという強固な信念が綴られていた。「ここに誓う。あの野郎をかならず殺す」などと日記にしたためるのはやめておけ——誰かを殺す気でいる者にはありがたいアドバイスになりそうだなと、ライムは皮肉交じりに考えた。

そして含み笑いをしながらその一節をサックスに見せた。

サックスも笑った。「今週の私たち、誓いに縁があるみたいね」

夕暮れが迫ったころ、披露宴の招待客を乗せたメルセデスベンツ・スプリンターがホテルに戻ってきた。ぞろぞろと車を降りてきた一行を、ライムとサックスはロビーで出迎えた。

ロン・セリットーはホテル前に駐まった国家警察のパトロールカー二台を不思議そうに見やり、次にライムを見た。ライムは肩をすくめた。

ローズ・サックスが二人を抱き締めて言った。「最高にすてきなところだったわよ。とくにモンテビアンコ。最高にきれいだった！　もうずいぶんイタリアーノを覚えたわよ。そうそう、写真を百万枚くらい撮ってきた。あとで見せてあげる」

「それは楽しみ」サックスが言った。

ローズは言った。「で、ハネムーンはどうだった？　退屈してるんじゃないかって気が気じゃなかったのよ。ベッラージョもきれいなところだけど、何もないじゃない？」

「いや」ライムは答えた。「こちらはこちらで楽しくやっていましたよ」それから車椅子の向きを変え、先頭に立ってバーに向かった——食前酒(アペリティーヴォ)の時間だ。

(*Vows*)

# 謝辞

次に挙げる人々に、不滅の感謝の気持ちを捧げます。ウィル・アンダーソンとティナ・アンダーソン、シスリー・アスピナール、ソフィ・ベイカー、フェリシティ・ブラント、ペネロピー・バーンズ、ジェーン・デイヴィス、ジュリー・ディーヴァー、アンディ・ドッド、ジェンナ・ドーラン、ジェイミー・ホダー＝ウィリアムズ、ケリー・フッド、キャシー・グリーソン、エマ・ナイト、キャロリン・メイズ、ウェス・ミラー、クレア・ノジエレス、ヘイゼル・オルメ、アビー・パーソンズ、マイケル・ピーチ、ジェイミー・ラーブ、ベッツィ・ロビンズ、リンジー・ローズ、ケイティ・ルース、デボラ・シュナイダー、ヴィヴィアン・シュースター、ルイーズ・スワネル、ルース・トロス、マデリン・ワーチョリック。そしてイタリアの友人たちにも。ロベルタ・ベッレシーニ、ジョヴァンナ・カントン、アンドレア・カルロ・カッピ、ジャンリーコ・カロフィーリオ、フランチェスカ・チネッリ、ロベルト・コスタンティーニ、ルカ・クローヴィ、マリーナ・ファッブリ、ヴァレリア・フラスカ、ジョルジオ・ゴセッティ、ミケーレ・ジュッターリ、パオロ・クルン、ステファノ・マガニョーリ、ロサンナ・パラディーソ、ロベルト・サンタキアラとチェチーリア・サンタキアラ、カロリナ・ティニコーロ、ルカ・ウッシア、パオロ・ザニノーニ……最後に、ブックツアーで世界を回る際のハイライトの一つだったミラノのミステリー書店でいつも温かく迎えてくれたテクラ・ドージオに、追悼の意を表します。

# 訳者あとがき

ある秋の日の早朝、ニューヨークの路上でビジネスマンが拉致された。直後に犯人からのメッセージと思しきものが動画投稿サイトにアップされる。

映し出された被害者には首つり縄がかけられ、BGMとして、被害者の苦しげなあえぎ声を取りこんで合成した不気味なワルツが流れていた。そして動画の最後に表示されたクレジットは――〝© The Composer〟。

ニューヨーク市警とともに捜査を開始したリンカーン・ライムは、微細証拠の分析から監禁場所を特定し、被害者の救出に成功する。

しかし作曲家(コンポーザー)を名乗る犯人は、捜査の手をすり抜けて国外へ脱出してしまう。行き先はイタリア。まもなくナポリ郊外で新たな事件が発生したことを知らされたライムとアメリア・サックスはすぐさまナポリに飛び、現地での捜査に加わった。

コンポーザーはこのあともまだ犯行を続けるつもりでいるのか。ニューヨークとナポリの事件の関連は？　犯人の動機、そして目的は――？

『ブラック・スクリーム』はリンカーン・ライム・シリーズの第十三作目。ライムは三作前の『ゴースト・スナイパー』で短期間バハマに出かけているが、今回のように、事件の主たる舞台がアメリカ国外に設定されたのは初めてだ。

なかば押しかけでナポリの捜査班に参加するライムとサックスの活躍が、ふだんどおり読者の期待に十二分に応えるものであるのは当然のこととして、急ごしらえのライム・チーム〝イタリア支部〟にそろった顔ぶれの魅力的なことといったら。イタリア国家警察のロッシ警部、その部下のダニエラやシルヴィオ、科学捜査官ベアトリーチェ、機動隊長ミケランジェロ、ナポリの上席検事スピロ……超一流のプロフェッショナルの集まりであり、しかもそれぞれ人間的にも個性的かつチャーミングで、彼らとライムやサックス、トムとのやりとりを追っているだけで楽しい。

しかし今作でのイタリア側の主役は、なんと言っても森林警備隊のエルコレ・ベネッリ巡査だろう。正直でまっすぐな性格ゆえ、頭に浮かんだことをとりあえず口に出さずにはいられない、好奇心と野心に満ちたこの愛すべきイタリア青年の、捜査での、そして捜査外での活躍にぜひ注目していただきたいと思う（エルコレの登場場面は、第一作『ボーン・コレクター』でのアメリア・サックスの登場シーンに通じるものがある。それだけ著者の思い入れが強いということか。現場保存のためにサックスが止めたのは大陸を横断するアムトラックの列車、エルコレは田舎の一本道を通りかかった地元の車三台という違いはあるけれど）。

舞台を外国に移した上に、今作限定とはいえチームメンバーをほぼ総入れ替えしたとあって、作品に漂う〝気分〟がシリーズのほかの作品と少し違って感じられるかもしれない。でも、何気ない記述のそこここに真相解明の鍵が巧妙に隠されている点はいつもどおり。ディーヴァー作品はやはり、読み始めたら最後、一瞬たりとも気が抜けない。

なお、文庫化にあたり、アメリカの電子版に収録された短編『誓い』(原題 *Vows*)を特別収録した。

私立探偵サム・スペードもフィリップ・マーロウも知らなかったライムだが、どうやらエルキュール・ポアロの名には聞き覚えがあったようだ。この設定からもうかがえるように、〝探偵が旅先のリゾートで事件に遭遇するフーダニット〟の名作を数多く遺した、アガサ・クリスティーへのオマージュのような作品に仕上がっている。ぜひお楽しみいただきたい。

文春文庫

ブラック・スクリーム　下

定価はカバーに表示してあります

2021年11月10日　第1刷

著　者　ジェフリー・ディーヴァー

訳　者　池田真紀子（いけだまきこ）

発行者　花田朋子

発行所　株式会社 文藝春秋

東京都千代田区紀尾井町 3-23　〒102-8008
TEL　03・3265・1211㈹
文藝春秋ホームページ　http://www.bunshun.co.jp

落丁、乱丁本は、お手数ですが小社製作部宛お送り下さい。送料小社負担でお取替致します。

印刷製本・凸版印刷

Printed in Japan
ISBN978-4-16-791791-3